元墓秘藏

莫老大 ◎ 著

重庆出版集团　重庆出版社

图书在版编目（CIP）数据

元墓秘藏 / 莫老大著. -- 重庆：重庆出版社，2011.8

ISBN 978-7-229-04209-7

Ⅰ.①元… Ⅱ.①莫… Ⅲ.①长篇小说－中国－当代

Ⅳ.①I247.5

中国版本图书馆CIP数据核字(2011)第106457号

元墓秘藏
YUAN MU MI ZANG

莫老大 著

出 版 人：罗小卫
选题策划：方模启　刘　伟
责任编辑：陶志宏　汪晨霜
封面设计：零三一五艺术设计

 重庆出版集团
重庆出版社 出版

重庆长江二路205号　邮政编码：400016　http://www.cqph.com

北京市后沙峪印刷厂制版印刷

重庆出版集团图书发行有限公司发行

E-MAIL：fxchu@cqph.com　邮购电话：023-68809452

全国新华书店经销

开本：787mm×1092mm　1/16　印张：16.25　字数：228千字
2011年8月第1版　2011年8月第1次印刷
ISBN 978-7-229-04209-7

定价：28.80元

如有印装质量问题，请向本集团图书发行有限公司调换：023-68706683

目 录

引 子

公元 1227 年，元太祖成吉思汗远征西夏，见战势甚好就下令让军士们彻夜狂欢。醉酒当歌之后，大汗心生倦意，命人将俘获的西夏王妃带入营帐，逼其陪寝，西夏王妃乘陪寝之机刺伤了放松警惕的大汗，但伤口并非致命。大汗生性好强，执意抱病出战，不料在战场上被弩箭射中左臂，怒火攻心而坠马。卧床数日后，于公元 1227 年 7 月死在六盘山下，蒙古人心中的神就这样与世长辞。

成吉思汗死后，术士将他的灵魂附于白公驼的身上，预示着亡灵永生不灭……

由于天气燥热，尸身不易久存，众臣商议后，将成吉思汗的遗体密葬于六盘山附近，又命数千军士将大汗亡灵寄身的白公驼迁至元太祖陵。进行祭祀后，将沾有太祖鲜血的白公驼顶鬃葬于墓中。依照蒙古密葬的传统习俗，数千匹战马将陵墓上的土地踏平，事后成吉思汗的儿子太宗窝阔台又命人在此地种草、植树，派侍卫长期守陵，直到地表不露任何痕迹才离开，知情者一律斩杀。这座工程浩大的皇室陵寝就这样被隐藏了。

引
子

第一章 盗墓这种事

1. 刺猬和暗门

盗墓这种事多出现在民间故事中，在笔者看来，讲故事人的目的无非是想用这种办法吸引读者，至于盗墓到底是怎么回事，很少有人深究。殊不知在早些年间，确实有人把盗墓当做毕生的职业。

笔者曾深入了解过盗墓这种行当，其实在物品贩卖过程中，盗墓人所获得的收益是极其微薄的，行里人称他们为"地鼠"。这些干苦力的"地鼠"从各地发掘较为隐秘的陵墓，然后将盗取出来的陪葬品卖给拉线人。他们不仅偷盗古代陵墓，有时也会挖开一些近代或现代的墓穴，只要里面的东西有人买，他们一般都会铤而走险。古玩收藏界里真正的行家，也是通过市场上的黑幕交易来购得自己心仪的货品。而这时候"地鼠"们盗得的那些陪葬品，才能以合理的价格出售。等那些纳宝人在市面上大做文章之后，自然会有更高的价格出现，这时古玩再次被转售到下家手中，但这些古玩仍然未能结束它们的旅程。若是世间稀有的名玩，还可能被卖到海外。

不管怎样，盗墓终归不是普通人能干的事情。但普通人却对盗墓的故事很感兴趣，我曾经听说过一个关于盗墓的故事……

六年前的冬天。

中国陇西的伊克乌拉山上，五个人神情紧张地注视着一处大土坑。

这个坑直径有六七米宽，坑底有个黑糊糊的洞，洞口发出嘶嘶透耳的风声……

这伙人告诉别人说他们是从山东来这里寻矿的，为首的那个人叫赵苍生，五十多岁的年纪，身旁是他的儿子赵露元，其余三个人分别是程全军、程全民和程宇（程全军的儿子）。

几个人盯着土坑看了好一会儿后，赵苍生走了过去，俯下身，探头往洞里嗅了嗅后，对大家说："差不多了，能下去了！"

程全军点点头，拿起背包对赵露元说："露元，你和你爸留在上面，我们三个先下去看看。"

赵露元说："程叔，我还是跟你们一起下去吧，让我爸留在上面接应就行了。"

赵苍生沉声喝止道："别说了！全都下去，倘若有什么情况，大家一起有个照应，这墓里边的事情你们不懂！"

"上面没人不行，要是出了事，咱们可就都折里边了！"程全民说。

"那就让小宇留在上面，数他年龄小！"

"还是让露元留在上面吧！小宇当过工程兵，到下面他还能帮上忙呢！"

大伙在争论的时候，只听见程宇喊了一声就跳了下去，他低身蹲在洞口向大家说："露元哥是文化人，让他留在上面最合适了！"说完闪身钻入洞中。

程全军骂了声："冒失鬼！"跟着也跳了下去。

程全民拍拍赵露元说："你在上面负责给我们递东西！"说完也跳进土坑，赵苍生朝儿子赵露元点点头，接着也下到坑里了。

赵露元看着大家一个个地跳下去，摇了摇头，便坐到地上。

几个人进入洞口之后，眼前出现了一间长条形的石室，面积大约有二十平方米，高和宽大约各两米，整个空间显得很狭长。但是石室两头黑糊糊的，什么也看不清楚。

程宇打着手电来回晃着说："这里怎么是空的，是不是有盗墓的进来过了？没想到咱们在这儿忙活了一上午，竟然挖了个空墓！"

赵苍生摸着两边的石墙，喃喃地说："不，我们刚才打开石砖的时候，还有湿气冲出来，说明这里原来是密封的。我看这两边的墙有问题，我们挖开的这面墙是用青砖砌成的，而里面的墙是夯土结构，墙的另一面应该还有一间墓室，而那间墓室有可能是真正放棺材的地方。"

程宇心头一喜，拍拍墙面说："这夯土墙是够坚固的，叫露元哥递工具下来吧。"

程全军看了看赵苍生，只见他点了点头，就回身招呼上面的赵露元把凿墙用的小型液压凿岩机递了下来。从他们开来的汽车上接通电源后，程宇便开始在那夯土墙上钻孔。大约用了半个小时，墙面被钻出一个拳头大小的孔，孔里传来阵阵的酸臭味。

又过了半个小时，程宇把洞口扩到了一个人可以爬进去的大小。七八十厘米厚的夯土墙里面是一层木板，木板的后面还有一面大块石砖垒砌的墙，挨着洞口的那块石砖已经松动了，酸臭味就是从石砖的缝隙里传出来的。

突然赵苍生说："小宇停手！"话音未落，只听见呼的一声响，那块石砖竟然硬生生地从洞里凸了出来。赵苍生大叫不好，连忙把程宇推开，程宇坐在地上愣了愣神，突然起身按住石砖，想把石砖重新推回到洞里面去，嘴里还不住地大喊："里边有鬼，你们快逃啊！"

程全民一把拉住程宇，招呼大伙迅速跑出墓室。刚到土坑的上面，就听见石砖掉在地上的声音，然后又一阵刺鼻的臭味从洞口传了出来。

大家你拉我拽又跑出去很远之后，才瘫坐在地上，赵露元不解地问："小宇，里边出什么事了？"程宇刚想说有鬼，就听赵苍生笑道："你小子怎么吓成这样啊？哪有鬼啊？只是里面的气压大，把石砖冲了出来，你个傻小子！"

程宇呆呆地问："我们上午挖开石砖的时候咋没有凸出来啊？"

赵苍生笑笑说："上午挖开的那间墓室没有夯土层和裹蜡的木板作密封，所以很多空气都被外面的土层给吸收了，压力很小，我们在这儿等，里面的湿气散尽之后就没事了！"

几十分钟后，四个人重新回到那个通向内层墓室的洞口，程全民率先拿着手电爬了进去，随后是程宇、程全军和赵苍生。

四把手电在墓室里乱照，这间墓室的面积比外面的那间大了很多，顶部离地面有三四米高。墓室里的酸臭味很重，大家都用围巾裹住口鼻，小心地在墓室里挪着步。

方形的墓室中央有个很大的圆形石台，上面摆着一张石头供桌，供桌上摆放了九盏熄灭的油灯，左、中、右各三盏。墙上有很多古怪的壁画，内容都是两军交战时的情形，画面很简约，用很多粗线条勾勒出的千军万马。

赵苍生对大家说："这里的东西不要动，说不定哪里会有机关！"说完后他开始慢慢地在石墙上摸索，一边摸一边闻，然后忽然指着一个墙角说："你们快过来，这里好像有个门！"

大家围上去看，墙角处果然有个很小的石门，只有两个手掌大小，人根本就进不去，倒像是让小动物进出的门。小门上有门闩和铜锁，上面布满了锈绿，估计用手一捏就会碎掉。大家看了之后都是一脸没趣的样子，程宇笑着说："赵大伯，你说我们几个谁能从这里进去啊？很明显这个门根本就不是让人走的嘛！"赵苍生也是摇摇头，起身又去察看别的地方。

程全民在一旁喃喃地说："你们说这上面刻的是什么啊？"赵苍生和程全军闻言走过去，看见程全民蹲在小门对面的墙角，指着墙上的一块石砖呆呆地看。

他俩低下身仔细看了看，发现那块石砖上刻着一个浑身长满长刺、圆咕隆咚的怪东西，程全军想了想说："我看这像是个刺猬！"他的话还没说完，就听到一阵嗖嗖嗖的响声，只见无数的弩箭从顶壁射下来。

大家急忙起身紧贴着墙壁，不让身体暴露出去。这个时候大家看见程宇在没有小门的墙角疯狂地摇动着身体，弩箭射在他身上，他们三个站在程宇的对面，拼命地叫着他的名字。

过了五分钟，箭雨终于停了，大伙一起冲上前把程宇拉了起来，赵苍生探了探鼻息，发现他已经没有呼吸了，顿时心里一沉。盯着程宇的尸体，三个人面如死灰。

赵苍生痴痴地说："程老弟，这都是我的错，我真不该让你们挖开这个墓，我……"话还没有说完，程宇的尸体忽然猛抽搐了几下，之后竟然坐了起来，哇地喷出一口血，三个人随即向后退了好几步。赵苍生指着程宇喊："诈、诈、诈尸了！"

程宇挣扎着说："赵大伯，我没事！这些箭……好像都没有箭头？"众人听他这么一说，纷纷拾起地上的弩箭看，发现箭头果然是钝的，赵苍生激动地说："你小子可真是命大！这些箭头都是铁制的，因为年头太久了，遇到撞击就会碎掉！"程宇双手捂住胸口，大声喊疼，扯开衣领，看见胸口上有很多红色的血印，赵苍生大笑说："这都是箭头撞击身体留下的，没事！"

程全军也是一脸的庆幸，连忙问："刚才咋会碰到机关的，你动什么东西了？"

程宇哭丧着脸说："我刚才只是开那个小门了，谁知……"

赵苍生在墓室里一边挪着步一边说："依地上这些弩箭的位置来看，触动小门弩箭会射向墓室的左面，而我们三个在右面就没有被射到，要不然就算我们贴在石墙上，也躲不过这个机关。"大家看了看地上的弩箭都连连点头，程全民起身指着那块刻着刺猬的石砖说："石砖上的刺猬是什么意思？这块砖是不是个机关呢？"

赵苍生盯着石砖思索了半天，突然指着程全民说："你拿绳子和爪钩来，这块石砖可以取出来，我们只要把它扣死抓牢，然后站在对面拉动，就算机关开启也不会伤到我们！"

用钢爪钩住石砖缝隙之后，他们站到石墙的另一边缓缓拉动绳子，果然石砖刚被拉出一点儿，墓室顶上的数百个小孔里就射出无数的弩箭，箭雨射了足足有五分钟。

他们见没有弩箭再射下来，石砖也掉在地上，都起身过去察看。赵苍生伸手翻动石砖，发现石砖上落下了很多的碎石粒，将上面的碎石粒弄掉之后，石砖的形状变得像一只正在爬行的刺猬，腹部还刻着很多冥文。

大家都在那里看着石砖，突然听见程全军说："喂，你们看那个小门哪儿去了？"

那个小门竟然不见了，大家顿时陷入恐慌。这时墓室的下面又发出一阵隆隆的闷响，地面在颤动，紧接着地面又开始往下坠。赵苍生站在墓室的中央，双手下压喝道："大家不要惊慌！这是开启密道的机关，拿好背包，机关可能马上又会关闭，我们一定要快！"

这时候地面的下坠和颤动突然停止了，大家相互对视一下。只见程宇指着头顶处的墙壁，惊讶地喊道："赵大伯，你看那个小门，它又出现了！"

四把手电同时照向那个地方，发现小门果然又出现了，而且小小的门板已经不见了，里面却出现一个不规则的洞口。赵苍生定眼一看，稍加思索之后说道："全民，把那块石砖拿过来！"

程全民答应了一声，伸手去搬动石砖，这时地下又开始发出隆隆的声响，而且地面颤动得更剧烈了。赵苍生喊道："时间不多了，大家快点儿！"程全军身子一斜，一屁股坐在地上，面色如土，指着那面抠出石砖的墙颤颤地说："赵哥，你看那边——"只见底下的墙缝，露出一条狭长的缝隙，而且缝隙越来越大。

"地面正在向左移动，大家赶快到这边来！"赵苍生说完便向有小门的墙壁靠了过去，程全民搬动石砖放在众人面前，问赵苍生："搬这个干吗？我看还是先爬出去再说吧！"

赵苍生不理他的话，指着小门说："你和小宇搭人梯上去，我把石砖递给你们，刺猬头向内推进小门里。"转身又指指他们进来的洞口说，"程老弟，你赶快朝洞口打两条爪钩上去，不行的话，我们可以顺着绳子逃走，大家快抓紧时间，不然我们全都会掉下去！"说着又指了指那条不断变宽的裂缝，众人听罢纷纷点头。

赵苍生见人梯搭好了，举起石雕递给程宇，但地面的颤动使程宇无法在程全民的肩上坐稳，身体不停地摇晃着。赵苍生见势一把抱住他俩，口中连连地催促，又用余光看了一眼程全军，见他固定好一根绳子之后，竟然站在那儿发愣，心里一急就朝他喊："全军，你愣着干什么呢？"可话没说完，他就看到程全军紧抓的那根绳子上趴着一只硕大的虫子。

那虫子体型肥大，头部油光发亮，腿上长满了细长的尖刺，两根触须相互碰撞，发出吱吱的声音，乍一看就像只特大号的蚱蜢，那虫子这时正向程全军缓缓地爬过来。

程全军的手抖个不停，绳子在空中打着晃。赵苍生回过神来，生怕这样会惊动那只虫子，就压低声音对程全军喝道："快把绳子扔掉！"这时只听嗡的一声，又有一只虫子扇动着翅膀出现在程全军脚下不远处的地面裂口上，身子后半截还留在阴暗处。看来这虫子是从地板下面飞上来的，难道下面还另有墓室？想到这里程全军打了一个冷战，伸手就把自己的背包丢了过去，背包刚好砸在那虫子的头上，背包和那只硕大的飞虫一起掉了下去。

坐在程全民肩上的程宇看到这一幕都吓傻了，见赵苍生在下面拼命地大叫："你小子快点把石砖放进去啊！来不及了！"他身子一震，慌忙抓着石砖往洞里塞。

程全军手里的绳子终于脱手了，那只趴在绳子上的虫子身体向前一挺，朝着他就扑了过来。程全军双腿蹬着地面拼命地向后退，赵苍生放开程宇，抓起供桌上的灯台就朝虫子扔过去，那虫子在地上打着转，一连九个灯台都没有砸到它。虫子发出吱吱的声音又朝赵苍生飞过去，他伸手在供桌上乱抓，发现已经没有东西可用了，连忙低身趴在供桌的下面。虫子落在供桌上面，开始用前爪攻击桌子下面的赵苍生。

这时就听一声巨响，小门的下面由于石墙向左移之后露出一个很大的门洞。程宇朝着赵苍生大喊："赵大伯，快往这边跑！"说完抢起背包砸向虫子，虫子吃痛，掉在地上，振动着双翅绕着程宇打转。忽然咯吱一声响，石台被地面移动回缩的力量挤压开来，打着滚掉了下去，砰一声落在深渊的底部，接着就听见一阵巨大的嗡嗡声从地下传了上来。

众人正愣神的时候，地上的虫子突然飞身一跃，抓住程宇的胸口，前爪爪尖直入皮肉，一阵钻心的剧痛让程宇倒在地上。程全军见势上前用手去扒虫子，扒了多次，虫子终于掉在地上。他乘势抬脚就踩，虫子一个侧身腾空跃起，拍打着翅膀抓向程全军的面门。

赵苍生正想上前去抓程全军的后领，就听刷的一声轻响，一只爪钩钩住了虫子的后背。虫子被拉到两米开外，撞在石壁上，体液四溅。

2. 脱险

众人转过头，只见赵露元手里拿着绳枪，趴在洞口不停地晃手电，眼睛盯着下面，嘴里说着什么话。

赵苍生身子颤了一下，说："他的意思是下面还有很多虫子！"话刚说完，就有数十只大小不一的虫子从下面飞扑上来。赵苍生大喊："露元，你快走！"接着抓起程宇的衣领往石门里拽，程全军和程全民也一起来拉程宇，露元被几只虫子紧逼着退了出去，可他还不停地喊："你们快逃啊！"

虫子飞得快不要紧，最要命的是向墙内收缩的地面，这时已经只剩下一米多的宽度，而且收缩的速度也比刚才快了一倍。程全军扛起程宇，贴着墙壁就往石门的方向冲，四五只虫子扑棱棱几声，趴在石门的上面。程全军管不了那么多，擦着它们的翅膀就跌进了石门。

赵苍生的肩膀上和大腿上爬了五六只大虫子，程全民怔了怔，他看见又有很多虫子从地下涌上来，于是大吼一声，抓起地上的爪钩就砸向赵苍生身上的虫子。虫子的外壳很脆弱，数下就被砸得稀烂，两人乘机转身逃向石门。

这一转身两人顿时大惊失色，眼前的石门没有了。赵苍生马上回身去察看地上的背包，想用绳子从原路逃出去，但是地面的宽度已经不足一米。除了虫子黏糊糊的肢体，地上什么都没有了。他盯着飞扑过来的虫子，面如死灰，双腿一下子瘫软了。程全民双手抓挠着出现石门的地方，嘴里发出咯咯的呻吟声。

突然扑通一声闷响，那个石雕的刺猬又从上面的小门掉了下来，赵苍生赶忙抓起地上的石雕，对程全民喊道："快顶我上去！"程全民慌忙站起身，抱住赵苍生的大腿用力往上顶。几只虫子见他们手中没了武器，又一窝蜂地附在他们身上，转眼间两个人就被大大小小的虫子包围了。

地面还在往里缩，程全民脚后跟和地板的裂口，只剩下不足三厘米的宽度。他的身体开始发颤，血从裤管里流了出来。

突然隆的一声巨响，那个久违的石门再次出现了。程全民脚下一软，昏倒在门洞里。这时候上面的赵苍生只觉双腿脱力，手指一颤，硬生生地扒在了小门的边缘上,一时间布满虫子的身体悬在了半空。一只虫子就有几斤重,这么多的虫子,他实在无法承受,手指开始松动,渐渐地麻木了,身体终于支撑不住迅速地掉了下去。

一阵剧痛把昏死过去的程全民惊醒了,他转过头发现自己的右腿被石门卡住了,深红色的血液从小腿上涌出来。背上还有几只虫子在啃咬自己,接近崩溃的程全民,疯狂地在地上打滚。

石门最终还是关闭了,程全民那条腿被死死地夹在门缝里。他扭动着上身向前爬,没想到小腿和身体彻底分离了。他挣扎着翻过身,伸手在腰带上抽出一柄亮闪闪的匕首,向着空中胡乱地挥动,一只虫子被刺了个正着,其余的几只虫子扑棱棱飞出去很远,程全民望着飞走的虫子目光变得呆滞,他又一次失去了意识。

不知过了多久,程全民醒了。他发现自己躺在汽车上,右腿已经被人包扎了,他想张嘴说话,可干瘪的嘴唇粘在一起,没办法开口。

等程全民再次恢复意识是在酒泉军分区医院的病床上。眼前是赵露元,他表情沉重地坐在病床边上,看到程全民醒了,不禁激动地流下了眼泪:"程叔,你醒了!"

"你、你爸和他们怎么样了?"程全民弱弱地问。

"我爸他……他脑骨撞裂了,现在神志不清,一直乱说话,医生说他可能疯了!"

程全民知道赵苍生已经从墓里出来了,长出了一口气,又颤颤地问:"我大哥没事吧?"

"小宇和他爸……"说着话赵露元不禁喉咙哽咽,双手抱着头颤巍巍地说,"他们没出来,在里面全都失踪了。"

一年后,程全民和赵露元在兰州注册了一家建筑公司。赵露元对隐瞒了整整一年的程全军女儿程乐儿,说起了当年进入古墓救出赵苍生和程全民的事情经过。

当时赵露元从洞口退出来,就从车上找了一些油布做成火把,重新钻入了墓室,刚一进去他就听到一声惨叫从地下传上来。他举着火把爬了下去,发现墓室下面二十多米深的地方,一条地下河从这里穿过,黑糊糊的河洞里爬满了体型巨大的蝼蛄,赵苍生满头是血,一动不动地趴在水里,身上全是那些巨大蝼蛄啃咬留下的伤口。赵露元发现还有两只蝼蛄趴在父亲身上,就急忙上前用火把将它们驱走。赵露元扯开绳子把父亲缠在自己背上,爬回墓室的顶端,他看见墓室的地面正在缓缓地合拢,就急忙把父亲安置到车上。

等他再次回到墓室的时候,看见一块形态异样的石砖,从小门中掉下来。稍加思索后,他急忙搬来了两块大青砖垫在脚下,又将石砖重新推了回去。石门打开后,他发现程全民已是奄奄一息,他在内室里扫视了一下,并没有发现程全军和小宇。

程乐儿得知父亲和哥哥并不是溺水失踪,而是进入墓室后神秘失踪的,不禁悲痛万分,她执意要再进古墓寻找他们的下落。

第二章 九溪茶楼

1. 九溪茶楼

故事终究是故事，但讲故事的这个人，却实实在在地存在于我记忆中。记得认识他的那天，是一个风和日丽的下午。

四个月前，杭州的九溪茶楼。

我和大学同学李燕、张永在九溪茶楼喝茶。毕业后几年没见，我们个个都有说不完的话，整整聊了一下午，大家都没离开的意思。

李燕说："哎，你们说这雷峰塔下面到底有没有压过白蛇精啊？"

张永眼睛瞪得老大，他笑着说："我说李燕，你都读博士了，还整天说这迷迷瞪瞪的话，啥意思啊？我告诉你，如果这世上真有白娘子的话，我就甘愿……"

我把头向后一仰插话说："雷峰塔下若有白娘子，爷爷我非花钱把它买下来，住到里面去。"

"有没有白娘子，到塔下看看，不就知道了。"突然有人低声说了这么一句。

我心想：这谁啊？怎么偷听我们侃大山呢？扭过脸一看，一个身着浅蓝色西服的中年男人，手里端着深红的紫砂杯，正自顾自地饮茶，都没正眼看我们。我正想说两句，就听他说："我这茶刚好一十三道，几位不想尝尝？"

我起身走过去，没好气地说："既然是好茶，不尝尝那多可惜呀！"

说着我就端起茶壶自外向内闻了闻，又掀起盖子朝里面看了一眼，叶片挺直、大小匀齐，水色光润、汤色嫩绿、清澈明亮，我不禁又闻了一下，感觉茶的气味清香、幽沉而不浓重，果然是上好的龙井。我坐下来小心地端起一只杯子喝下去后，只觉茶的滋味鲜醇甘爽，我起身点了一下头，对他说："多谢先生的茶。"正想回到我的座位上，那人双目看着窗外，静静地说："你我在此相识便是朋友，不如多坐一会儿吧！"

我朝他笑笑，低声说："先生看来是饮茶的高人，依我看这九溪茶楼未必有这样品质的茶叶吧？"因为我知道有很多爱茶的人，经常会带自己珍藏的好茶到各处论茶道、交朋友。

这时那人竟然把脸转过来，伸出右手微笑着说："敝人姓赵，兄弟你贵姓？"我不禁一愣，这人虽说年近四十，可相貌却是一表人才，目光清澈而凝重。他好像也很唐突地笑笑说："老弟难道不想交我这个朋友？"见势我急忙伸出手，含笑说："这位先生真是仪表不凡啊！"说着又坐到那人的对面，感觉刚才握着他的手，有点不对劲儿，那只手结满了硬硬的老茧，和这个人的仪态、相貌很不相称。

"哎，我说莫炎，你在那和别人嘀咕什么呢？李大小姐可时间不多，你快点过来！"张永有些不耐烦了，在远处朝我嚷嚷，就听李燕喝道："你说话清楚点儿，什么时间不多了，你死我都死不了，你嘴巴积点德吧！"

赵先生朝我一笑说："原来兄弟姓莫。"我说："没错！草字莫，双火炎。我看赵先生是个生意人吧？"

"寄人篱下混口饭吃而已，倒是敢问兄弟可有什么好事情做，说来听听啊！"

"股票、房地产和搞石油啊，要不然就走私汽车、卖白粉去。如果还嫌赚得慢，那就抢银行、倒卖古董。电视上不是说一个唐朝的瓦罐，就值几千万洋票吗？"我侃侃而谈，只是随口说说而已，谁知那位赵先生好像真信这些似的。他竟然对我说："兄弟若是有几个古董，难不成就能买了这座雷峰塔？"说罢目光锐利地看着我，我心想：搞不好遇上神仙了呢，他不会冒一股烟飞了吧？这话傻子都听得出是在扯淡，他居然能当真？我苦笑一声说："先生要是敢做，我莫老大一定奉陪。"谁知他下面的话，绝对让我眼珠子上翻，只听他说："兄弟此话当真？"

我心想：这不会是黑社会吧？领我去卖白粉就惨了！我急忙话锋一转说："当不得真，这种事不是人人都能做的，是吧？"

赵先生好像一下子回过神儿来似的，笑着说道："那是！那是！犯法的事情不能随便去做。不瞒老弟说，我这里倒是有一单生意，不知你有没有兴趣加入？"

我看他很诚恳的样子，朗声说道："只要是不犯法的事，我莫炎有什么不能做的？"赵先生淡淡地说道："不过我们那个地方很辛苦啊！风餐露宿，兄弟身子单薄，吃不吃得消还不知道呢？"

"先生不要小视我们年轻人，我可不是养尊处优的奶油小生，只要有事业前景、有发展空间，吃苦算什么。再说我看先生形态稳健、貌似童颜的样子，可不像是吃过什么苦的人。"说罢我哈哈一笑。

赵先生忽然眉毛上扬，笑道："那兄弟可否随我走一趟西北，我们老板在那里要修个园子，缺的就是像你这样有魄力的建筑系高才生，搞不好兄弟的设计会声名大噪的！"说罢仰身靠在红木椅子上泰然自若地用手捏着眉心。

我不禁疑惑地问："先生怎么知道我是学建筑的？"

他的双眉随之一紧，不过马上又平静下来，说："你们三个在那里说一下午了，这里的伙计都知道你是学建筑的。"说着他从一只棕色皮夹里取出一个塑料磨砂封面的文件夹递给我，说："不过你还是要多考虑一下，几百万的工程虽然不算太大，但是对于年轻人来说也是个很好的机会啊！我这里有一份工程的前期行文，你先看看吧！考虑好之后，打上面的电话就可以找到我。"说罢他就起身要走，我想拦住他，他却回头笑着跟我说："这茶钱你就替我付了吧，跟我的提议比起来，这不算占你的便宜！"说完转身走下茶楼。

2.500万元的工程

4月9日，九溪茶楼一别后的第四天。

我躺在张永家的按摩椅上，悠悠自得地说："我说张永，你说那个赵先生不会是个骗子吧?"张永坐在沙发上,手捏一团卫生纸正在拧鼻子,腻声说:"你这几天晚上睡不着觉,害得我都感冒了。不就这点事儿吗?你说你都问几回了。"说着他又打了个喷嚏,"你不是打电话了吗?真的假的到那儿不就知道了。""我就感觉他不像那么一回事儿,不过真要是个骗子,他也该找个有钱的主吧?我莫老大的身上除了两台破电脑和这身普拉达,实在就没什么别的了,他犯不着拿 500 万元做诱饵吧?"我望着天花板发呆,回想那天在茶楼遇见的赵先生,当时他给我的文件夹里面,确实是一份扩建工程的前期行文和大体的资金预算。

我和张永研究过了,那绝对不是虚假伪造的文件。这个工程其实是在一个森林保护区里建造研究所,工程预算 500 万元,建筑面积 4000 平方米左右,包括展厅、实验室、宿舍楼、水池和瞭望塔等等。建筑工队有两个,签合同的甲方是甘肃省森林管理局,乙方是兰州市程远建筑公司。想着想着我又拿出那些文件来翻看,文件里的合同书确实是很规范,虽说都是复印件,但是上面的公章还是很清楚的。

"我说莫炎,你怎样也要五一过后走吧,我们还等着给你过生日呢。"张永一句话打断了我的思绪,我往椅子上一靠笑道:"兄弟我欲乘风归去,得来日再和众位相聚,抱歉,抱歉!到那时相信莫炎已是琼楼高台之人了。"

"你他妈的,见了媳妇儿忘了娘,尝了白馍不吃糠。"我见张永又要唱骂人曲了,马上起身拦住他说:"我可不是炸了碉堡不认账的兵,得了光荣要分给全连将士嘛!你说,要是我做这个工程出了名儿,还不是和你一起走向光辉的彼岸啊!"

"别牛了,一个小小的研究所出什么名儿啊,你以为是修长城啊!"

"这可是国家重点保护的工程,那保护环境可是全世界人民的大事,你懂什么啊?"我俩正闹着,突然门铃响了。

张永出去开门,李燕走进来对我说:"莫大工程师,门外有人找你。"

我起身对她笑笑说:"李燕你就别涮我了,谁在外边?"说着话我就出了屋子,见门口站着一位小个子青年,便问:"你找我?"

"您就是莫炎先生吧?"我点点头,"那就请上车吧!"他说罢就往门外走。

我拦住他说："你谁啊？让我去哪啊？"

那人说："您不是月牙湖自然保护区二期工程的工程师莫炎先生吗？我是程远建筑公司的，我叫赵强，我们程总打电话说工期紧张，让我们今天下午就坐飞机去兰州。"他说话速度很快，好像很赶时间。"啊？我是、我是，我收拾一下东西马上走。"我慌张地回答，转身就往屋里走。

"那您简单一点儿，公司已经帮您把一切都准备妥当了。"我说了声"好"，转身回到屋里，悄声对李燕和张永说："还真是那个赵先生，他说叫我马上过去，还说今天下午就飞到兰州。"

他俩看着我兴奋的样子齐声说："你别从飞机上掉下来！"

我回卧室拿起包，憨笑着对他俩说："过年回来我们再聚啊！"

李燕起身从自己的包里拿出一个用彩纸包装的盒子，微笑着说道："生日那天再打开，你一路小心！"我脸上忽然一热，有种想抱她的感觉，可是我没有，只是默默地低下头，沉声说道："谢谢！我会给你写信的。"

"写什么信啊，直接打电话不就得了，我告诉你啊莫炎，要是李燕也对我这么好，我才不去什么狗屁保护区呢！"张永说着把腿抬到茶几上朝我阴阴地笑。

"张永你小子就一辈子吃你爸的老本吧，我保管你哪天就会腿软。"张永就怕我说他懒，这回他急了，站起来就往外推我，一边推还一边说："赶紧走、赶紧走，别耽误了你那光辉的前程，大工程师！"

我在他俩亲切的目光注视下上了那辆银色的奥迪……

第三章 月牙湖

1. 自然保护区

4 月 13 日，晚，星光布满了兰州城的上空。

我坐在一张非常舒服的单人沙发上说："嗨，这沙发坐上去可真舒服，等我回去照这个样子也做一个，比这个要长一点儿，能把腿也放上面儿。"

另一个沙发上坐着一个戴眼镜的小胖子，笑嘻嘻对我说："我看最好给你叫一位漂亮的小姐来，全身按摩，那不是更舒服。"他叫叶老二，是建筑工队的老板，负责前期的整体施工。我朝他挥挥手说："叶老板哪儿的话，这宾馆里的妞儿，我可没兴趣。"

"那你可就小看这里了，这可是七里河最大的宾馆了，找有品位的 MM 还不容易，有上清还怕找不来？"说罢就朝我嘿嘿地笑，看样子是等我的意思了。

"上清是谁啊？你这是说的哪门子黑话？"

他一副文绉绉的样子，侧过身含笑说："这上清吗？就是上清童子，古时候的唐朝有个叫岑文本的大臣在一座山里避暑，一天晚上他听到屋外有人叩门，门外人自称是'上清五铢衣'。岑大人就出门察看，见到一童子嗖的一下就在院子的墙角处消失了。他从墙角捡到一枚五铢铜钱，原来'上清童子'是钱的化身。从那之后，古人就经常用'上清童子'作为钱的雅号。"

我对他的话有点不解，朝他斜了斜眼睛说："你还真能编故事，你以前是跳大神的吧？"他很不服气地说："连这个都不知道。"说着话他就拿起电话，连拨了几个号码，都没有什么结果，最后他把电话一扔说："睡吧！这破地方连个小姐都没有。"

我也没理他，起身来到隔壁赵先生的房间，见他在下棋，就走过去问："赵哥，我们那个保护区在哪儿啊？我想先从网上了解一下那里的情况，也好设计个合适的风格，我这叫笨鸟先飞！要不老板问起来也不好说，是吧？"他向我挥挥手，示意让我坐下来。片刻后，就听他叹了一口气说道："这棋要输了，黑棋是赢定了，无路回旋啊！"

我朝他笑笑说："你整天自己跟自己下棋，有啥意思啊？"

他没理我，只是说："等后天见了程总，你只要记住一件事，合同一定会签的。"我问是什么事，他说："不要刨根问底，只要顺着程总的意思办事就可以了。"

我还想往下问，却听他笑道："好了，早点休息，明早让强子带你去五泉山逛逛，就当是我耽搁你过生日的赔礼！下午我们就去工地。"

第二天上午我跟着赵强在五泉山逛了好一通，中午吃过饭，我们一行四人就出发赶往目的地。

一辆"欧蓝德"载着我们沿连霍高速一直向西行驶了近七个小时，我和叶老二在车上就整整睡了六个小时。我睁开眼问："赵哥，到了没？"赵先生手指捏在眉心闷声说："还早，刚过酒泉。"

一路上我问了好几次，赵哥总是说还早，我正想再问就听他说："我们今晚就住这里吧！强子路边停车！"我看了看表，是晚上12点20分，心里暗骂道："妈的！走了快12个小时了，早知道这么远就该早点出发。唉，不管咋样总算是有个地方住。"我整整衣领下了车，这里确实要比兰州冷，冻得我嘴唇直打哆嗦。叶老二说："这地方还真没来过，咋这么冷啊！"强子在一旁说："这是山区，海拔比较高！"

这地方是一个蒙古族自治县，我们在这里的伊斯兰饭店里住下，四个人挤在一个房间。赵哥说这里离月牙湖还有几十公里，路不好走，所以先住一晚，等天亮了再走。

第二天早晨我是被赵强摇醒的，这一晚我睡得很沉，起来的时候眼睛都有点睁不开。吃过饭我和强子来到停车的地方，发现有两辆和我们一样的越野车停在院子里。

看到赵先生站在车旁和两个身材高大的汉子说着什么，我就凑了过去，谁知道我刚走近一点，他们就都不说话了，我这心里直犯嘀咕。赵先生见我过来含着笑说："吃过饭了吧？因为公司那边有点事儿，我就不送你了，让强子带你去工地吧！"说罢向那两个人挥挥手，上了一辆车，我看了看车牌是"甘AHB026"，赵先生坐在车上朝我俩摆了摆手，就催促司机向着我们来时的方向开走了。

我钻进车里才发现这车不是来的时候坐过的那辆，因为这辆车的座椅上没有布制的椅套。我就问："哎，强哥，我们那辆车呢？"他把车发动向后倒，随口说声："噢，那车送叶老二去了。"

我心想：他妈的这公司真是够阔的，光"欧蓝德"就这么多，叶老二不是和我们一样去工地吗？为什么要先走呢？赵先生和那两个人说什么呢？为什么怕我听见啊？我想问赵强，可又一想，问那么多干什么呀？到了一切就都知道了。想到这我让强子把音乐打开，自己就朝车窗外看，这里的山上都是低矮的植物，显得光秃秃的，远处的山顶竟然还有雪，怪不得天气这么冷。

在音乐声中我竟然又想睡觉，心想：这两天咋搞的，怎么老是犯困？

一阵凉风吹在我脸上，我一个激灵坐起来。原来是强子把车门打开了，外面的凉风刮进来，吹得我直打冷战。我看了看表，都中午12点多了，擦擦嘴上的口水问："我们到了？"强子点点头，下了车我发现，这里确实很偏僻，我们来的那条路好像只是为了通到这里才修建的。

我们俩走进一个大铁门，我见门柱上写着："月牙湖鸟类自然保护区"，里面很宽敞，中间建有一幢两层小楼，左边是一排平房，大概有十几间，楼的前面是一块三四十米见方的水泥地，也有两辆同样型号的越野车停在那边。这小楼看起来很新，但是典型的白色欧式结构和周围环境很不搭配，这里和我想象中的森林保护单位差得太远了。

2. 古怪小楼

车旁边站着两个人，他们见我们进来，瞥了我一眼，露出一副警惕的表情。强子说："我们进去吧！"我朝着那两个人点头笑了笑，然后跟着强子进了小楼。

打开大厅的门，竟然是条向下的走道，走道并不长，尽头又有一扇门，门外站着一位穿深蓝色西服的男人，见我们进来就把门推开。我刚进去就又是一惊，里面的面积非常大，而且是呈长方形的，这里的面积和外面看到的小楼相比大了不止一倍，我心想：这算什么设计啊，避开采光，把客厅建在地下真是不合常理，这样岂不是白天也要开着灯，真是令人费解！

大厅里果然亮着灯，从门口到尽头有两排灯，中间很亮，两边显得很昏暗。地板是大理石的，很光滑，四面的墙上都安了深蓝色的镜子，使大厅显得更加空旷。径直穿过大厅，我发现除了大厅中央立着一根粗大的圆柱以外，这里什么摆设都没有。

大厅的另一头有一扇门，我之所以说是扇门，是因为它是开着的。当它关起来的时候，就会和墙面合拢，这样就和整面墙壁形成了一个整体，这样大厅的所有墙壁就完全是镜子了，从门外根本就看不出来这里有扇门。

在这安静空旷的大厅里，两个人的脚步声透着诡异，我正想着钻进门里，就见强子回头对我说："等我一下！"说完闪身进了那扇门，强子进去后就把门关上了，我一下就陷入了莫名的恐惧。我看着那扇门，门的外面没有把手，好像只能从里面开，等了几分钟，赵强还没出来。我忽然听见左边的墙壁里传出叮叮当当的响声，是敲打金属发出来的那种声音，但我却没敢转过身。我感觉这里每一面墙上的镜子都是一扇门，每一扇门的后面都有一间屋子，好像屋子里有什么怪物想冲出来似的，想到这里我不禁全身发抖。

突然吱呀一声那扇门开了，一个女人走出来看看我说："里边让你进去呢！"说罢转身就走，我连忙跟在她的身后，心想：真是活菩萨呀！要是再不出来，我非吓死在这里不可。

进入房门是一条向左的走道，这里的灯很暗，走道也很窄，两个人并排走的话一定过不去，走了没多远有个拐角，离拐角不足五米的墙壁上是一扇白色的木门，里面灯光明显比外面亮，走进去后看到一间有20平方米左右的房间，里面有桌子、书架和沙发。

桌子后面坐着一位50岁左右的男人，强子站在桌子旁边，那女人进来后就坐在沙发上，看上去有二十几岁，模样长得非常标致，但神色却很冷酷。

强子见我进来，笑着给我介绍，说："这就是程总。"然后向那男人低声说，"这位是莫炎，建筑工程师。"我朝他点点头，就听那程总慢声慢气地说："听说你刚从法国回来？"

我心想：这老家伙架子真大。不过我还是笑着回答说："是啊！我在斯特兰斯堡建筑学院学习了两年，但成绩不是很优秀！"程总的那种霸气让我感觉很不舒服，我还没有这么紧张过，在巴黎论文考试都没有过。我顿了顿，继续补充说："不过这个工程我一定会很用心的，我相信我的设计能让您满意！"

程总好像很满意的样子，仰起头问道："对我们这个研究所，莫炎先生有什么看法？"说话间伸手从抽屉里拿出一个文件夹，我想起赵先生叮嘱我的话，就带有歉意地说："程总，我也是刚到这里，对这个地方还不是很熟悉，等我了解一下，马上出一份草图，不知程总在这个工程上有什么要求啊。"

他将手中的文件夹让强子递给我，说："这上面是公司的一些设计要求，你先拿去看看，有什么不明白的，就问二丫。"说着话他伸手指了指坐在沙发上那个冷冰冰的女人。

3. 月牙湖

告别了程总，二丫、赵强和我走出小楼。院子里的那两个人还在，其中一个人见我们出来，起身迎上前对二丫说："程小姐要出去啊？"

第三章　月牙湖

二丫点点头招呼我们俩上了车，车开出院子后，就朝着我们来的那条路驶去。

我和强子在车上吃了点压缩食品，大约走了20分钟，前面出现了一个岔路口，司机调转方向沿着一条朝上的山路继续走。走了很长时间，我们穿过一条非常高大的围墙，车开过大门的时候，我看见门梁上写着："保护环境、人人有责"。我就问强子："工地在里边吗？"他点点头，又走了一会儿车就停下了，二丫跳下车说了声："下来吧！"我拉拉上衣也下了车。

她站在一个小土坡上指着山下说："这就是月牙湖！"我顺着她手指的方向往下看，下面确实是一个非常大的湖，月牙的形状，湖水出奇的蓝，从这个方向看过去，几乎能够看到整个湖面，的确很漂亮。

我见她转身又指向身后说："我们的施工地点就在这儿，前后都要建瞭望塔，先给这里通电，把探照灯安装到塔上，晚上施工可以打亮，另外……"说着她转头看着我说："你要尽快草拟出图纸，四个月内工程必须完工！"我看看她手指的方向，面积不是很大，有很多不知名的树，不过这里很平坦，比较适合搞建设，就朝她点点头说："没问题！"说罢我从背包里把绘图工具拿出来，开始简单地画出这里的方位和地势结构图，然后列举最先要准备的材料。

我又翻看程总给我的文件夹，上面只是说了工程的期限、施工材料的运输、各块儿的负责人等等，最后有一张蓝色的纸，顶端印着个古代钱币样式的刻章，我大致看了看，上面是施工设计要求，发现展厅、实验室和宿舍竟然要求全部挖掘地下室，而且地下室的面积都是上面房屋建筑面积的两至三倍。

为什么要建地下室呢？我忍不住就问二丫，她说："这里气候条件很差，到了冬季工作人员需要转入地下办公，这样的设计都是气候条件所迫。"我点点头说："那合同上4000平方米的工程计划，怎么能挖这么大的地下室，再说资金上也是个问题啊！"二丫转头冷冷地瞪了我一眼，然后轻声说："你要是设计不了，那就换别人了。"说罢就往车上走，我暗骂自己笨，赵哥的话我全忘到脑后了，连忙喊道："那你说的水池建在什么地方啊？"她拉开车门坐在副驾驶座上，向上指了指说："山顶！"

我看赵强好像也在取笑我，理都不理就坐上了车，也连忙收拾背包跟了上去。我们来到山坡下一公里的地方，这里有一幢破旧的宿舍楼，我被安排住在二楼最东面的一个房间，条件还算可以。楼上还有一层，每层有八个房间，楼下是车库，有电、有水，还可以洗澡，离工地又很近，我就向赵强点点头表示满意。

二丫离开的时候，我向她承诺三天之内把设计图交给她，所以我马上从包里拿出电脑开始工作，一直忙到傍晚。我不禁一惊，这样的工程算下来至少要 2000 万元，光靠政府给的 500 万元，那够个屁呀！不过我暗自高兴，心想：这工程做下来，就算不出名儿，光设计费，我就得要他们七八十万元的。

想着想着我拿出手机，准备给张永打电话，一看手机竟然没信号。我拿着手机出了门，上到三楼还是没信号，电话都打不了，这可够郁闷的。我准备去楼顶试试。这个时候就听见一个人在我身后说："别费劲了，到山顶也一样，不知道这山里埋了什么矿，搞得这一带都没信号！"我转过身看见一个身穿军大衣的汉子站在阳台上，手里夹着烟，他从上衣口袋拿出烟递给我，说："你是那个工程师吧？"我摆摆手，示意我不抽烟，他将烟盒握在手里说："我叫常森，是施工队的，在这看见你，正好能问问什么时候能动工啊。"

我记得这个名字，程总的文件里写着这个名字，也是施工队的老板。想到这里，我突然脱口问："不是说叶老二负责前期吗？"他明显不知道叶老二，笑笑说："我到这都一个星期了，不知道叶老二是谁。"我点点头，心想难道叶老二不辞而别了，心里感觉怪怪的，仰头对那个常老板说："明天就可以到山上收拾场地了，只不过……"

"只不过什么呀？"

"只不过工程费用很大，不知道资金能不能到位。"

忽然从楼道里传出一阵笑声："哈哈！你们看看这月牙湖，多像是一颗美丽的大眼睛，湖面水流不断，像是泪水在眼睛里打转。"说罢又朗声大笑起来。

我转过身看到一位面色红润、身材高瘦的老人走上楼来，看年纪有60多岁的样子，手里拿着一把折扇，脚步很轻，常森打招呼说："是赵先生啊！"

那个老先生淡然地对我笑道："你说保护这颗眼睛，花多少钱不值得呢？"我转过头望向远处的月牙湖，也淡然地笑道："老先生说的是啊，我看这弯弯的眼睛，倒像是含着泪在那里笑呢！"

4. 程乐儿

三天后的傍晚，程小姐来了，我兴致勃勃地将图纸交给她看，她只是简单地翻了翻，然后就向我点点头说："不错，这样的话，明天就开工！"

我心想：这小妮子太小视我的设计成果了吧！这几天我几乎把国内有名气的森林保护单位都作了细致的分析，好不容易才拿出这个合理而典雅的设计方案。我考虑到这里的地理位置和实际情况，建筑外观不能过于突出，所以把房子的外部与自然搭配，颜色与山上的植被结合，内部全都以暖色调来提高使用者的心理感官等等。我正想要作个完美的概述，谁知道她就这么简单地看看，之后就要照图施工了，心里多少有点不快，但是看见她递过来的黑色塑料袋，我眼睛一下子就亮了："程小姐这个是？"

"这是工程前期付给你的25万元设计费，等工程完工后，我会再付给你剩下的25万。"

这时候我啥也不在乎了，赶忙把塑料袋子接过来，笑道："那就先谢谢程小姐了！"

"程总已经签过合同了，你再签一下。"说着递给我一张浅蓝色的磅纸，我心里就打了个问号，心想：这老家伙都没有看过设计图纸就把合同签了，到底咋回事？而且还付给我现金，天下恐怕没有这么草率的老板了吧？不过我还是迫不及待地签了合同。

"待会儿强子会送来你的生活物品，施工期间你有什么需要，就跟强子说，他今晚就搬过来，住在你隔壁。"说罢她起身出了门。

我打开袋子把一打一打的钞票拿出来放在床上，欣赏了好一阵，自言自语："这害死人的上清童子，为什么人人都喜欢呢？"我躺在床上，又把一打打的钞票放在肚子上慢慢数，大概折腾了 20 分钟。

我起身拉开背包，想把钱放进去，忽然发现那个彩色的盒子，暗骂自己没良心，李燕送的礼物都忘了看。我拆开盒子发现里面是个数码相机，还有一张贺卡，打开卡片，一阵悦耳的声音传出来，卡片上写着：

莫炎，生日快乐！
到了西北别忘了把那里的景色拍下来哦！

李燕

我看到下面还写着邮箱地址，叹口气说："唉，只能到家后给你们看照片啰！这里连电话都打不了，还谈什么上网啊！"

"咚咚咚……"有人敲门，我连忙把东西收起来。一开门见是赵强，我很高兴。在这里我就和强子熟，我把他让进屋，发现他身后还有个汉子，他们俩拎了很多塑料袋。

放下东西后，那个汉子就走了。我翻了翻那些袋子，发现里面连内衣都有，不禁直皱眉，我随口问："强哥，那个程小姐叫什么呀？整天绷着个脸，看她和程总走那么近，她是程总的女儿？"

"不是，她是程总的侄女，程总没有女儿。"赵强说。

"那她叫什么？"我继续问。

"程乐儿！"

"不会吧？看她那冷冰冰的样儿，哪儿乐得起来啊！"说罢我就笑起来。

赵强靠在椅子上抽着烟，默默地说："这话你以后千万别乱说，我只知道六年前程小姐的父亲和哥哥出事以后，她就开始闷闷不乐了，到底发生了什么事，我也不知道！"我心想：难道她父亲和哥哥出车祸死了？

我见赵强好像很回避这件事情，就换了个话题说："赵哥，你在公

司很长时间了吧？公司都承包过什么大工程啊？"

"这是第四年了吧，这几年除了在酒泉做过几个工程外，也没听赵先生说过什么大工程，倒是组织了一个不错的工程队。"

"那赵哥原来是做什么的？"

赵强沉吟了片刻，就坦言说："不瞒你说，四年前我在酒吧里打过一次架，打伤了一个人，嗨，谁知道那个人的老子是个什么官儿，就把我给拘留了，是赵先生把我弄出来的。后来我才知道，那天乐儿小姐也在酒吧里闲坐，那群兔崽子对程小姐出言不逊，被我们几个看见了，我上前就拍了那崽子……唉！后来赵先生把我弄出来以后，就说要介绍我到他们的建筑公司，我也没推辞，从那以后我进了程远。这几年程小姐和赵先生对我也很照顾，我觉得在这儿挺不错的。"

赵强说得很中肯，我们又聊了一会儿，他就回去睡觉了。

第二天一早常森来找我，说上头让我们马上动工。我们相随来到工地之后，我发现常森动作挺快的，才几天就把这一带的树全砍了，我作完安排之后，他就吩咐工人们干起活来。

第四章 秘密

1. 七个秘密

9月11日，我负责的工程完工了。

在这几个月里，我发现了这个保护区里令我极其迷惑和恐惧的七个秘密：

第一个秘密，程总从来没有离开过那幢古怪的小楼，也就是说他一直都待在地下室。

第二个秘密，叶老二并没有走，一个月前他进过那幢小楼。

第三个秘密，除了赵强以外，我和谁都不能走得很近。

第四个秘密，所有的地下室不是为了方便工作人员居住或是办公而挖掘的。

第五个秘密，那天遇见的老者，就是赵先生的父亲，他是个疯子。

第六个秘密，赵先生和那辆车牌为"甘AHB026"的欧蓝德一起失踪了。

我躺在床上思索着这一切。

第一个秘密是我在赵强一句不经意的话中发现的。那天我在瞭望塔上拍照，这个塔离地面十四米左右，站在上面可以俯视周围的一切，包括那幢白色的小楼。我将相机镜头拉近拍摄小楼，发现一辆车停在小楼的前面，有四个人往里面搬东西，有两个穿白大褂的护士站在旁边。晚上回来我就问强子是谁病了，他说："程总一直有病，那是医院定期的检查。"我说："这里条件这么差，为什么不直接去医院呢？"他就随口说："程总从不离开自己的房间！"

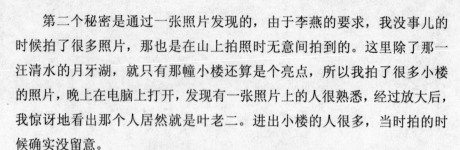

第二个秘密是通过一张照片发现的，由于李燕的要求，我没事儿的时候拍了很多照片，那也是在山上拍照时无意间拍到的。这里除了那一汪清水的月牙湖，就只有那幢小楼还算是个亮点，所以我拍了很多小楼的照片，晚上在电脑上打开，发现有一张照片上的人很熟悉，经过放大后，我惊讶地看出那个人居然就是叶老二。进出小楼的人很多，当时拍的时候确实没留意。

一个工友发烧，到我房里借药，我就和他聊了几句。不过被阳台上闲逛的常森看见了，谁知隔了一天那个工友就告病回家了。从那以后，这里的工人就很少和我说话，都是闷不吭声地干活。我渐渐发觉，只要和我接触多的人，都会不明不白地离开这里，这个情况也包括赵先生的父亲，其实我和他只是喝过两次茶，也没有谈什么事情，结果他也被召回公司了。

经过这些事情，我猜他们一定对我隐瞒了很多。

我开始处处留心，最明显的就是施工的过程。建在上面的屋子都没有什么问题，可地下室的设计却遭到了程乐儿三番五次的修改，主要就是隐藏入口和室内封闭，没有留下压层的通风窗，展厅的地下室被改得很宽大，而且安装了大型的配电设施，入口设计在房子的后面，也非常宽大，就好像要往里面开大卡车似的，还特意设计了花圃来遮蔽入口。我第一感觉就是这个设计绝不是为了住人或做办公室用的。

紧接着我又发现了两个秘密，就在赵老先生被接走的那天。吃午饭时，我听见一楼食堂里有人吵得厉害，因为没人和我说话，我就把饭端到楼上吃，听见声音后我连忙下楼去看，只见赵老先生双眉紧锁地指着强子叫喊道："我儿子去哪了？是不是跳到湖里了，是不是？"赵强很无奈地搀扶着他说："您老说什么呀？赵哥咋会掉湖里边呢？"我正想上前劝他，这时常森从旁边过来，拉着我笑嘻嘻地说："莫工，没事的！一会儿就好了，他这是老毛病又犯了！"我连忙问是什么老毛病，他回答说："赵老爷子以前疯过，现在还没完全好，有时候就会犯病。"我又问："赵哥都走两个月了，咋没见他来过这一回？"常森又推说可能公司生意忙，还说他是程总最信得过的人，所以公司没有他不行。

我不太信他的话，就一直留意最近进出的车辆，只因我对数字很敏感，记下了那天赵哥走时乘坐那辆"欧蓝德"的车牌。我想这里没有通信设备，赵先生就算不来工地，最起码也要去小楼给程总汇报工作吧！但我观察了 10 天也没见到那辆车，直到有天晚上我问强子赵哥出去这么久，咋也没过来我们这边看看？他说："前几天我去城里采购东西，去了公司一趟，他们说赵哥没去过公司，我也正纳闷呢。"我又跟他说了这几天盯车的事，他说程总办公室里有一部专线电话，可能赵哥和程总有联系吧！

一系列的事情把我搞得头晕眼花，我知道这些事情并不是我想的那么简单，所以最好的办法就是不去追查，马上离开这个地方，随后我就加快了工程的进度，想着早点完工了，自己就能回去了。

直到一件事的发生，才使我真正明白了自己现在的处境，也明白了为什么人人都躲着我。我开始害怕，感觉自己不会安全地离开这里了，这也正是我发现的第七个秘密。

自从来到月牙湖，我一直都没有机会走出这个地方，我感觉自己像被软禁了。听强子说程总的办公室有一部专线电话之后，我就想找机会到那里给张永打个电话，这个愿望在三天前实现了。

那天我跟一个司机说找程小姐谈谈工程的事，司机拉我到小楼，我刚下车就看见那辆失踪了四个月的"欧蓝德"越野车，看到那个"甘AHB026"车牌，我不禁心中一惊，心想：难道赵先生回来了？我四处察看发现院子里一个人都没有，我让司机待在车上，自己走进小楼。我拉开那扇大门，眼前的一切让我大吃一惊，因为那条向下的走道不见了。

离门口不远有扇黑胡桃木料制成的门，我用手推了推，门竟然开了，我径直走进去，发现里面是个小型的展厅，摆放了很多鸟类的标本和大大小小的镜子，我正想退出来，忽然就听见一个人的声音："你来这里做什么？"我急忙向四周看了看没发现有人，我颤颤地问："谁、谁啊？"

一个女人从一面镜子后面走出来，正是程乐儿，我见是她就说："我是来这打电话的，打给我一个同学！"

"你有急事？"

"我是想告诉他，我马上就要回杭州了，让他去机场接我。"

"那你跟我来吧！"

我跟着她来到大门口，只见她在墙上按了两下，那条向下的走道又出现了，原来是安了隐蔽装置。穿过那个阴森的大厅，来到那间狭小的办公室，我发现里面没有人，程总他不在这里，心想：难道这老头子今天破例出去了？我拿起电话，拨了张永的手机，那头儿刚接通，我就忙说："是张永吗？"

"你是谁啊？"

"我是莫炎啊！"

"莫炎，你小子，我还以为你死了呢？这都快半年了，才想起我呀，你手机我都快打爆了，李燕还说要去兰州找你呢！"

"这里手机没信号的，过两天我就回去了，到时候我们再联系，你可要到机场接我啊！"说完我就挂断电话，回头跟她说："完了，走吧！"她看了看我转身走出去，我心想：难道他们对我没有恶意，要不咋会让我和外面通电话呢？其实我并不是想要和张永联系，只不过是想试探一下，这里发生的事情是不是有阴谋。走出小楼我问她："赵先生是不是回来了？"她说："还没有回来。"

那天打过电话后，晚上我想了很久才睡着。

第二天，当我睁开眼睛时，我看见了一个人，他中等身材，穿一身浅蓝色西服，手里捏着个什么东西，我心中一惊。但是借着屋里的灯光，我还是看清了他那张英俊的脸和一双锐利的眼睛，这个人竟然是赵先生。

赵先生也没有说什么，只是按动手里的东西，对面的墙上露出一个画面。

我迷迷糊糊地看到，画面上讲述了一段历史，是说南宋末年成吉思汗率军攻打西夏不幸身亡的事情，最后还讲到成吉思汗下葬时的情景。看到这段视频的时候，我还以为是我做梦上历史课呢！但直到慢慢地影像变成文字，内容转向成吉思汗本人的时候，忽然啪的一声，画面静止了，我才知道不是在做梦，这个时候我不解地问："赵哥，你让我看这个干什么？这些天你都去哪了？"

他低下头沉思了片刻，然后拉了把椅子坐在我对面，淡然地说："六年前，有五个人来这里探矿，发现这山里确实埋藏了大量的矿产，于是他们就在山上各处做下标记，准备日后领人来这里开采。下山回去的时候，他们发现有一处山体塌陷了，他们很好奇地过去一看究竟，谁知他们却看到一面石墙从深深的土里露出来，有人猜测说这可能是座陵墓。"

说着他捏了捏眉心，然后叹了口气说："不错！随后他们就证实了那个人的话，因为，他们把土挖开后，一面五六米宽的石墙显露了出来，大家当时都惊呆了！随后就有人提议凿开石墙，看看里面埋了什么宝贝。经过一番商量后，他们准备第二天带上工具来这里挖挖看。"

我不禁被他莫名其妙的故事给吸引了，仰起头等他继续往下讲，谁知一个沉重的声音打断了我们："第二天他们顺利地凿开了石墙，进入了那座墓。"我抬头一看，说话的人竟然是程总，旁边搀扶着他的是那位冷冰冰的程小姐，我不禁扫视了一下四周，竟然发现我并不是在自己的房间里，这是一间我从未来过的屋子，屋子很黑，只有投影机射出的那一束刺眼的光线。

程总手里握着一根拐杖，我发现他一条裤管竟然是空的，原来他缺了一条腿，心想：怪不得他不出房子呢，原来是行动不方便。

只见程总费力地挪到一张椅子前坐下，继续说："谁知道他们进去以后，触动了墓室里的机关，结果有两个人永远也没出来！"

这时程乐儿颤声说："那两个人就是我的父亲和哥哥。"

2. 推不掉的邀请

我整个人像一尊蜡像，眼睛直勾勾地盯着程总和赵先生，想说点什么，可又不知道从哪里说起，索性一把拉开衬衣领口直接问："我现在知道你们的秘密了，想对我做什么，就直接来吧！"

程总抹了抹眼睛，向赵先生挥挥手说："露元，叫他们都进来吧！"赵先生应声走出去。

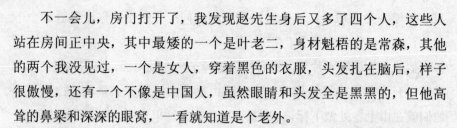

不一会儿，房门打开了，我发现赵先生身后又多了四个人，这些人站在房间正中央，其中最矮的一个是叶老二，身材魁梧的是常森，其他的两个我没见过，一个是女人，穿着黑色的衣服，头发扎在脑后，样子很傲慢，还有一个不像是中国人，虽然眼睛和头发全是黑黑的，但他高耸的鼻梁和深深的眼窝，一看就知道是个老外。

我默默地等着他们几个将我拉出去，然后找个鸟不拉屎的地方把我解决掉，然后挖个坑……唉！不管咋样，我算是折在这里了。想到这些我不禁朝程总苦笑一下，说："程老板，要杀我用不着这么费劲吧？"他没搭我的话，向赵先生摆了摆手，只见赵先生直起身指着最左边的常森说："这位是中蒙边境特种兵——常森。"我顿时一愣，眼睛一下盯在常森的身上，心想：这个平时懒散邋遢、面容憨厚的汉子，竟然有这么大的来头儿！

常森嘴角翘了翘笑着说："现在不是了。"脸上还是那副老实巴交的样子。

赵露元又指着站在常森身旁的那个老外说："这位是马西姆！"

"赵先生，请您叫我张一古，我已经习惯这个名字了！"那个老外一开口，我很是惊讶，他的中文说得流利，不带一点洋味儿的！

赵露元呵呵笑了笑，又指着那个神气十足的女人说："这位是宋茜小姐！"

没等赵先生介绍，叶老二就接过话说："莫老弟和我早认识了，在下叶如龙，江湖行走一棵松，行不改名，坐不改姓，见笑，见笑！"我转过脸瞅了瞅他，心想：这都什么年头了，还来这一套，谁知道江湖一棵松是个什么名头儿，我觉得还是那个常森让我十分敬仰，人家可是守过边境的特种兵。

我正自盘算他们下一步要对我做什么，就听咚咚两声沉重的敲门声，常森转身把门拉开，赵强和一个大汉走进来，赵强恭敬地站到程总身边说："他来了！"程总点点头招呼大汉和大家全都坐在椅子上，眼睛扫视了一下屋里所有的人，然后对着众人说："这次的事情，最重要的就是保密，我决定人不能再多了，加上莫工程师你们一共九个人，露元、乐儿、叶老弟、宋茜小姐、常森、赵强、一古先生还有大胜，你们这两天就都不要出去了，在小楼里作好一切准备，具体的安排待会儿露元会告诉大家，三天内一定要准备妥当，第四天凌晨就从新挖的入口，进入古墓！"

我听完之后打了个哆嗦，心想：这群亡命徒是准备去盗墓啊，虽然从情理上来说是寻找失踪的亲人，可那也是犯法的勾当啊！

赵露元走到中间，表情严肃地说："进入古墓之后，大家要保持联系，一旦分开就可能有危险，所以我们要提前做一下分工。常森心思严谨，他来负责大家的行动安全，前方如果没有排除危险，大家一定不要擅自行动，每行进一步，我们都会用电子设备探测和排除潜在的危险，这个一古先生会全面负责的。遇到怪异的墓室结构，莫炎老弟可以帮助大家来作判断，所有武器的使用方法常森和大胜会教给我们。另外，墓室里有很多机关，一旦碰上会有生命危险，所以我特地从浙江请来了叶先生，古墓里边的情况在座各位都不如叶先生清楚。"

一番严谨的安排后，我心头大震，原来这些人都是很有来头的，我只能算是个充数的南郭先生了，想到这里我不禁面色一红，这时候就听那位宋茜小姐起身说："那让我做什么？"

赵先生含笑说道："宋茜小姐和我的好兄弟赵强，专门负责乐儿的安全！"我心想：还好那位盛气凌人的宋小姐，也是个充数的，请来做程大小姐的一个跟班保镖而已。

赵先生起身从皮包里拿出一个文件夹，说："大家还有什么意见，有没有人想退出？"那个叫大胜的汉子站起身说："如果想退出，就不会来这儿，我在越南啥都干过，一个古墓算个什么？"

常森低着头沉声说："如果我现在退出，你能放过我吗？"这句话一下子把我要说的话给噎回去了。

赵先生冷笑了一声没说话，接着又拿出七个信封依次分给大家，然后说："每个信封里都有一张50万元的支票，不管大家是不是为了钱，这个钱你们收好。如果古墓里有什么值钱的物事，我都会分给所有参与的人，包括外面33名退伍军人！"最后一句话，他的语气很沉重，也重

第四章 秘密

重地砸在屋中所有人的心里，我双手紧紧地攥着信封，暗自后悔不该贪图名利来到这个鬼地方，现在有这么多军人在外面守着，想跑那一定是个死！

这时程乐儿来到我面前，说："莫炎先生，你跟我来！"我不由自主地站起来跟她走出去，转了几个弯，来到那间程总的办公室，她对我说："打电话给你的朋友，告诉他你现在要处理一些事情，短期内不能回去，让他安分点儿，不然他同样会有麻烦的！"

我像是被控制的玩偶，完全按照她说的给张永打电话，然后又回到了那间屋子。

3. 宋茜小姐

我整整一夜没合眼，坐在褐黄色的沙发上，愣愣地看着众人在桌案上写写画画。

赵强见我一脸沮丧的样子，就坐到我身边安慰我说："你啥也别想了，我也是前几天才知道这个事情。唉！其实不就是个古墓嘛，我们这么多人，还能出什么事儿。"

"既来之，则安之。莫老弟何必多愁善虑呢？我叶老二向你保证，从这古墓里出来以后，在七里河给你找个贴心的小妹妹，陪你过一晚咋样？要不咱去杭州、云南也行，哥哥我都熟。"叶老二坐在对面冲着我不停地唠叨。

上午10点，我揉揉眼睛，发现昨天晚上自己睡在沙发上了，这时程乐儿站在我身旁问："工程内饰装修还能拖几个月？"

"你说什么？"

"上面可能会派人入驻研究所，所以我们要拖延时间。"

"内饰装修一般用不了一个月就能完成，不过这里的天气有可能会影响施工质量。"

她点点头走到赵先生那儿嘀咕了几句，然后就听赵先生朝大家挥挥手说："大伙儿跟我出去试试枪，早点熟悉，免得到时候操作不当走了火，伤到自己人！"

来到那间空旷的地下大厅，一张四米多长的桌案上摆了很多枪械装备。听大胜在那滔滔不绝地讲解，我也听懂了一些，这些武器都是大胜从毒品商那里搞来的，枪支并不多，也都是旧的型号。其他就是头盔、军刀、手雷、钢铲、登山镐、绳枪、探照灯、照明弹、氧气瓶、潜水服什么的，看得我眼花缭乱。这些东西要让自己亲手用，还真是发怵，我拿起一把突击步枪，按照大胜说的方法，朝着大厅中间早已设好的靶子打了一枪，没想到冲得自己肩膀上紫了一大块，大胜解释说："这枪的后坐力很强，射击时一定要紧贴身体。"

　　大家纷纷兴起，换上全身的装备，个个打扮得像个美国大兵，拿起武器开始把玩起来，只有宋茜站在一旁面露嘲讽地看着我说："小子，别以为换上这东西，就能保得了你的命，真正危险的时候，你都来不及端枪！"

　　我一阵火起，心想：看你这副盛气凌人的样儿我就来气，现在还真冲我来了。我转身正视着她，笑着说："宋茜小姐美艳绝伦，就算遇上危险，也自然会有英雄来救，当然犯不着穿得这样五大三粗，那岂不是坏了小姐的身段！我们就不同了，我……"只见她双眉一紧，一个闪身，右脚已经搭在我的左肩上，鞋尖上伸出一柄亮闪闪的刀尖，离我的脖子只有半厘米，我身子一僵，后面的话咽了回去，心想：妈的，想不到这小妮子身手这么快，这眼前亏可吃不得。

　　这时众人都围拢上来朝我笑，我连忙说："宋、宋小姐，我只是说这些装备都是我们男人用的，你这么……这么个女孩子家，不……不适合用……"说着话，我慢慢地移开身体。

　　她瞪了我一眼，侧身走到桌案旁，拿起一把手枪朝我丢过来说："拿着！"我接过来看了看，脸上泛起一阵疑惑。只见她站到远处对我轻轻地说："开枪！"我有点儿没明白，见她指了指自己。

　　我朝她笑笑说："我要是打到你，那岂不是……"

　　她面容严肃地冷哼一声，说："你打不到我！"

　　我端起枪试着瞄了瞄，想吓吓她，谁知她好像有点不耐烦，突然冲我大喊一声："开枪啊！"我食指一颤，啪的一枪发了出去，只听一声金属脆响，一把没有刀柄的飞刀落在我面前，那颗子弹却不知被刀身击落到了什么地方。

我连连咋舌，我和她的距离不过几米，她竟然能把子弹挡住，赵先生站在一旁点点头笑道："宋小姐身手果然了得，莫工这一枪可是慢了一拍！" 我哪还听得进去这些话，只觉自己根本就不像这里的一员，和他们比起来，我真是没什么专长。

宋茜弯下腰去捡地上的飞刀，突然啪啪两声枪响，飞刀被子弹碰出去老远，众人一个急转身看见常森手里正端着把微型冲锋枪，他拉开弹夹，面露失望之色。

"这枪仿得太差了，卡壳现象这么严重！"

大胜脸色涨红，应声解释说："其实这枪只不过是充个数，重量比真枪轻得多，带在身上比较方便！"

宋茜一脸不高兴，对着常森说："你什么意思？"

"不好意思，不过宋小姐对一个玩笔杆子的人动刀动枪，有点不合适吧！"

赵先生走上前含笑说道："宋茜小姐也是给大家显显身手而已，无妨，无妨！"

宋茜哼了一声，转身去捡掉在角落里的飞刀，忽觉手指一痛，飞刀从手中脱落，原来是刀身上余热未消。这么一个举动，让这个盛气凌人的小姐脸色一阵通红，大家看了，顿时相视大笑起来。

第五章 泰山压顶

1. 三探古墓

整整两天，我和赵强都在一起熟悉、使用装备，我慢慢觉得自己好像也很厉害，最起码枪法准了。不过我也发现了一个不太对劲的事情，就是那个叫张一古的老外，他这两天一直躲在小屋里，只有吃饭的时候才出来，我现在已经是这个队伍里的一员了，总不能还有这么多事情瞒着我吧，我索性就去问赵先生，可他只是对我简单地敷衍说："一古先生主要是利用电子设备，帮助我们作墓室探测，用枪就不必了！"

第三天的夜里，我们都被带到小楼的二层休息，预定凌晨 4 点开始行动，我有一种要上太空的感觉。想到自己要进入阴冷的地下古墓，心里就一阵阵地发寒，想起程总说的大虫子，就直想吐，躺在软软的床上，翻来覆去睡不着，直到半夜才睡着。

睡梦中我被赵强拉起来，揉着双眼，迷迷糊糊地拖着早已准备好的装备，坐上了一辆车。我们一行三辆车开出院门后走了几十分钟，我从车灯照射的方向察觉，车一直开到工地，在泛着水泥和石灰味道的研究所主楼展厅前，我们相继下了车。常森站在石阶上清点了一下人数和装备，我发现只有八个人，但是深夜里我也搞不清楚少了谁。常森挥了挥手，让我们跟在他身后，来到隐蔽地下室入口的花圃前。那个入口非常大，整个花圃下面露出一个三米宽的通道，众人相视一看挺身走了进去。

赵强、大胜和那个老外最后进来，他们拖着一口大木箱，关上入口暗门后，里面亮起了灯，屋内通明，程总坐在轮椅上，程乐儿也在，他见大家一个都不少地进来了，点头笑了笑。我察看了一下四周，发现这个地下室除了那套配电设施，其他什么都没有。

这时候程总干咳了一声，说："进古墓之前，我需要向你们说明一些事情，首先要说的就是这个古墓葬，其实它是一个非同一般的古墓，有可能除了秦始皇陵外，就没有比这个再大的古墓了！"

叶老二眼睛一瞪问道："程老板说的这话有何来由吗？我看这未免有点儿夸张吧，这山里难道能葬着十几个皇帝！"

程总摇摇头说："虽然还只是个猜测，但也绝非是空穴来风，我不想瞒大家，六年前我曾经进过这座古墓，而且不幸失去了两位亲人，这些你们也都有所了解。那件事以后，我并没有甘心，没过多久我就安排露元重新进入那间隐秘的墓室，虽然在里面没有发现他们的踪迹，但是却发现了一个重大的秘密！"

叶老二一脸激动忙问："什么秘密？"

"开启墓道机关的刺猬石雕上，有一段使用汉代篆刻方法镶刻的文字，经过翻译后，我们得知了上面的记录内容。讲的是元太祖修建皇陵的一个秘密史料，当时为了更好地隐藏皇陵的位置，先后迁了很多地方，耗费了很多人力、物力，大多数的能工巧匠都是从宋朝抓去逼着修皇陵，最后他们都被元军杀害了。"

程总指了指地面，继续讲道："当迁陵到这个地方时，宋朝一位将军的哥哥，不幸也被抓来充工，因为他自小就学习石刻，技术也很精湛，所以就被选为众石匠的领工，而且因为同那位将军的关系，在众工匠里很有威信。被抓去一年后，他和工匠们暗自策划了一个非常大胆的行动，就是在太祖皇陵中设置隐秘的开启机关，等到日后，通过机关进到墓中，盗取皇陵！"

我一听心中一动，不禁脱口说："那天我看到的录像，意思是说成吉思汗的皇陵和这个墓有关系，还是这就是……"

"不错，这座古墓很有可能就是石刻上所说的元太祖成吉思汗的皇陵！"

大胜和常森心中一急同声说："那我们还进不进去，这可是国家的宝藏！"我连忙附和说："是啊，既然发现了这个墓葬，就应该把它上报给国家。"

"如果这不是皇陵，我们不就有口难辩了吗？盗掘古文化遗产可是够得上枪毙的，难道你想这样做吗？我看还是进入古墓一探究竟！"

"那就进去看看，捞到宝贝再说！"大胜在一旁提议说。

程总没答话继续讲道："石雕的尾部刻着'辰子'两个字，经过反复推敲，我想这一定是有顺序排列的标记，于是就第三次进入墓室。四年前，露元和一个叫大宝的盗墓贼，再次进入了那间墓室，果然找到了另外一个刺猬石雕，顺利地打开了墓室顶端的机关，爬过甬道，上到顶端的墓室后，发现里面有两口石棺，其中一口石棺里面放着一把铁质的古剑和很多金器珠宝，另一个里面放满了笔、砚、书简。值得一提的是在这些东西里，有一样东西很扎眼，那是一只玉扳指，上面镶刻着七只仙鹤，层次有序，相当精美，露元把它带了出来。那个大宝就没那么幸运了，机关关闭的时候，他还在往身上背东西，最后没能爬出来。那个刺猬石雕虽然没有拿出来，但是他们看到尾部刻着'丑申'两字，由此得见，这座古墓和石雕上说的事情，相对吻合，所以我猜测十之八九这就是成吉思汗的皇陵！"

众人听罢都是一阵惊讶，叶老二眼睛一眯说："程总可否将那个玉扳指拿来，让叶某长长眼呢？"程总笑笑说："叶老弟的见识了得，全民早听露元说过了，不过可惜呀！三年前我已经出手了，要不我哪里有这样的实力，做这种买卖呢？"

叶老二双眉一皱，笑笑说："呵呵，程老板不会说一个玉扳指，就能换来贵公司现在这般景象吧！敢问那个后主出价多少啊？"

程总含笑不答伸出两根手指，叶老二随口说："难道会有人出200万元买一个扳指！"

"不多不少2000万美金！"

叶老二一个趔趄，差点坐在地上，大胜惊讶地说："那不是上亿！我靠，到底是什么来头，不会是秦始皇戴过的吧？"

程总解释说："据说那个玉扳指是宋高宗抄秦桧家产时所获，后来却不知为什么陪葬在这座墓中。"

元墓秘藏

　　我在一旁看着众人兴奋异常的样子，心里暗暗叫苦：这次恐怕是逃不过要身处险境一回了，最好先盘算盘算下到古墓以后，跟在谁的身后可保万无一失。选来选去我就把目光移到了程乐儿的身上。这位金贵的小姐，我看大家是一定不会让她有什么危险，她要有个三长两短，那估计谁也别想顺利地离开这地方，所以我打定主意跟在她身边，心想遇上情急之时，大家对我也一样不会置之不理的。

　　程总用手指向地板的中央，示意让大胜和赵强把地上的花砖去掉，他俩一阵翻动，地面下露出一个一米半见方的木板，抠动木板凹槽，一个斜向下方的地道显现出来，常森见势说："这个地道早就挖好了吗？"

　　程总笑笑说："昨天下午刚挖好，里面的空气质量已经检测了，人可以下去！"

　　大胜身子一低，跳下去之后对上面的人说："我在前面探路，你们别磨蹭了，都下来吧！"说罢猫腰就往里面钻，程总拍拍程乐儿说："到下面一定要小心！"只见程乐儿点了点头，闪身跳进地道，我心想：不会吧，还说跟在她后面，谁知道人家这么勇敢！不过主意打定就没理由改了，正想充英雄跟上去，就见宋茜小姐抬脚跳了下去，跟着是赵先生、叶老二、强子他们三个。我立在洞口挪了挪身子，见那个老外和常森在打开那个大木箱，他们从里面拿出来两个帆布口袋，挎在身上，最后又搬出一个带滚轮的橡胶工具箱，拉着来到地道口。

　　一古先生跳到下面接过工具箱拉着钻进地道，常森站在我身后用枪顶了顶我说："莫工，还等有人背你下去吗？"程总也含笑说："老弟放心吧，一切都会顺利的！"

　　我强颜笑了笑，蹲身钻进了地道，低着身子向前走了二十多米，空间忽然大了很多，众人立在一面两米多高的青石砖墙前面，探照灯在墙上晃动着，其实墙上已经开了一个入口，足够一个人通过的，大胜一边往里面照一边说："程总说里面空气可以，我看进去再说吧？"

　　赵先生向他点点头："进去以后先别靠近里面的墙壁，一定要谨慎！"

我们一个挨一个钻了进去，经过检查发现情况和程总说的基本吻合，这里也是一间狭长的墓室，里面没有摆放任何东西，内墙正是夯土结构，上面没有洞口，但是涂了一个蓝色的大圆圈，圆圈覆盖的部分，土质非常疏松，用手按了按好像都可以陷进去，叶老二见势上前也按了按说："这里喷了很多乙酸，土层结构已经破坏了，拿铲子来！"

不一会儿，叶老二和大胜就顺着那个圆挖开一个洞，里面的结构也和程总所说的一样，木板层后面隔着另一面石墙，赵先生上前一步说："里面强大的空气压缩还会有湿气冲出来，大家将头盔上的防毒面罩戴上，先退到墓室外面避一避，大胜和赵强撬动石砖之后迅速跑出来，这样应该很安全！"

依照赵先生的布置，大伙儿重新钻出墓室，大胜和赵强两人将钢铲伸进洞里用力撞击石砖，没几下咣当一声，石砖掉在了墓室的里边，果然一阵腥臭的气体从洞口冲出，他俩连忙跑出来，贴在墙壁上与众人相互对望一眼，大家相继都点了点头，用手按住防毒面罩。

十几分钟以后，众人见没有雾气飘出来了，纷纷起身回到墓室里面。一古先生从帆布包里拿出一个黑色的仪器，按动上面的按钮，发出嘟嘟两声轻响，抬手将那东西放在洞口处，开始反复操作起来，叶老二侧身对赵先生说："露元老弟，你们六年前不是已经进过这间墓室了吗？为什么还会有这么多湿气冲出来啊？"

赵先生仰身靠在墙壁上，说："你以为我们今天进的这间墓室，还是六年前那个地方吗？"他见叶老二木讷地点点头，似乎有点不解其意，就说："三天前，我已经和你们都说过了，这次我们进入的是新挖的入口，之前的那个入口不在这里。"

"这就怪了，既然有熟悉的入口，为什么还要另寻一条路呢？再说你又是如何发现这里还有入口可以进入皇陵呢？"

"不瞒你说，这座伊克乌拉山上我已经打了不下 100 个探眼，而且我发现，从山腰到这里很多地方都有大范围的石质结构埋在土层的下面，所以我猜测山体内部一定被掏空了，所以一连多次在原来的墓室里找不到更深入的线索后，我开始猜测石雕尾部上的文字，有可能是代表皇陵墓室的次序，依照元代蒙古人九九合一的民族信奉观念，我猜墓室顶上应该还有一层或是多层的墓室排列，经过打凿探眼，我证实了这个想法。我们今天进入的这个地方最靠近地面表层土壤，所以我选择从这里再开一个新的入口。"

大家听完赵先生的叙述，一古先生在一旁说："里面墓室的探测金属指数是31%、热能感应指数是2%，在里面可能会有很多金属制造的东西。"大胜一听就来劲了，拉着一古就问："那金子是不是金属啊？说不准这里边有很多金银宝贝，还是进去看看吧，光在外面磨嘴皮子有什么用！"说罢不等大家回应，猫腰就往里面钻。

2. 残酷的刑具

一古先生赶忙上前拉住大胜的脚脖子，说："里面有2%的热能感应，你先别往里面钻，如果有危险，恐怕来不及逃出来！"

大胜回头看着他厉声说："能有什么危险啊，我不是有枪吗？"说完缩脚挣脱了他，继续往里面爬，赵先生上前拉住一古问："真的会有危险？"他神色凝重地看了看大家说："刚才浓浓的湿气你们都看见了。"众人朝他点点头，"这里密不透风的状态，最少持续了有好几百年，不应该还有活的东西，可里面有2%的热能感应，说明在墓室里面可能有什么动物或昆虫之类的活物！"

我一听里面可能有昆虫，就想起程总说的那些体型巨大的虫子，连忙应声说："会不会还是那些蝼蛄啊？"

赵先生摇摇头说："应该不会，那些蝼蛄是从地下河洞里爬出来的，只有在那里它们才有可能生存，这里离山顶不远，它们不可能爬到这里来！"

这时就听大胜在里面朝我们喊："你们还磨蹭呢，里面没啥危险，快点儿进来吧！"众人听到他的话，顺着洞口一个个钻了进去。

这次我是第三个进来的，打着手电，在墓室里扫了一圈，没发现有什么棺材之类的东西。墓室的空间很大，只是顶部太低，高度只有两米多。叶老二挪着脚步朝墓室中央走，忽然从脚下传出啪啪两声脆响，他低头一看，地上有很多白色的碎片，他捡起来拿手电照了照，又拿到鼻子前闻了闻，然后甩手扔在地上。

我上前问："这是什么呀？满地都是。"

他朝我脸上晃了两下手电，沉声说："人骨！"我心里咯噔一下，就听常森在一旁问："这地上全是人的骨头？"叶老二点点头说："这可能是个用来殉葬的墓室，这些人都是给墓主人陪葬的，但不知道咋会连骨头都碎成这样了。"

大胜端着探照灯在墓室里来回地乱照半天，突然他好像发现了什么，伸手指着墓顶中间的地方朝我们喊："哎，你们来看看，这里好像是个出口。"我们走过去一看，这墓室顶上确实有个圆形的石洞，不过上面好像被一个东西给堵住了。常森解下身上的帆布包，从里面拿出一个可以收缩拉长的铁棍，伸向洞里戳了戳那个东西，硬邦邦的，原来是个粗大的木头桩子。

叶老二忽然好像想到什么，说："我明白了，这是一个设有机关的墓室，这些骨头碎片的主人，就是死在这个机关上的。"

常森连忙把铁棍收回来，急切地问："我刚才碰那个木桩子，是碰到机关了吗？"

叶老二摇摇头："不，这个机关叫'泰山压顶'，碰到这种机关的人必死无疑。不过这个墓室里修的泰山压顶，不是墓主人用来防范盗墓贼的，他是用这个机关来杀死殉葬的人，就像是一种残酷的刑具，从这个洞口把活人一个个丢下来，再用粗大的木桩封死入口，启动机关后，数千斤的岩石地板压下来，将洞口下面的人全都轧死。"

程乐儿在一旁急切地说："我们还是想办法快点从这里出去吧，这么多死人怪恐怖的！再说这里的味儿，太难闻了！"叶老二点点头笑着说："从这里出去其实很简单，只要我们把这个木桩子取出来或是顶到上面去，就可以从洞口爬出去！"

大胜听了之后拿起一颗手雷说："我用胶带把这个粘在洞里面，把木头桩子炸开。"

叶老二和赵先生异口同声说："不行！"叶老二连忙解释说："这

样做可能会启动机关的，如果跑得慢就轧死在这儿了！"赵先生也是连连摇头说："我们需要严格的保密，在这里使用手雷，外面会听到响声，我看进一步的行动，我们还要一起商量后才能施行！"说罢转身去问一古先生有什么办法。

只见一古先生从帆布包里拿出一个装满液体的瓶子，递给赵强说："你想办法把这个弄到木桩上！"大胜在一旁好奇地问："这是什么玩意儿？"一古先生解释说："这种液体叫做乙醚，它比汽油的燃点还低，所以在很潮湿的环境下也能燃烧，我看就用它把上面的木桩烧毁，这样我们就可以爬到上面！"

众人都表示赞同，赵强用一块毛巾沾满了乙醚，坐在大胜的肩上将毛巾塞到木桩和洞壁的缝隙间，又用强力胶带贴了几层，将毛巾点燃。那个乙醚果然厉害，火焰的燃烧力极强，没有几分钟木桩的底部就被烧掉了一大截。

由于木桩年代久远了，有点腐烂，但被重力挤压在石洞里，也一时不会洒落下来，而且越往里越不易燃烧，大家等乙醚燃尽后，再拿布沾上乙醚往洞里塞，反复用了三次还是没能将木桩燃尽。

3. 弹尾虫

突然从墓室传来一声尖叫。

大家一阵慌乱，我的心脏好像被人扎了一下似的，双脚一软，差点倒在程乐儿的身上，大家回过神儿才发现，原来是宋茜在我们身后鬼叫了一声，只见她脸色一红，迅速地眨着眼睛，惶惶地说："有虫子！"

"你……你不会小点声儿啊！吓死人了，不就一只虫子吗？"大胜拍着胸口，嘴里指责宋茜。他本来说话就不大利索，被她这声尖叫吓得够呛，一时止不住结巴起来。

程乐儿走上前伸手搭着她的肩问："虫子在哪呢？"

只见她伸出一只脚，说："刚才就在我脚上，现在不知道哪去了。"

叶老二蹲在地上，用匕首翻开那些骨头碎片，地面上竟然有个口径很小的洞，常森也蹲在地上清理那些碎片，说："地上有好几个洞呢！"

大家闻言都蹲在地上找，发现地面上居然布满了小洞，洞口虽说只有两指来宽，但是洞却很深，大家又是一阵疑惑，心想：这么多的小洞到底是干什么用的，不会是虫子自己挖的吧？可转念一想，什么虫子能在石板上凿洞啊？

叶老二趴在地上看了好一会儿，才站起来拍拍身上的尘土，说："这下面确实有蹊跷，我想下面应该是个血池，被机关轧死的人身上挤出来的血，顺着地上的洞口流下去，刚好滴在血池里，上面轧死的人越多，血流的速度也就越快，然后会形成数百条向下倾泻的血注，这是一种祭祀的方法，俗称'血祭'。古代的术士通过作法、祭祀，用这些新鲜的血液让死去的亡魂再次得到永生。使用这种祭祀方法的人，一定不会是小人物，我想下面应该就是安放墓主人尸体的地方。"

大伙儿听叶老二说的都感觉恶心。这时我不自然地看了看墓室的角落，隐隐感觉四周有无数双愤怒的眼睛正在注视着我们，每双眼睛的主人，身体都是残缺不全的，从爆裂的内脏和四肢上还不时地冒出一股股黝黑的血液。

我后脖子开始发凉，全身的汗毛都立起来了。突然一只虫子从小洞里爬出来，看起来是那种很普通的硬壳虫，但体积却出奇的大，它好像硬是从小洞里挤出来的，伸着两条触角，迅速地朝着常森爬去。

啪的一脚，那个虫子被常森踩了个正着。一古先生走过来说："这个虫子叫雪蚤，它们只吃腐肉。不过这样大的雪蚤，非常罕见，看来仪器上显示的热能感应，应该是检测到了这种虫子……"他的话还没说完，又有几只虫子从洞里爬出来，它们爬行的速度很快，大胜抬脚就朝它们踩去。宋茜看见虫子向自己这边爬过来，急得连连在地上跺脚。

我心想：这个功夫厉害的女人竟然怕虫子。突然我感觉后领好像被什么东西扎了一下，赶快伸手去摸，竟然抓到一只虫子，幸好我戴了手套，那只虫子伸出两对钳状的口器，拼命地啃咬我的手指，我用力把它往地上一甩，目光落在地面上，心里顿时一惊，只见数十只虫子正在啃咬我的皮鞋，而且那些洞里还源源不断地有虫子爬出来，我的下身很快就爬满了虫子。

我把突击步枪和手电都扔到地上，双手在身上拍打着雪蚤，顾不上去看别人的状况，只是听到有人在大喊大叫，我估计每一个人状况都一样。慌乱之中，突然听到常森大喊："快从原路撤出去！"我开始往洞口方向移动，可是虫子实在太多了，两条腿感觉死沉死沉的，好不容易快移到洞口了，却被赵强一把拉住，他向洞口的方向指了指，我抬起头一看，心里咯噔一下，那个洞口怎么没有了？仔细一看才发现，原来洞口处爬满了黑黢黢的雪蚤，它们互相叠加筑起一堵厚厚的虫墙，整个洞口几乎被虫墙堵住了。赵强看了我一眼后，抬手端起微型冲锋枪，朝着那个洞口啪啪啪的一阵乱射，嘴里大喊着："去死！去死……"

这时我突然感觉身后亮起来了，回头一看，原来一古先生把那瓶乙醚踢翻，引燃洒落在地上的乙醚，虫子遇到火之后，迅速地向着周围逃散，顿时地面上露出一块圆形的空地，赵先生站在空地中大喊让大家逃到这里，我一把扯住还在疯狂扫射的赵强，奋力地往空地移动。这时只见叶老二坐在大胜肩上，用枪拼命地捅顶上的木桩，情急之下还开了两枪。

4. 泰山压顶

我感觉腿上吃痛，知道被那些雪蚤咬了，心里暗暗叫苦。忽然一个爪钩抓在我的背包上，身子猛地被拖倒在地。原来常森见我们行动受阻，就用绳枪把我们往墓室中央拉。

我连忙抓住赵强的手臂，他顺势也摔倒在地，全身都爬满了雪蚤，幸好常森的速度够快，我们被他拉拽着穿过了火团。那些虫子碰到火，迅速地逃向墙角。哗啦一声，从顶上掉下一条很粗的铁链，看来叶老二把木桩子顶开了。

叶老二见洞口打开，抓起铁链就往上面爬，叶老二没爬出半米，只听又是哐当一声，铁链竟被他拉下一米多长。他脸色煞白地喊道："不好，机关启动了！"说罢站起身抓着铁链继续向上爬，嘴里不住地喊："大家跟在我身后赶快爬上去！"

赵先生听他这么一说，连忙招呼程乐儿和宋茜，将她们连推带顶地送了上去。这时墓室周围响起了巨大的隆隆声，一古先生忽然大喊道："不好了，虫子又上来了！"原来虫子见地上的乙醚燃烧殆尽，又迅速向中间靠拢，大胜见势抓起枪就向最前面的虫子扫射，嘴里喊着："你们别啰唆了，快走啊！"赵强也从地上爬起来，推了我一把说："莫工你快上去，这里有我呢！"然后抬起枪向着潮水一般的虫子扫射。

我迟疑了一下，刚想说点什么，常森一把将铁链推给我说："这个你玩不了，还是赶快上去吧！"我没再迟疑，抓着铁链就往上爬，这时顶部开始向下直压过来，没爬几下，叶老二就在上面抓住了我的衣领，将我提了上去。

我和叶老二趴在洞口，往上面拉人，随后上来的是一古和赵先生。只听大胜在下面大喊大叫，我顺着手电光向下看，只见大胜身体上爬了很多虫子，我连忙从包里翻出几根荧光棒，在地上磕了一下，就朝他丢过去，荧光棒磕在大胜的腿上，虫子就迅速地从他身上逃走了。看来强烈的光线可以暂时抑制一下雪蚕的行动，地面下压的速度越来越快，大胜趁势爬向洞口，我一把就将大胜拉上来，常森随即也爬到洞口，等他们爬出来的时候，地板下压的距离已经离地面不足一米。

我拼命地喊强子让他快点上来，只见他艰难地爬向铁链，我们全都趴在洞口伸手想去拉他，但似乎来不及了，只见虫子爬满了他的全身。从洞口看过去，地上黑压压的全是虫子，此时赵强脸色煞白、双目呆滞地看着趴在洞口的程乐儿，忽然张嘴，从牙缝里挤出了五个字："乐儿小姐，我……"

厚厚的地板慢慢压过他胸前挎着的长枪，一股深红色的血液，顺着他的衣领冒出来……

我眼泪一下就流出来了，嘴巴张得老大，悲痛和内疚一起涌上我胸口，我的喉咙哽咽了。大家全都傻傻地瘫坐在地上，程乐儿神色呆滞地坐在那里，眼睛直勾勾盯着洞口，任由几只虫子在她僵直的身体上爬动，强子虽然没有把最后的话说出来，但大家心里都明白他要说什么！

这几个月，我和强子走得最近，虽然他是被安排监视我的，但是我们两个相处得很融洽。从这些天的接触中，我察觉到他对乐儿小姐的爱意，有好多次我和程小姐谈工作的时候，强子就会待在一旁盯着程小姐看，那眼神一看就知道，是对女人的一种眷恋……

第六章 神秘人

1. 沙顶天

想到这些天和赵强在一起相处的情形，我开始慢慢地恍惚。

突然感觉脚脖子处一阵剧痛，我一个激灵站起身，低头看见有二三十只虫子在撕咬着小腿，我倒抽了一口凉气，心想：看来它们吃人吃得兴起，虫子的数量会越聚越多，我们被困在这里，岂不是都逃不了了？

这时就听大胜在身后喊我："莫工，快过来帮忙啊！"

我回头一看，见大胜和叶老二正在推动一个方形的大石墩，估计他们是想用石墩去挡那个洞。随即我凌空踢了两脚，甩掉腿上的虫子，跑过去帮他们。这时地面上一震，隆隆的声音又响了起来，看来机关要合拢了。

常森和一古用爪钩驱赶那些爬上来的虫子，宋茜和赵先生一把架起程乐儿向墓室的内侧逃去，我们三个用尽全力，终于移动了那个沉重的石墩，一点儿一点儿挪向洞口。

机关终于合拢了，石墩也在这个时候遮住了那个洞，铁链也被沉重的石墩压断了。

我们三个人身子一软斜倒在石块上，大口喘着粗气，不知是恐惧还是紧张，我全身都被汗水浸透了，一时间觉得呼吸特别困难。我转过头看叶老二和大胜，只见他们也喘着粗气，叶老二张着嘴蹦出几个字："这个墓室湿气太重了，用不了多长时间，就会缺氧！"

大胜点头表示赞同："我们想办法赶快找其他出口！"

我突然发现那些留在地板上面的虫子，全都快速朝一个方向爬去。我用手电照向那个方向，一张极大的人脸出现在眼前，我顿时吓出一身冷汗，叶老二也看见了那张人脸，他支撑着站起身，抓起手电走过去，说："不用害怕，是个石像！"他跪在地上察看虫子爬的方向，光线晃动之下，果然看见有一个高大的石像镶刻在石壁上，石像面目狰狞，一只脚踩在一堆骷髅头骨上，单手提剑，身材魁梧，与钟馗倒有几分相似之处。

那些虫子全都径直地爬进那堆骷髅的眼洞里，看来这个石壁的后面应该有一定的空气流通，只是我们不是虫子，如何能钻进那样小的洞里？叶老二干咳着说："这个石像的眼睛看向左下角，还有从握剑的姿势上看，应该有另一个石像与它相对应。"说着起身照向石壁相对的另一侧。赵先生他们五人正端坐在台阶上，在他们身后果然有一个高大的石像从石壁上凸出来，那个石像和这边的样子差不多，只是身体侧向右边，眼睛直视右下角方向。

只见叶老二来回打量着两个石像，最后他将目光停在石像胸口的护心镜上。圆形的镜子表面很光滑，边缘处有条很小很小的细缝，叶老二眼睛一亮说："这个可以按下去！"大胜走到石像前，笑着说："你是说，这是暗门的机关？"叶老二点点头，说："应该没错，这间墓室是用来行刑的，一定有出口才能将人带到这里来。"

大胜一听，又大笑两声，说："你可真行！"说罢一掌拍向那个石像的护心镜，叶老二见势赶忙抬手去推他的手臂，嘴里喊了一句："别动手！"

可是大胜这一掌还是结结实实地拍在护心镜上了，只听天顶咯嘣一声，我头顶上就洒下一绺尘土，接着一块长形的石板落下来，我见势急忙向旁边滚出去，就听叶老二大叫着，揪起大胜衣领就是一耳光，骂道："谁让你按的，这是沙顶天，这下我们全完了！"

我听见叶老二嘶哑的声音，就知道一定又是什么害人的机关了，没等我跑出两三米，天顶上就哗啦啦地掉下许多沙子，我被沙子淋得眼前一片模糊，脚下一个趔趄摔在地上，顿时觉得背后一沉，大量倾泻的沙子压在我的身上。

在头盔支撑的一小块空间里，我呼呼地喘着粗气，鼻孔和嘴里都灌进了沙子，我的眼眶开始涨痛，感觉大腿快要被沙子压折了。

不知过了多久，我眼前一黑，昏死过去。

"莫炎，莫炎你醒了！哎呀，你真的醒了，张永你快进来，莫炎他醒了！"

我的头很痛，感觉自己除了头以外，身体就像是棉絮，轻飘飘得好像快要浮起来一样，眼睛一阵刺痛，红红的光隔着眼皮，渗透进眼窝里，那个声音很熟悉，我用力地去想那个声音："她是个女人，嗓音柔柔的，带着几分绍兴话的腔调，她是——李燕！"

我一想是李燕在喊，就用力挣扎着想睁开眼睛。这时一只软软的手捂在我的额头上，"你先不要睁开眼睛，医生说，这样会伤到视网膜的！"她的声音又响了起来，我微微地张开嘴，想开口说话，又听见一个声音："莫炎，莫炎，我是张永啊，你可算是醒了，哎哟，兄弟啊！我真怕你一直这么躺着。"

张永，是张永，我到底是在哪啊？脑子里咋什么都记不起来了，张永他可是我最好的朋友。我们一起上大学，他学商务管理，我学建筑，我只是隐约记得自己去过一趟西北，还完成了一个工程，拿了不少的设计费……

想着想着我用手抓了抓旁边，一只胖乎乎的手掌攥住我，我干咳着说："这……我……在什么地方？我好像是在……不……不，我……我死了，我是不是死了？"我挣扎着甩开他的手，疯狂地抓挠着头发，这时几双手按住我的肩膀和手臂，我的力气似乎突然大了很多，我挣脱了他们，从床一样的东西上翻下来，脑子涨痛得更厉害，我顾不上膝盖和肋骨上的疼痛，站起身疯一般跑向一个明亮的方向。

忽然我被一双大手死死地扣住脖子，眼前的亮光渐渐暗了下来……

"小子，醒醒……你胡说什么呢？醒醒啊！你还没死呢！"我从迷

迷糊糊中渐渐感觉到脸上火辣辣地痛，身上酸麻，我用全身的力气颤巍巍地睁眼，嘴唇动了动，就见叶老二那张圆圆的脸，出现在我的眼前，他正用力地抽我耳光。

"快，他醒了，拿水来……"

只觉舌尖上一阵冰凉，一股清水流进我的喉咙。我躺在地上只觉身体像是散架了，喝了两口水，感觉好点了，我撑起身子朝叶老二摇了摇头，示意他将水拿开，然后转头看了看四周。

这是一条狭长的甬道，我正躺在甬道拐角的一片空地上，叶老二旁边是大胜，我才知道刚才发生的事情是我昏迷中做的梦。我回想起在机关启动后，我被埋在沙子里，一定是他们救了我，我感激地看着他们说："大胜，谢谢你们了！"

大胜一脸羞愧地看着我低声说："别说了，其实我差点害了你！"

叶老二站起身瞪了他一眼，厉声说："有可能受害的人不止是他一个，要不是运气好，在沙顶天的机关下，没人能活着。"

2. 牛肉的味道

叶老二低下身扶着我的肩膀，说："你怎么样，可以走路吗？"我刚想说，自己身体有点儿虚弱，能不能歇一歇再走，就听大胜给我帮腔说："莫工是文化人，刚才又受了那么大的刺激，我看还是先……"说着话，他看了看叶老二的表情。经过那件事情后，大胜心里确实很自责，所以他也不好自己下决定休息。

只见叶老二从背包里掏出一包牛肉在我们眼前晃了晃，说："现在我们只有这点儿食物了，再过几个小时如果找不到常森他们，我们只能吃死尸了。"

我们一起进来的时候，有两个人负责背大家的食物，一个是常森，另一个就是死在机关下的赵强，其他人身上都只背了装备。我一想到常森连忙问："赵先生他们跑哪儿去了，到底沙顶天的机关启动之后发生了什么事情？"叶老二坐在我对面简单地说了一下当时的情形。

原来，大胜失误将机关启动后，墓室上方落下很多沙子，但由于沙层潮湿速度并不是很快。在沙土淹没我以后，叶老二终于想到逃脱的方法，他一边让大胜把我从沙子里捞出来，一边让常森他们在另一个石像上和自己同时按动护心镜，两尊石像同时向侧翻转露出一条甬道。由于时间紧迫，他让赵先生他们逃进左侧的暗门，大胜背着我跟在他身后，跑进了现在的这个甬道。之后大量的沙土就将那个暗门填埋得严严实实，叶老二见没了退路，就和大胜沿着这条一直盘旋而上的甬道走。过了一段时间，我突然在大胜的背上迷迷糊糊地叫喊，他们才决定就地把我放下，查看我身上的伤。

听了叶老二的叙述，我也是暗自钦佩他，心想：要不是有叶老二这个怪才，就算有常森那样的特种兵和武功高手，只怕也只能眼睁睁地死在那个沙顶天的机关下了。

叶老二将牛肉撕开分给我们每人三分之一，说："吃吧，吃完我们马上就得走！"大胜接过牛肉笑着说："多亏叶老哥身上还多备了食物，要不然咱们没东西吃，恐怕连枪都扛不动！"

叶老二点点头说："我虽然涉足'倒斗'这行时间不长，但认识几个靠这个发家的朋友，听他们说起过在古墓里的很多经历，知道动身进古墓之前，一定要作好充足的准备，其中食物是最重要的一样东西，就算武器再厉害，没了力气一切都是白搭！所以我背包里硬是多塞了一些牛肉。"我和大胜连连点头，虽然不太理解他说的"倒斗"是什么意思，但大致也知道是说盗墓行当。大胜一边吃着牛肉一边说："我估计再往上走一段路，一定有和左边那条甬道交叉的地方，到时候见到常森，就有得吃……吃……"突然大胜不说话了，眼睛直勾勾地看着我头顶。

我问他："你咋回事啊？"

大胜一口咽下正嚼着的牛肉，看着我和叶老二紧张兮兮地说："刚才我好像看见一个人，他……他就站在你身后那个拐角，眼睛盯着我们看，我一抬头，他就转身向后面跑了！"

我只觉心里一寒，脊梁骨凉了半截，声音颤抖着说："你是不是看错了，我咋没感觉后边有人呢？"

叶老二缓缓地从身后拿起枪，起身朝拐角那边的墙壁贴过去，大胜见势将牛肉放在背包上，站起身从腰上抽出手枪，沿着另一侧的墙壁，向那个拐角靠过去。就见叶老二猛地一侧身，朝着那条向上的走道，抬手就是一枪，大胜大叫一声："我看见他了！"随即就追了过去，叶老二跟在他身后也跑进黑黢黢的甬道里。

3. 神秘人

我实在没勇气一个人留在这地方，就将牛肉放进包里，摸出手电，贴着墙壁跟了上去。

我踩着石阶向上走了大约五六分钟，虽然没追上他们，但在这无比安静的状态下，我似乎听见前面不远的地方有脚步声，知道他俩一定是追到前面去了，我心想：我还是回去等他们吧，东西还没带上来呢。随即提着手电向后照了照，没想到手电却照在一个人身上，他在我身后五六米的地方一动不动地站着，我头皮一下就炸了，心想：这个人竟然一直跟在我后面。

我浑身起了一层鸡皮疙瘩，过了一会儿那个人还是一动不动地站在那里，好像根木头桩子。我见他没动，就用手电又照了照，那东西的身上毛茸茸的不像是人，倒像是只大猴子，可这猴子身上竟然穿了衣服，心想：猴子怎么会穿衣服，难道是僵尸？

我待在原地和他保持一定的距离，手慢慢地摸向腰间的手枪。忽然上面传来叶老二他们说话的声音，顿时我胆子大起来，朝着上面大喊："大胜，你们快点下来，他在这儿呢！"那东西突然朝下面跑去，我迅速从腰里拽出手枪，朝那东西的背影开了一枪，就听那东西嗷了一声，似乎被我打中了，我心中一喜，抬脚就追了上去，谁知跑到刚才打中他的地方，却发现地上没有一点儿血。

我晃着手电又朝下走了几个台阶，忽然感觉头被什么东西给砸了一下，痛得我大叫一声倒在石阶上，手电也掉出去了。头上热辣辣的，顿时鼓起一个大包，我抬眼一看原来是那东西隐藏在黑暗中，乘我不备砸了我头一下，之后他还把掉到地上的手电拿走了。

这时叶老二和大胜从上面跑下来，见我坐在地上，就问是咋回事。我简单地说了说刚才的情形，大胜一听就要往下面追，叶老二拉住他问："我们刚才上去追的时候，有没有发现岔路口？"大胜摇摇头，他也感觉事情有点不对，不解地说："难道有两个人躲在甬道里，他们俩一前一后，跟我们玩捉迷藏呢？"

叶老二摆摆手说："不，我们追的肯定是一个人，因为刚开始，他是朝上面跑的，我们俩也跟了上去，可是我们没追上，有可能是我们追过头跑到他前面去了，他中途就找了个隐蔽的地方躲起来，我们跑得急，就没注意到。"

大胜摇摇头说："不会，我们俩一左一右，这甬道也就两米多宽，他能躲到哪儿去？"

我也同意大胜的说法："要说你们追得急，还有这个可能，但我走上来的时候，是一步一个坑，没有看到可以藏身的地方，可那东西最后还是出现在我的身后！"

大胜听了我的话，怯生生地说："那个不会是鬼吧，要不然……"

"要不然就是这条甬道有蹊跷，我看一定是我们追他的时候，他借机躲进了一个暗室，等我们跑过去以后，他又从暗室钻出来，或者根本就是有一条暗道又通到下面，他从另一个出口钻出来，跟在莫老弟身后。"叶老二说。

我感觉叶老二分析得有道理，叶老二转头对大胜说："他一定是个人，绝不是什么鬼魅妖物之类的东西！"我也跟着他的话说："对，要是鬼的话，他就不可能用东西来砸我，还抢走手电！"

4. 调虎离山

"坏了，我们的东西！"大胜脸色一变，急匆匆地跑下甬道，我和叶老二知道大胜一定是担心我们的装备被那个神秘的人拿走，连忙跟在他身后。

没等我们赶到，就听见两声枪响，估计是大胜和那个人遇上了，叶老二跑在我前面嘴里咒骂着，三步并作两步就消失在我视线里。我心想：

这大胜和叶老二的身法还真是了得。想着想着我奋力向前跨了两步。

一个转弯过来，我就看见叶老二和大胜靠在墙上，大口喘着粗气，一脸失望的表情。我低头看了看地上的东西，发现只有一个背包还在那里，那包正是叶老二的，我和大胜的背包都没了，那些还没来得及吃完的牛肉也没影了，我急切地问："你们为什么不追了，不是已经看见他了吗？"

大胜苦笑了两声骂道："追个屁呀，早跑了，我是气不过才……"原来大胜赶到的时候，人早就没影了，他是一时气愤，才放了两声空枪。

我也是怒火中烧，心里骂了那个神秘人的祖宗十八代，暗想这东西脑子倒是挺好用的，他给我们设了个调虎离山计。我暗骂自己是个笨蛋，一把抓起地上的背包，拉开封口朝里面看了看，见再也没有食物了，失落地坐在地上嚷道："这个鬼东西为什么不都拿走啊，这他娘戏弄谁呢？"我靠在墙上胡乱地嘟囔："我那包里还有李燕给我的信呢！都让他给拿走了。"

大胜也在旁边说："是啊，他为什么不都拿走呢？难道这个包和我们的包不一样？"

我说："都是装东西的包，有啥不一样的，就连牌子都是一样的。"

就听叶老二在旁边冷笑了两声说："我这个包确实很特别！"

我说："你这个包里装了定时炸弹不成？"叶老二竟然表情严肃地点点头。

我拿起他那个登山包，把里边的东西一股脑儿倒在地上，大胜一见地上的东西，眼睛就直了，盯着那摊东西，嗓音嘶哑地喊了一声："我的妈呀！"

我伸手在地上翻了翻，这包里装的都是一些稀奇古怪的东西（做法事用的符纸、铜钱、木剑、罗盘之类的东西），反正都是些假道士糊弄鬼的玩意儿，我看到也没感觉有什么特别之处，心想：这个叶老二听盗墓的故事听多了，自己居然也跟着信了。可转念又一想，不对啊！就算这些东西对鬼魅起作用，可拿走我们包的是人啊，他怎么也会忌讳这些东西？

只见大胜双手抱膝蜷缩在地上，嘴里不停地嘟囔着一些越南话，我也听不懂，但我估计大胜是非常相信这些东西。我蹲下身一边将那些东西装回去，一边说："这个事情说明不了什么，可能那人一时腾不出手，所以才没拿走这个包，再说这个包的封口，刚才是封着的，如果他要是看到里面的东西，心生畏惧，还会把封口再封上吗？"

叶老二也很赞同我的说法，我跟着推了推大胜说："你也别瞎想了，我们从这甬道里把他揪出来，再说，咱手里不是有枪吗？"说着我把自己的枪塞给他。

第七章 九曲悬魂阵

1. 鬼打墙

大胜抹了抹额头上的冷汗，将手枪推还给我，顺手抓起自己的手枪，冷冷地对我说："你刚才不是看见他了吗？多大年龄，男的女的能看清楚吗？"

我想了一下说："年龄看不出，但应该是个男的。"

大胜猛地站起身，向前走出两步，回过头朝我们说道："今天老子非把他活剐了不可！"说罢提着枪就向甬道下面走。

叶老二想让他冷静考虑一下再作打算，谁知大胜头也没回，朝后扬了扬手，说："这下面不远就是沙子填埋的那个暗门，我就不信他还能飞了。"

我们俩只能拿着仅有的一把手电，跟在大胜后面。我拿着手电照向甬道的两边，想把想象中的那个暗道入口找出来，可刚向下走了不到五分钟，我突然发现地上有个亮闪闪的东西，凑近一看原来是背包上掉下来的锁扣，这个锁扣是铜质的，被磨得很光滑，发着暗暗的金光，大胜走过来看了看骂道："这个王八羔子，一定就是从这一带的什么地方钻进暗道的。"说着他就在墙上乱摸起来，我也猫着腰开始察看两边的石壁。

我们用了20分钟，把这里上下50级台阶范围内的石壁都找遍了，仍没有发现机关、暗门之类的东西，最后我们还是决定继续向下搜索，又走了很长一段路，我都有点支持不住了，在后边朝他俩晃了晃手电说："咋还没到沙顶天的那个墓室啊，你们记得还有多远吗？"

叶老二忽然愣了愣，停住脚步说："当时跑得匆忙，没注意到底有多远的距离，不过我总觉得好像没这么远。"

我靠在石壁上喘着气，冷静地想了想，感觉有点儿不对劲，这从上到下的距离实在是有点太远了，这条甬道也好像一直都走不到头，我就问他们："我说你们刚才往上面追的时候，发现有没有什么不对劲的地方？"

叶老二回头看了看我，思索了一下说："我们往上面追的时候大约跑了七八个转弯，每个转弯转过去以后地面上就会有一段距离是没有台阶的，然后就又是一直向上的台阶，似乎没有什么不对劲的，你的意思是说这条甬道有问题吗？"

我回头看了看甬道的深处，确实从上面下来的时候和叶老二说的一样，每一个转弯都是一样的，而且台阶的级数似乎都是一样的，我仔细想了想我们进入古墓所经历的整个过程，似乎没有什么不对的地方，但是有一点是不容置疑的，就是我们从入口进来以后所有的行动方位都是一直向上的。

大胜和叶老二见我神色凝重，问我想到了什么，我说："你们发现没有，我们从上面下来，从一个转弯到另一个转弯，都要降低五六米的高度，我们向下走了十几个转弯，依照这个算法，你们刚才向上走也一定是要升到同样的高度，所以可以得出从沙顶天墓室到你们返回的最上面的转弯，应该有 100 米以上，也就相当于 35 层楼的高度。从我们建筑工地在整座伊克乌拉山上的位置来讲，本来海拔就很高，所以我相信你们刚才追上去的位置已经高出山顶了。"

叶老二惊讶地拍了一下脑门，大胜好像也明白是哪里不对了，一把抢走我手里的手电向甬道下方照了照，一片漆黑的甬道深处依旧是排列有序的石阶，透着一种说不出的诡异。

忽然黑暗中什么东西闪了一下，大胜一个愣神，蹑手蹑脚地走过去，从地上捡起那东西，回过身神色惊慌地说："是那个铜制的锁扣！"

叶老二一愣，浑身打了个哆嗦，声音僵硬地说："这是鬼打墙！"

大胜连忙将锁扣丢在地上，抬脚跑过来问叶老二："那我们快往上面走吧？"

叶老二一脸失望地靠着墙壁，低声说："走多长时间也没用！我们还是先保存一下体力，想想办法再说吧！"

2. 九曲悬魂阵

虽然他们俩都很害怕，可我却感觉没那么可怕，对于"鬼打墙"我是知道一点的。所谓"鬼打墙"，就是在夜晚或是不熟悉的地方行走时，被困在一个圈子里走不出去，这种事很多人都经历过。如果眼前没有特定的目标，任何生物的本能运动都是圆周性的，曾经有人做过一个实验，用厚厚的棉布将自己的眼睛蒙上，走在一个陌生的地方，完全靠脑子里的潜意识向前直线行走，等最后将蒙眼的布拿下后，发现自己竟然走了一个大大的圆圈。

为什么睁开眼睛就能保持直线运动呢？那是因为人的视觉可以不断修正错误的方向，大脑也在不断地定位，所以人就能走直线。在熟悉的地方我们闭上眼睛也能直线行走，那是因为大脑里已经将这个熟悉的区域勾勒出了立体图形，依照这个图形我们不用眼睛，也能完成修正方向的目的。遇上"鬼打墙"其实可以参照天上的北斗星来辨别方向，但是我们现在身处古墓之中，上哪儿去找北斗七星呢？再说现在这个甬道给我们造成的不仅仅是一种视线上的错觉。

想到这我也是一头雾水，用手掸了掸石阶上的尘土，一屁股坐在台阶上，对他们摇摇头说："看来这次是真走不出去了，不知常森他们是不是也遇上这种鬼玩意儿了！"

刚说完我就发现叶老二一直盯着我坐的地方，满脸的疑惑，我以为自己又坐到什么东西了，急忙站起身问他："你看见什么东西了？"只见他慢慢直起身，趴在我坐过的地方，用手擦了擦那一块台阶，然后又把上下几个石阶都擦了擦，一脸狐疑地看着我和大胜，我感觉他好像有点不对劲，就继续问："你干什么呢？发现啥了？"

叶老二忽然直起身，从我手里将手电拿过来，径直向上面的拐角跑去，我心想：难道叶老二他中邪了？急忙抬腿跟过去，走过拐角我看见叶老二正在上面的几十级台阶上找东西，忽然就听他喊了一声："我知道了！"我站在他身后疑惑地问："你到底发现什么了？"

"我知道暗门在哪儿了，你来看这些台阶。"叶老二兴奋地一把拉住我，指着一个台阶迫不及待地说："你看看这个台阶有什么不同？"

我看了看他指的那个台阶，发现这个台阶竟然是汉白玉凿刻成的，而其他的石阶都是用普通的石料制作的，除了这个我似乎也没觉得有什么不对劲的地方，就问："这里有条汉白玉的石阶能说明什么问题吗？"

叶老二摇摇头没有回答我，又将我拉到我坐过的石阶，我发现这个石阶也是用汉白玉制成的，叶老二解释说："这是'九曲悬魂阵'！"大胜一脸不解地问："九曲悬魂阵是什么啊？"

叶老二咽了一口唾沫，干咳了一声说："九曲悬魂阵起源于西周，它是利用阴阳八卦设计的一种防御阵式，打仗的时候将敌军部队引入阵中，之后在外面将阵门封死，这样就可以不费一兵一卒把敌人困在阵中数天，直到他们全部饿死。"

大胜一听这么厉害，叹了口气说："这下我们怎么办啊？是不是也要被饿死。"

叶老二抓着大胜的肩膀说："我们可不是敌人。"

我在一旁听了叶老二的话，说："虽说我们不是敌人，可我们是盗墓贼啊！难道你知道破阵的方法？"

叶老二脸上含着笑，朝我们俩深深地点了点头。

3. 破阵

叶老二思索了片刻说："九曲悬魂阵要建成上下结构的阵型，一定要精确地丈量尺寸，保持视线角度的平衡，那段没有石阶的距离，从阵法上来讲一定是一种保持地面平行的巧妙设计。从上面往下走，看上去是经过了一段平行的地面，其实是逐渐向上的走势，反之，要是从下面往上走，那一定就变成了逐渐向下的走势。"

我恍然大悟接着他的话说："所以，我们走的这些路，其实就是在一个前后相接的环形甬道里，转着圈走，根本就没有升高或是下降！"

叶老二摇了摇头，继续说道："虽说是前后相接的，但不一定就是环形设计，我们走过没有石阶的那段距离时，方向可能就已经改变了，所以它就有可能是不规则的，这样更能迷惑阵中的人。看来这座古墓确实像一座迷宫，不知道这样首尾衔接的迷阵还有多少个。"

我心中不禁赞叹这个九曲悬魂阵的精妙，心想：单单从建筑学的角度考虑，这也可称得上是个奇观了！

叶老二说："由于后来应用这个阵法的人逐渐多了，作战的一方同样也会误入对方设置的九曲悬魂阵，因此有人对这个阵法做了细致的调整，在战国时期灵活地应用了此阵，直到宋末的时候这个阵法才没落了。"

大胜见他一直没讲破阵的方法，就急切问："那我们怎样才能走出这个迷阵啊？"

叶老二挺身指着地上的汉白玉石阶说："至于破阵的方法，其实很简单，从入阵的第一个汉白玉石阶开始算起，数九个台阶之后便是生门。我们可以将这个石阶假设成第一个，只要向一个方向数九个相同的汉白玉石阶，就可以找到出口！如果没有找到，就再向后延续一个石阶，直到真正的第九个石阶出现为止！"

大胜一听方法这么简单，抄起手枪就往上走，我也觉得这个破阵方法有点儿太简单了，但转念一想，要是叶老二不说，我们也不知道。所以跟在大胜的后面走上甬道，回头见叶老二好像有什么话没说完似的，就问："还有什么不对的地方吗？"叶老二迟疑了一下说："你说这个阵为什么叫'悬魂阵'呢？"

我也迟疑了一下说："是啊，这个阵一圈又一圈儿的，我觉得叫'九曲连环阵'比较合适！"大胜在前面催促道："我才不管它叫什么阵呢，快点从这里出去，才是正事儿！"

4. 生门

大胜走得很快，我打着手电跟在他后面。没过多长时间，大胜就找到那个所谓的第九个石阶，叶老二疾步上前摘下手套开始清理石阶，原来石阶上刻有字迹，只不过这些字很古怪，像是古代的蒙古文字。叶老二也不懂这些字的含义，只是在石台上摸来摸去，他发现石阶的立面上有一大一小两个洞，把手伸进洞中摸了摸，仰起头说："没错，这里面有两个可以活动的石柱！"

我们相视一笑，大胜蹲在地上激动地说："赶快打开吧！"

叶老二点了点头手上一用力，就听咔哒一声响，紧接着就是一阵石板摩擦的声音，挨着汉白玉石阶的那面墙壁，震动了一下，缓缓地移向了一边，一条空洞的暗道显露了出来。大胜高兴得跳了起来，抹了抹脸上的汗，抓起我的手电就冲了进去。

叶老二笑着朝我做了个"OK"的手势，起身也要进去，却见大胜又从里面跑出来，一脸疑惑地说："里边是个死胡同啊！"叶老二皱了皱眉头，抬脚走进去。

进去以后，有一条大约10米长的行廊，左右两边的墙壁上凸出四个人脸一样的浮雕，浮雕上的人全都张着大嘴，眼睛紧闭。叶老二盯着浮雕看了一会儿，忽然神色惊慌地说："难道这是……不好，快退出去！"

听了他的话，我们急忙退出暗道，我问叶老二有什么不对的地方。他靠在墙壁上，叹了一口气说："这是一个暗器机关，不过可能是时间太长，机关装置已经失灵了。"大胜也凑过来问："是什么暗器？"

叶老二拿起手电又向里边的石壁照了照，沉声说："毒烟！"情急之下我赶忙用手捂住口、鼻，叶老二伸手将我的手臂拿开，说："如果机关还管用的话，现在堵住嘴巴已经没用了。刚才我心里就在想这个悬魂阵是不是用唐代的方法设计的，因为在唐代，人们将这个阵式发挥到了极致。多道机关设计成本很高，只有在重要的城池和要塞才会设置这种多道机关的九曲悬魂阵，里面的人要是开错了生门，那必定就是死门，会有很多毒辣的机关设置在死门，这样就提高了悬魂阵的威力，不需要等阵中的敌人饿死，就可以将敌人全部歼灭。"

大胜侧身靠在叶老二的旁边，说："这些机关不都失灵了吗，我看把这里的机关全打开，我就不信找不到生门！"

我摇摇头对大胜说："全打开机关是不行的，这次是运气好，打开毒烟的机关，要是碰到滚木、落石之类的机关就完蛋了，刚才在沙顶天墓室，你已经见识过了。"

叶老二好像突然间想到了什么，皱了皱眉说："刚才我们的方法是错误的，不能假设那个石阶就是第一个，若是那样的话，这里每一道汉白玉石阶都可以假设成第九个，这不是自己糊弄自己吗？"说着狠狠地拍了一下自己的脑门。他蹲在地上摸着石阶上的文字，自言自语地说："这些字到底是什么意思啊？"

那个石阶上面的文字不多，刻得很清晰，我仔细看了好几遍，忽然感觉那上面有个字，我似乎在什么地方见过，思来想去，我终于想到了，赶忙从脖子上扯下项链。那条项链上套了个护身符，是一个银质的小牌子，四个月前我刚来兰州的那天，赵先生让强子陪我去五泉山游玩时求的。叶老二见我抓着小牌子仔细地看，就问："那是什么东西？"

我没理他，继续在上面找，终于发现那个护身符上的一个字和石阶上的一个字非常相似，就拿过去给叶老二看，见他不解就指着石阶上的那个字说："护身符上的字和石阶上的这个字很像，应该是个'寅'字！"

叶老二拿着小牌和石刻上的字对照了一下，高兴地说："没错，这条石阶应该就是从入口处过来的第三个！"说完猛地站起身，招呼我们跟在他的身后，向着甬道的深处走去。

走过几个转弯，我们在一个石阶的顶端，找到了依次排列过来的第九个汉白玉石阶，叶老二兴奋地将石阶上的文字清理出来，虽然还是看不懂上面的意思，但我们三个都确信这就是那个一直苦寻的第九个石阶，手电照在那两个小洞上，叶老二按动了里面的石柱，就听轰的一声响，左边一块一米多宽的石壁升了上去，露出一个门洞，里面漆黑一片，从暗门里吹出一股冷飕飕的风。

第八章 水晶宫

1. 冰洞

大胜刚想抬脚进去，但又止住了，转头问我们："你们说这是生门吗？"

叶老二没答话，端起那把突击步枪慢慢地走进漆黑的暗道，我连忙打着手电跟在他身后，大胜见我们俩都进去了，疾步跟了上来。

这条暗道不是很宽，我们顺着台阶小心地向上走，没走出 20 个台阶，就听身后哐当一声闷响，那个升上去的石壁，又重重地落下来，我心里不禁升起一丝绝望，不知道我们的命运会怎样。

每隔一段距离墙壁上就有个手臂形状的灯盏，叶老二踮起脚看了看灯盏的里面，虽然油盘很大，可以装很多灯油，可惜灯油早就燃尽了。他疑惑地说："灯油是耗尽的，难道这里的空气，可以让灯油持续燃烧吗？"

我也往里看了一眼，想了想说："这里呼吸很顺畅，估计这条暗道上面的空间很大！"

叶老二点了点头，加快脚步，我们又走过几个转弯，越往上感觉空气越凉，大胜生怕再次中招，急切地说道："不会又是个绕弯的迷阵吧？"

叶老二安慰他说："不会的，估计很快就有出口了！"

我们又向上走了一会儿，果然有个石拱门出现在眼前，这个门空空的，没有门板，手电照过去，似乎有个很高、很大的东西立在石门的里面。

我们见有出口，心里长出了一口气，挺身走了进去，一个巨大的黄色石像盘踞在正中。这是个岩洞，面积有100多平方米，那个石像占了三分之一的空间。我拿着手电朝岩洞的上面照去，忽然一道亮光从顶上反照下来，我身体猛地抖了一下，连忙将手电移开，大胜也发现那个照下来的光柱，大喊一声："谁在上面？"

叶老二没注意到刚才的亮光，就问是咋回事，我告诉他刚才看到一道亮光，他伸手接过手电，又朝上照了照，那亮光也跟着照下来，叶老二仔细地看了看，说："这上面好像是面镜子吧，这亮光是镜子反射回来的！"

我顺着手电的光柱看过去，果然有一面非常大的镜子镶在洞顶上，不禁疑惑地说："这是古代用的铜镜吗？"

大胜说："那不是镜子，是冰，你没看见有冰锥子挂在上面吗？"

听他这么一说，我们俩抬头一看，岩洞的顶部果然结满了一层厚厚的冰，一些大小不一的冰柱从上面垂下来，洞壁上也结满了白花花的冰碴子，我心想：怪不得感觉身上一阵一阵地发寒。

我们进来的那个石门正对着石像的侧面，石像的正前方还有一条宽敞的走道，不知通向什么地方。叶老二伸手摸了摸石像，大胜也上前摸了一下，然后走向石像的正面，只见他眉毛皱了皱，说："你们看这石像脸上是什么东西？"

我连忙凑过去，拿手电照了照石像的脸，果然有一团黄色的东西蜷缩在石像那张碾盘一样大的脸上，那个东西像是石化一样，附在那里一动不动。

大胜在地上摸到一块石头，喊了一声："我看它是个啥东西？"

说着就将石块扔了上去，那石块刚甩出去，就见那蜷缩在石像上的东西猛地动了一下，刹那间，石块就凭空消失了。

2.石像上的秘密

大胜傻愣地看着上面，嘴里嘟囔："咋回事？石头哪儿去了？"刚说完，就听噗的一声，蜷缩在石像上的东西似乎向前挪了一下，那个刚刚消失的石块，从上面落下来，砰一声响，刚好砸在大胜的头盔上，大胜被石块击中之后，就要向后倒，我连忙用一只手扶住他，另一只手拿起手电向上照。

只见石像脸上的东西不见了，一双狰狞的眼睛正注视着那宽敞的走道，我迟疑了一下，正想再照照别的地方，忽然听到一阵窸窸窣窣的声音，叶老二在一旁大喊了一声："快趴下！"我连忙拉着大胜趴在地上，随后就感觉有个东西从我身上爬过去，速度非常快。我松开大胜向旁边一滚，直起身顺势拔出手枪，把岩洞里几个光线无法顾及的暗角扫视了一遍，不知道那东西躲到哪儿去了，就问叶老二："刚才是什么东西，看清楚没有？"

叶老二端着枪缓缓地向我靠过来，说："没看清楚，好像是个四条腿的爬行动物。"

我又用手电照了照大胜，示意他来我们这边，大胜低着身子慢慢地朝我们俩靠过来，他拉紧头盔上的锁扣骂道："什么东西，还真他妈有准头。"

我们成"品"字形靠在一起，一声不响地盯着整个岩洞，忽然那窸窸窣窣的声音又响起来，我连忙朝发出声音的方向照过去，可那东西速度极快，只是隐约地照到一条细长的尾巴，看来它是躲到石像后面去了。我拿起手电将光线调成散光，沿着石像的左边，慢慢靠过去。

果然在石像的后面发现了那个东西，它依旧是蜷缩着一动不动，我们大胆向前走了两步，不禁大吃一惊，原来那是一只体型巨大的壁虎，怎么会有这样大的壁虎？我见过最大的壁虎也就 30 厘米长，可眼前的这只不算尾部都有 1 米多长，看来刚才大胜丢上去的石头，是被它口中的黏舌吸住后，吞到嘴里去了，当它发觉是块硬石头，就又从嘴里吐出来，没想到正好砸中大胜的头盔。

我屏住呼吸向他俩做了个溜之大吉的动作，叶老二会意地拽着大胜，轻轻向后挪。忽然从石像的后脑处又爬下来一只壁虎，体型比那只还要大，它翘起头部，一双暗绿色的眼睛瞪着我们。我吓得直冒冷汗，心想：该不会把我仨看成是昆虫，当做大餐吃了吧？刚想开溜，就见那只壁虎的嘴巴微微一张，做出攻击前的姿势。

　　大胜狂呼了一声，抬腿就跑。那只壁虎向前猛一蹿，撞在叶老二身上，叶老二被它一撞，差点儿倒在地上。一时间我也不知道该咋办，端着手枪，想打那只壁虎，又怕伤到叶老二，情急之下就用手电猛砸过去，一连砸了几下，手电被砸坏了，没有了光亮岩洞里漆黑一片。那只壁虎不停地发出咯咯咯的怪叫，我摸索着去抓叶老二的手臂，就听砰的一声枪响，那只壁虎嘶鸣了一声。

　　我的心怦怦狂跳，生怕壁虎朝我扑过来。黑暗中叶老二一把拉住我，说："快跑！"刚才慌乱时他朝那壁虎胡乱开了一枪，也不知道打没打中，爬起身便来拉我，我们一前一后凭着感觉朝石像正前方跑。这时就听洞顶上咯嘣一声巨响，哗啦掉下一根粗大的冰锥，擦着我的后背掉在地上，叶老二急切地说："不好，子弹打穿上面的冰层了，冰随时都能掉下来，我们快跑！"

　　叶老二伸手摸着岩壁，紧拉着我跑，过了一会儿我们摸索着进入走道。我狂叫大胜的名字，暗骂：这王八蛋，关键时刻就捅娄子，这小子就是欠揍！可是我在走道里喊了半天，也没见他答声。这时就听岩洞里砰的又是一声枪响，我心里一颤，暗想：我靠！原来这家伙还没跑出来呢？

　　忽然眼前一亮，一股煤油味儿传进鼻子里。原来叶老二划亮了打火机，他用的是那种老式打火机，煤油味儿特浓，他举起打火机朝洞里大喊，让大胜往这边跑。过了一会儿，我隐约看见一个人左摇右晃地朝这边跑来，仔细一看是大胜，我心想：这回你可算是吃苦头了，谁让你乱叫来着！

　　大胜还在跑着，突然一根冰锥从上面直落下来，直接刺进他的肩膀，随即就冒出一股血，大胜顺势倒在地上。我赶忙起身跑过去救他，当我吃力地背起大胜朝走道这边跑时，看见叶老二向我不停地打手势。估计又有什么危险，我用尽浑身的力气跑进了走道，这时才向身后看了一眼，只见三只体型巨大的壁虎，正朝这边迅速地爬过来，它们轻松地躲过了上面掉来的几根冰锥。

　　我倒抽一口凉气，抬脚就向走道深处跑去，叶老二将打火机熄灭，也跟着我往里面跑，没跑多远，忽然感觉脚下滑溜溜的，不禁暗骂一声：

"娘的，这地上不成也结了冰了。"

又跑了一会儿，我感觉腿上开始酸麻，大胜的肩膀不时流出鲜血，他不断地呻吟着，心想：再不给他包扎，恐怕会失血过多送了小命，看来得和那些壁虎拼个你死我活。我转过身想喊住叶老二，忽然就被他冲过来的身体猛撞了一下，一个跟跄我们三个同时摔倒在地。手刚一碰地面，就感觉刺骨的冰冷，我连忙伸手在黑暗中拉拽滑在前面的大胜，竟然只抓到他一只脚，还没来得及作什么反应，就觉那只脚向下一沉，手上扣住的鞋被我脱了下来，正想再去拉他，只听大胜叫了一声，顺势滑了下去。我心想不好，看来自己也得跟着滑下去了！谁知小腿一紧，一只手拉住了我的裤腿，只听身后的叶老二喊了一句："小子，别乱动，会掉下去的！"

我这才回过神来，心里一酸，说："我一时没抓住大胜，他掉下去了！"我双手慢慢地撑起地面，身体一点儿一点儿地向后缩，终于退了上来。上来之后我连忙向后倒退了几米，靠在冷冰冰的墙上，问叶老二："那些壁虎追来没有？"黑暗中叶老二靠在我对面的墙上喘着气说："不知道，可能又爬回去了，要不然早追上我们了！"

我这才松了一口气，拿出那个被我砸坏的手电，翻看了一下，原来我把电池给甩掉了，叶老二从包里拿出电池递给我，说："这地方不知道结了多少冰，说不定大胜还没滑出多远！"我安好电池，打开手电，走道里一下亮起来了。

我不禁大吃一惊，原来这条走道并不是结了冰，而是在巨大的冰层中造出来的一条冰道。从走道向里面看，空间就变大了，露出一间像大雄宝殿一样的冰室，冰室中央是个漏斗状的池子，池子中心有个黑洞洞的圆孔，周围光滑的冰面顺势向下，看来掉进池中的东西都滑落到那个孔里了。我被这个景象惊呆了，深深吸了一口气，心想：大胜一定是掉下去了，八成算是交待了。

叶老二也愣了半天才反应过来，他的鞋底被冻住了，一抬脚差点儿坐到地上。我们相互对望一眼，起身走进那个冰封的大殿。我们发现在这个大殿的每一圈有八条同样宽度的通道，池子和殿顶遥相呼应，形成了一个巨型的球状冰雪宝殿。

叶老二疑惑地说:"在陵墓里不应该有这样的结构,如果冰层解冻,就会把下层墓室全部淹没。"我说:"那建造这种地方干什么用?"他说好像是举行盛大仪式的大厅,而且从冰层里挖凿出这样一座大殿,工程相当复杂。

我们还发现大殿的冰壁上有很多被利器开凿过的裂口,我用手电向一个裂口处仔细照了照,好像有一团黑色的东西隐藏在冰层里,叶老二趴在裂口处朝冰上吐了几口热气,白色的冰面上顿时清晰许多。我把手电的光罩顶在冰壁上,终于看清楚那团东西,原来是人的头发,我惊呼了一声颤抖着说:"是个人,冻……冻在里边了!"

3. 孕女冰封

叶老二倒是没那么惊讶,他趴在冰壁上又仔细地看了看,回头对我说:"这个冻尸是个女的,肚子很大,想必是个将要临产的孕妇。"

我听了叶老二的话,身上就开始冒冷汗。我赶忙把头转向别处,不想再看那具冻尸的样子,叶老二见我害怕了,安慰我说:"别担心,这里温度这么低,不会有事的!"我疑惑地问:"你什么意思?难道这个女尸还能活过来?"

"一般不会,但要是在尸体冻住之前做过手脚或施了巫术,这样就能封存尸体的元气,等再预热之后,可能变成一具没有知觉的行尸!"

虽然叶老二这么说,但我还是不相信他的话,转身就向前面走去,想着去另一个走道里看看能不能找到出口。刚走出去不远,突然有一团黑糊糊的东西在我眼前闪了一下,很快又消失了。我一惊,身体僵直立在原地,叶老二好像也看到了那个东西,他侧着身走到我前面,摆了一下手,示意我别出声,然后从背包里拿出一柄桃木小剑和两张黄色的符纸,用木剑将符纸刺穿,又掏出一把糯米攥在手中,缓步向那个裂口走去。只见他贴在裂口的边上,向左猛地一闪身,甩手就把糯米撒出去,我见他身子立在那儿没动,就慢慢挪过去,举起手电往裂口里面照。

没想到裂口里面又有一具女尸,她身体的上半截露在冰层外面,另一半还封在厚厚的冰墙里。她赤身裸体,面目惨白,黝黑的长发层次均匀地垂在肩膀上。

我见又是一具死尸，心想：难道刚才那个黑糊糊的东西是她的头发飘出来了？我走近几步发现女尸体态如生，皮肤光滑完整，五官清秀，双胸坚挺，非常美艳，心想：这大概就是古代宫中的秀女吧！女尸的肚子鼓得很高，看样子又是个怀孕的女子，我朝叶老二看了看，刚想问他这冰里的孕妇是怎么回事，就见女尸美艳的脸颊上猛然隆起一个鸡蛋大小的包，紧接着又隆起三个。突然那些包噗的一声全裂开了，一大群黑黢黢的弹尾虫从里面涌出。

我尖叫了一声，沿着一边的墙壁狂跑，有几次险些掉进冰池里。叶老二却不慌不忙地跟在我身后，嘴里还不停地嘟囔："怪不得沙顶天墓室里有那么多的虫子，原来都是寄生在尸体里繁殖的，我估计整个陵墓都快被这些虫子霸占了。"

我们一口气跑过两个走道口，在第三个走道口停住了脚步。回头看了看，发现虫子没有追过来，便蹲下身休息。我侧身看了叶老二一眼，苦笑着说："难怪那些壁虎长那么大！"

叶老二也是一脸无奈地说："要是和这些食人的虫子相比，那些壁虎算是益虫了！我看尸体里爬出来的虫子体型很小，应该只是幼虫。"我捏着酸麻的大腿，一屁股坐在冷冰冰的地上，仰头长叹一声说："叶老哥，我看再不吃点东西，我真撑不住了！"

叶老二咬了咬牙站起身来拉我："老弟，天无绝人之路，我们一定能找到出口。"

我握住他的手，立起身体指着冰池说："我看干脆咱们俩大喊一声跳下去得了，强子和大胜在地下等着我们相聚呢！"

4. 连环计

叶老二伸手拍拍我肩膀说："不想让虫子钻进肚子里，就快点走吧！"然后拿着手电，转身走进了那条冰冷的通道，我看着他信心十足的样子，心里暗想：看来这次参与的人就属自己没出息了，自己还想在这里一死了之。想罢只觉一阵惭愧，伸手抹了抹额头上的汗，才发现头上已经结了一层硬邦邦的冰碴子。看来这里的温度已经很低了，要是再不找到吃的，恐怕不饿死也冻死了。

我赶忙跟着叶老二朝里面走，刚走 20 米，叶老二忽然一个回身捂住我嘴巴，顺势把我按在墙壁上小声地说："别出声，前面好像有动静！"说完就把手电关掉了，我推开他的手低声问："前面有又有什么动静？"

他贴在我的肩膀上，轻声说："应该是甬道里那个神秘人！"说完便端起步枪，我一听是那个涮我们东西的家伙，心里的火腾地就起来了，蹲下身悄悄拉开枪栓。突然听到走道里传出拉枪栓的声音，我心里咯噔一下：不对，我们的背包里没有武器，那个神秘人哪儿来的枪啊？

我正在纳闷，就见叶老二匍匐在地上，慢慢地向对面爬，还没爬出多远，忽然一个黑黑的影子凌空跳到我身边，我只觉额头上一凉，一根冷冰冰的枪管压在我头上，顿时我感觉自己的腿一下就软了，心想：这古墓里还藏着一位千年高手，这速度也太快了吧！

我心里盘算怎么向这个千年高手求饶，就听叶老二喊了一句："别动手，千万别动手，他是莫炎，莫老弟！"

我正纳闷这叶老二脑子是不是进水了，为什么要说我的名字？忽然眼前一亮，明晃晃的手电照在我眼睛上，我连忙用手挡住眼睛，就听那人大声说了一句："真是你们！"

我一听那人说话的声音，心想：这是常森的声音。

我们亮起手电互相看了看，大笑起来，这个人就是常森。大家缓过神之后，简单地说了说之前发生过的事情。常森听说大胜已经死了，心里很难受，情绪缓和之后，他拿出水壶和几块压缩饼干递给我们说："我在这条暗道里找了几次，都没有找到其他人。"

原来，常森和赵先生他们五人从石像的暗门出去以后，在暗道里休息了一会儿，就沿着甬道一直向上走，没想到前面忽然出现一个神秘的人影，用手电晃了他们一下就没影儿了。刚开始他们以为是我们几个，谁知叫了两声没人答应，常森就追过去，一直追到这个水晶宫殿，看见这里暗道很多就转身回去找大伙儿，可是等他回来的时候，却发现其他人都没了踪迹。他上下找了几遍都没有找到人。没想到却遇到我和叶老二从入口进来，他还以为是那个神秘人，所以就想伺机解决掉神秘人。

叶老二听完大骂一声说："它奶奶的，这家伙竟然给咱用连环计！"

常森见我们表情异常愤怒，就问："难道你们也遇上那个神秘人了？"

我大骂一声说："我们何止是遇上了，他还偷了我们的背包和手电，没想到这个狗日的反过来又去偷袭你们！"

叶老二思索片刻说："看来那个神秘人对古墓很熟悉，乘机将他们引入迷阵中，我看还是先去救他们，要是时间长了，那两个女的体力会顶不住！"

常森说："放心吧，我把水壶给他们了，只要是有水，人是可以顶个七八天的，就是不知道他们会不会遇到危险。"叶老二灌了一口水，说："这里通道这么多，一个一个找可不容易，再说我们难免会遇到一些危险！"

我仔细想了想，又让常森将他们的行动过程详细说了一遍，知道他也是一直向上穿过甬道来到这里的，我分析了一下说："我看这里整体构造很有规律，从冰殿中心分割开来的九个通道是成三角对称的结构排列，我们只需查找三个通道就可以了，剩下六个都离得太远，估计不可能在上升过程中贯通。这三个通道中的第一个常森已经找过了，就剩下右侧这两个了。"

叶老二看了看远处的几个通道，点点头说："老弟说得没错。"说完就招呼我们准备进入另一个入口。常森拿出探照灯向里面照了照，我们顺着光线看过去，发现这个通道非常浅，大约只有30多米，我们心中疑惑，心想：难道这是一条死路？交换了一下眼神之后，我们还是走进去了。

来到顶端才明白，原来地面的冰层上有个方形的入口，一股股冰冷的寒气直往上冒。从这里向下是一道阶梯，全是在冰层上刻出来的台阶，每一条都非常平整。

我们对视了一下，纷纷拉紧衣领踏着台阶小心地往下走，脚下的台阶虽然都很宽，但落差还是很大，每走十来步，高度就会降低数米，我对高度没怎么在意，但走了一段后，就觉得温度骤然下降。我紧闭着嘴巴，身上直打哆嗦，常森拿手电上下打量这地方，发现这里的结构设计得很周密，顺势而下都是同样高度的阶梯，一层层地转下来，就像走在一个巨大的方形盒子里，我心想：这个地方简直就像个大冰箱，这温度好像都快零下十几摄氏度了，再往下走血都凝住了。

我瑟瑟发抖，缩着脖子跟在叶老二身后往前一步一步地挪，突然叶老二停住脚步，我额头顺势顶住他的后背，叶老二转过来，他身上和脸上都起了一层寒霜，我哆哆嗦嗦地问他："干吗不走了，冻住脚底了吧？"

他颤抖着说："前面堵住了！"

我侧身朝前面看了看，果然有个厚厚的冰门堵在那里，常森从我身后走过来在门上用力踢了两脚，我见他身体行动还很灵敏，心想：还是人家守边防的，身体耐得住寒冷啊！

他转过身见我冻得鼻尖通红，笑了笑从身上拿出一个钢制的瓶子，说："这是白酒，你们要不要喝点儿？"我一把抓住他递过来的瓶子，仰头灌了几口，常森看着我的样子笑了笑说："当年守边防时气温很低，全仗着这东西暖身子。"他说完抬起枪走到那冰门前，朝门上开了几枪，那个门随即就裂开两道缝。

叶老二抓起我手里的酒瓶子也灌了几口，上前同常森一起朝门上踹了几脚，哗啦一声门碎了，我忽然感觉有一股热浪迎面扑来。

第九章 幽谷宝塔

1. 木桥

叶老二拿着手电照了照，可没看见什么东西。前面似乎是一片虚无，我们端着枪小心翼翼地走进去。刚走下两个台阶，前面出现了一小块空地，我摸了摸地面，发现这里的地面已经不是冰层了，而是实实在在的石头。

我又向左右两边照了照，发现没有可以走的路，这个门洞是从一面崖壁上凸出来的。常森从包里拿出探照灯向远处照过去，在探照灯的光亮下隐约可以看见，一个长形的物体垂直立在黑暗中。

叶老二拿过探照灯又照了照崖壁，没有发现任何行走或攀爬的物体。常森趴在石板的边上，向下晃了晃手电，之后他缩回身体说："下面可以走！"

我也趴在地上看了看，发现下面四五米的地方有条青石栈道，不过需要攀爬才能下去。叶老二看了一下说："我们从冰凿的甬道一直下来，并没有发现有别的出口，刚才又是第一次打开这个门，我想他们几个应该不在这里。"

我也觉得他的话有道理，暗想：早知道就不用砸开这个门了，这里黑黢黢的，说不准会有壁虎趴在崖壁上袭击我们。就提议返回上面，常森也点点头表示同意，收起探照灯我们准备退回去。突然啪的一声枪响，从幽深的崖底传上来，我身体猛地一抖，常森一把抓起探照灯照向崖壁的下方，急切地喊道："是程小姐他们！"

叶老二想了一下点头说："不错，的确是西格玛手枪的声音！"

我忙说："既然他们开枪了，一定是遇到危险了。"只见常森也开了一枪给下面一个回应，然后对我们俩说："我下去看看！"

"不行，要去一起去！"说话间叶老二已经抓起腰间的绳索，将一头的折叠三爪钩撑开钩在门框上，常森点了点头，返身跳下去了，我连忙趴在石板上往下看，只见他身体稳稳地落在栈道上，心中暗自钦佩常森的身手，随即叶老二将绳子递给我说："你先下！"

我像只熊猫一样，身体偎在石板的边上慢慢地往下蹭，用了足足有五分钟，我才爬下来。只见后面的叶老二也正从上面下来，他胖胖的身体这时轻盈得像只燕子，拉着绳索一个翻身就落在我的身边，我向他伸了伸大拇指，他转身看了看早已走上栈道的常森，疾步跟了上去。

沿着峭壁向下走，眼前的栈道竟突然转向幽深的崖谷中心，形成长长的一座横桥。我刚跑上桥没几步就感觉不对劲，桥上发出咕咚咕咚几声空空的响，就听身边的叶老二嗯了一声，说："这桥是木头做的，可能会塌，你们别走那么快！"

常森听了叶老二的话，低声说："我们分开走，我过去以后你们再过来。"说完他将背包解下来递给叶老二，便径直地走向木桥深处。

叶老二招呼我退回到栈道上，然后蹲下身摸了摸那木质的桥面，抬头说："这是千年老松的松板，上面应该刷过很多桐油。"

2. 幽谷宝塔

我也蹲下身摸了摸桥面，疑惑地问："这上面好像是湿的，难道这里下过雨？"

叶老二直起身说："这上面生了很多苔藓，木板的内部估计已经朽烂得差不多了，多亏木料足够厚，不然人走过去，桥就得塌了！"

我们俩在原地等了五分钟左右，就听木桥对面传来一声枪响。叶老二随即将背包递给我，说："我先过去，你身体轻背包你拿着吧！"我心想：他肯定是怕自己掉下去，我们没了食物，才说这些话来安慰人。

不过由不得我推辞，他返身走上木桥。我急忙用手电给他照亮，发现桥面上确实生了一层绿幽幽的苔藓，人走在上面很容易滑倒，我让他小心点儿，不一会儿他就消失在雾气中了。

这里比那个大冰箱温度高了很多，我只觉脖子和衣领上一直潮乎乎的，像是出汗，又像是雾气里的水分黏在身上，身体稍一动，就会瑟瑟地发寒。我独自站在桥头的栈道上，感觉身后的崖壁上窸窸窣窣的有什么东西在爬动，一种恐惧感由然而生。

突然又一声刺耳的枪声从对面传过来，一下把我的思绪勾了回来。我用力按了按太阳穴，将背包挎在肩上，小心地走上那座木桥。

大约走了五十米，眼前出现了一座高耸的建筑物，它屹立在木桥的对岸，桥梁尽头的木板搭在那个建筑物的外沿，顺势向上看去，建筑物有十几米高，光线照在上面，显得流光溢彩、晶莹剔透。

我缓步向前，建筑渐渐露出清晰的轮廓。这个建筑物竟然是一座高耸的宝塔，塔顶部分被厚厚的冰封住了，看不到塔刹上是什么东西，塔身也裹着一层薄冰。在光线流转之间，薄冰上发出晶莹的亮光，看上去光彩夺目。我正欣赏着这座宝塔，忽然脚下一滑，一个侧身摔在地上，随即身后的桥面上就发出咯嘣一声闷响，我心想：不好，这木桥要塌了。

我急忙爬起来向前跑，奔跑之中又听见有木板开裂的声音。我回头看了一下，发现身后的木板有一侧已经塌了。随即我就听见桥对面的叶老二和常森大喊着："别看了，快跑！"

我脚上沾满了绿色的苔藓，跑起来非常滑。我艰难地迈着脚步，疯狂地朝他俩的方向跑，还有两米远常森的手就能拉到我了，忽然一阵震耳的响声传来。整个桥面瞬息间塌了，我只觉脚下失重，身体顺势往下坠。

就在此时，一根登山绳缠在我左臂上，我肩膀随之一紧，身体倾斜着重重地撞在塔身上。只觉面门和左胯上一阵剧痛，我几乎晕死过去。

我感到身体在塔沿儿上打转儿，连忙伸起脚尖钩在一个冰裂的缝隙上，艰难地抬头向上看，见叶老二和常森一起用力地拉拽着那根细细的绳子，我反手抓住缓缓向下滑动的绳索，但是感觉肩头酸麻，根本用不上力气，好像是肩胛骨脱了节。知道自己根本没办法爬上去，心想：看来这次只能靠他们拉我上去了，可就怕这绳子太细顶不住。

3. 野人

细细的过胶登山绳，没有挂扣的帮助，手根本就没有办法抓牢。这时候我觉得肩膀到指尖发出一个让我不能忍受的信号，绳子扭动着死死地绕在我手腕上，左手上的血液开始凝结，手指尖变得冰凉、麻木，我明白那个可怕的脱力现象就要来了。

闪念间，我似乎看见李燕那张成熟而又柔弱的脸，那个温暖而又坚毅的笑容。我用右手的一丝余力托起了手中的救命背包，望了望常森他们，我心里想：他们一定要活下去，这可能是我唯一可以做的事情了。我猛地将背包抛上去，那一刻我眼眶湿漉漉的，眼泪滴在胸膛上，滴在大胜死前留下的血迹上，我松开抓住绳子的手，身体开始下落。

我感觉全身都很轻，就像在空中飘浮的羽毛。我索性闭上眼睛等待着生命的终结。

不知过了多久，我的身体一下子感受到两种力量，它们在顷刻间接踵而来。先是身体掉入水中的猛烈撞击力，仅仅几秒钟，我感觉一股热量在入水后的刹那间裹住了全身，我的眼睛和嘴巴紧闭着，那种灼热依旧燃烧着我的身体，惊慌间大脑里传来一阵剧烈的眩晕。

一丝冷风微微地拂过我的胸口，我用力睁开沉重的眼皮，眼前一束火把在左右晃动着，看上去很模糊，像是飘浮在空中的一团鬼火。

我试着活动了一下手指，它们还很灵活。我吃力地直起脖子，发现身上的衣服和鞋子都不见了，赤身裸体地躺在一张青石供桌上，我揉着眼睛向周围看，一个全身毛烘烘的人站在供桌旁边，他手里举着一柄火把，正直勾勾地盯着我的身体看，我心里猛地抽搐了一下，几乎不敢相信自己的眼睛。火把下的那东西甚至不能说是一个人，最起码不是一个正常的人，他足足有三米多高，除了脸以外，全身都长满了黑黢黢的毛，两只鸡蛋一样大的眼睛凹陷在高挺的额骨下面。我头皮都要炸开了，在心里大喊了一声："野人！"

那个野人似乎看出我惊讶的表情，竟然向我走过来。他侧着身坐在石桌的末端，伸手按在我的小腿上，我身体僵直着一动不动，眼睛死死地盯着他的手。那只手出奇的大，我的小腿在他手中像是两根筷子，只要他稍一用力就能折断我的双腿。我左手死死地扣在供桌的边上，心想：我这身单薄的肉，恐怕不够他吃上两顿。

他双手翻动着我裸露的身体，我身上的汗毛全都立起来了，脑门上的青筋一个劲儿地乱跳，眼睛紧闭任由那个野人摆布。忽然，他将我又重新翻过来，站起身径直走离供桌，消失在一扇石门里，我傻愣了半天，以为刚才发生的一切都是幻觉。

我冷静之后，就从供桌上爬下来，小心地走向那个唯一的门。我向门外张望了一下，发现外面是一条向上的走道，我踮着脚尖慢慢地走上去，没走出多远，就听见上面传来砰砰砰砸东西的声音，我一哆嗦又跑回了房间。

这里除了那张大号的供桌，还有六面贴墙的石碑，我蜷缩着身子蹲在石碑旁边，想着从木桥上掉下来的情形，心想：看来自己并没有摔死，似乎是掉进水里，而且说不定是这野人救了自己。

4．长生塔

时间一点一点地过去，我紧绷的神经慢慢松弛下来。

忽然一个亮光从外面照进来，那个高大的黑毛野人出现在门口。一双硕大的眼睛在房间里扫视了一圈，最后落在我蹲着的地方，他嘴角翘了一下，径直向我走来，我身体向后缩了缩，心想：我全身赤裸着，恐怕这次野人再也挡不住人肉的诱惑了！

谁知野人却在我面前蹲下，蒲扇一样大的手里拎着一团湿滑的东西递给我，随即一个浑厚的声音说："吃吧！"

我身体猛地震了一下，那个野人居然和我说话，我紧张地在他身上瞟来瞟去。他的腰上系着一根粗大的布绳，肚脐下稀稀落落的碎布遮盖着私处，我心里不禁想：既然野人能够说汉话，又懂得遮掩自己的私处，难道是他进化了，变得很聪明，还学会和人交流！

我正胡乱地想着，就见他愣愣地盯着我，好像很清楚我心里的疑惑，一把将那团东西塞给我，环膝坐在对面，低声说："别害怕，我是人，不是怪物，你吃点东西吧，这里只有这个能吃！"我听他说话，好像很在意自己的语调，生怕我会把他当成怪物。我捧起手里的东西看了一下，发现是一团生肉，散发着浓浓的腥味，是鱼肉。

"吃啊！"

他对我大喊了一句，我双手抖了一下，缓缓地将那块肉塞进嘴里。虽然肚子很饿，但那块肉放进嘴里之后，我喉咙里的唾液不禁上翻，把肉又吐出来了。

他下巴向上一扬，哈哈大笑起来，说："我刚吃的时候也是这样，习惯了就好了，其实这肉挺好吃的。"我见他像个孩子一样笑得前仰后合，禁不住和他交谈起来："这是什么鱼？肉也太难吃了！"

他摇着头，说："我不知道，反正这鱼皮很厚，刀子割都割不开！不过我告诉你，你现在不吃，迟早也得吃，要不就得饿死！"

我将肉握在手里，又重新打量了一下周围的环境，回过头问他："你在这里住吗？这儿是什么地方？"他突然立起身，伸开双臂在房间里转了一圈，然后大声说："这儿是我的家呀！我一直都住在这塔里。"

我听到他提起塔，不禁想起常森他们，就问："你说的是什么塔？"他见我发问便思索着揉了揉眼角，眼睛瞪了一下，一把将我抱起来朝门外走去，我顿时闻到一股浓烈的怪味儿，从他胸口的黑毛处散发出来。

大约走了两分钟，一个圆拱形的门洞出现在眼前。他低身从门洞钻出去，将我放在地上，然后指着门洞上面的墙壁说："你看就是这个塔！"

我举目向上看去，火把光亮所及的几十米范围内，是一座高不可测的巨大石塔，塔壁上凸起三个大字，看上去像是汉字，但我却不认识，我侧过头问他："你知道这是什么字吗？"

他伸手指向那三个字，依次念着："长——生——塔！"

5. 奇异的壁画

我左右看了看，发现我们正站在这座石塔的塔基上，石塔门洞两侧刻着门匾，上面的文字和"长生塔"那三个字是出自同一种文字结构和刻工，两尊鸟嘴兽身的大石像立在门匾两侧。我们的身后是一条三米宽的汉白玉走道，上面刻满了祥云图案，这种建筑体系确实是遵从了古代皇室的工程造诣和设计理念，我心里不禁想到程总所猜测的成吉思汗皇陵。

看着眼前这座宏伟的宝塔，心里想着自己进入古墓所经历的事情，看了看身旁的黑毛野人，使我不禁感觉到这一切是那么的虚幻，就像是一个童话故事。忽然我打了一个寒战，心想：难道我已经死了，坠入了这个隔空的地狱？

突然砰的一声枪响打乱了我的思绪，只听身边的黑毛野人嗷地喊了一嗓子，跪倒在地上，我连忙转头去看，只见他后背的黑毛上喷出一股深红色的血液，他中枪了，是谁开的枪？

我连忙从地上捡起火把，转身查看子弹射过来的方向，谁知眼前几道亮光一闪，扑扑扑几声轻响，野人的背上顿时多了一排亮闪的飞刀，飞刀的刀柄深深插进野人的后背。野人面目扭曲地转过头看了我一眼，呻吟了一声，跌倒在汉白玉走道上。

啪，又是一声枪响，随后一个熟悉的声音喊道："你是什么人？"

我一听是赵先生的声音，大声说："你们过来吧，我是莫炎！"

"总算是等到这畜生出来了。这块头可真够大的。"宋茜跑过来踢了踢倒在血泊里的野人愤怒地说。我伸了伸手想阻止她，只见宋茜朝我看了看，脸上忽然红了一圈，捂着嘴转过身去，从脖子上解下围巾递给我。

我顿时会意，看了看自己裸露的身体，伸手接过围巾缠在自己的腰上。这时一古和赵先生搀扶着程乐儿从远处走过来，我走上前问："程小姐受伤了吗？"一古朝地上的野人努了努嘴说："都是这东西害的。"

赵先生从背包里掏出一身潜水服递给我说："你怎么会在这里，身上的衣服呢？"

　　我穿上潜水服，简单地说了说自己从桥上掉下来的经过，最后我蹲在野人的尸体旁说："其实，他不是野人，最起码不是你们想象的那种野人。"

　　他们听说是野人救了我，还拿东西给我吃，都很惊讶。一古起身把野人的头翻过来，将手掌按在野人的额骨上比画了一下，转过头面色惊骇地说："这绝对不是巨猿或高山野人，它头骨的结构和人一样，你们看……"说着伸手指了指额骨和下颚的位置，随即他又查看了一下野人身体上的几个部位，然后立起身说："这绝对是个巨大的发现，这个人的体型虽然超出常人几倍，但从全身的骨骼和脑部的体积来看，无疑是人类！"

　　我听了他的话，更是一阵沮丧，伸手想把那个野人的尸体翻转过来，一古见势连忙过来帮忙，赵先生走到我们身前叹了口气说："唉，把他丢到水里去吧，也算是对死者的一个交代！"

　　一古惋惜地说："要是我们能快点出去的话，说不定可以做一个活体标本，对研究这方面的人来说是个非常大的吸引。"我一听就觉得不妥，但看着野人庞大的身躯，自己也想不出能够对这个救命恩人做点什么。我站起身望了望走道的右侧，下面果然有流水声传来，而且夹带着一股热气。

　　我们对望一眼，默然将那个尸体抛下汉白玉走道。我们站在走道的边上凝视了一会儿，转过身见程乐儿正盯着那个门洞，脸上显露着惊讶。赵先生走过去问是怎么回事，只见她猛地打了一个激灵，摇摇头说："没什么，我们进里面看看吧。"

　　众人进入门洞后，一间很大的内厅出现在眼前，正中有三个高大神像，三个方向的神像全都双臂伸展，目视着斜下方，底座的莲台上镶刻了很多文字，都是门匾上那种字形，神像周围的一圈摆满了青铜香炉。

　　我顺着一古的手电光线朝一边的墙壁上看，发现墙上刻满了壁画。我顺着墙壁右侧的壁画一幅一幅看过去，壁画上描述的情景很壮观，好像是在举行一次盛大的祭祀活动。很快我就发现每一幅壁画上都出现了一座宝塔，看塔身的结构和这座塔极其相似，看来壁画上的场景应该发生在这里。

前面的壁画上刻着很多兵将，押解着一些奴隶，那些奴隶都抬着担架，担架上躺着的人全都身着铠甲，似乎是受伤的士兵。他们一个接一个地从崖壁的栈道走下来，穿过横跨在宝塔上的桥梁，走进了塔身中央的门洞里。宝塔的底层有很多术士模样的人，跪拜在周围的几条白色神道上，霎时，塔基的周围被烟雾笼罩。

最后的几幅壁画一反前面壁画的写实手法，好像是一些妖魔从天而降，全都顺着塔身的中央和塔顶的部位飞入宝塔，顿时整座宝塔被烟雾笼罩起来，直到最后一幅壁画，那些烟雾才算消散。从塔身中央的门洞里走出一些赤身裸体的人，他们一直沿着两边的横桥走上峭壁栈道，同时那些走道上的术士个个仰身伏地行九叩礼。

忽然间我又发现这些壁画上有很多划痕，但划痕都不深，对整个壁画所表达的意思没有造成影响，而且那些划痕一直延伸到地面。我走近才发现原来那些划痕刻的是一些汉字（如人、口、手、左、中、右等等），都是一些简单的汉字，我心中暗想：这些汉字和塔里的文字没有丝毫关系，难道是盗墓人刻下的？

我见一古也发现了地板上的汉字，我对他说："这些汉字不会是那个野人刻的吧？"

一古摆了一下手，说："不像，他虽说可以和人交谈，但写这样的汉字，应该是不可能的，这里可不是古代的学堂，难道会有老先生来古墓教他不成？"我见他盯着我看，明白他是想到我头上了，连忙说："你是不是以为是我刻的呀？我也是第一次来这个地方。"

第九章 幽谷宝塔

第十章 合欢佛

1. 空中监狱

一古显然不信我的话，哼了一声，转身去察看别的地方。我看他走到那个神像旁，想蹲下看莲台上的字，正好程乐儿和赵先生也蹲在那儿，他俩神色紧张，小声地说着什么，见一古走过来，马上就停止了交谈，我抬脚正想走过去，忽然身后的宋茜拍了我一下，问我："野人就住在这里吗？"

我伸手指了指直通下面的走道，说："他住在下面。"

她向我摆了一下头，示意让我带她下去看看，我转身瞥了一眼他们三人。谁知她竟然一把拉住我的胳膊，闪身将我拽进走道，进去以后我就问她："干吗要单独行动？"她没回答，只是推了推我的后背，小声说道："到下面再说！"

我小心地向下走，忽然闻到一股腥味儿，打着手电一照，发现走道的右侧有个凹陷进去的空间，内深不足三米，里面供着一尊丑陋的雕像。前面的供桌上摆着个黏糊糊的东西，我凑近闻了闻，正是野人给我吃的那种鱼肉。

进入野人的房间后，宋茜用手电左右照了照，回身又向上面的走道看了一下，然后一脸神秘地对我说："你有没有发现程小姐和那个姓赵的有点不对？"

我想了想刚才他们俩的表情，不以为然地说："人家说话不方便让我们听，不方便就算了。"还没等我说完，只见她摇了摇头说："他们似乎认识这里刻的那些字，刚才在甬道里也有很多那样的文字，我看他俩一直盯着那些字嘀嘀咕咕的，就问他们上面写的是什么，谁知他们却说看不明白。直到进了这个塔，我一直都在观察他们的举动，他们俩一定对我们隐瞒了什么。"

听完宋茜的话，我回想了一下刚才程乐儿看到门洞时紧张的表情，心想：难道是门洞两边的字，让她的表情忽然紧张起来，那门匾上到底写了什么呢？

我盯着宋茜的眼睛心里盘算着：是不是这个宋茜小姐在故意搞混我的思绪？我看程乐儿似乎只是害怕那两座雕琢逼真的鸟嘴兽，才会那样紧张，单单从眼神上就怀疑她，多少有点牵强，我看这个宋小姐倒是有点诡秘，不然她怎么会拉我一个人下来，还轻易对我说出这些猜忌的话。我刚才可是和野人在一起，岂不是更值得怀疑？一古刚才的问话，不正是这个意思吗？那她的用心又是什么呢？

想到这我试探地问道："你们是怎么和常森走散的？又怎么会到这里？野人怎么会打伤程小姐？"宋茜张了张嘴没说出话来，只是一脸怒气地转过身，叹了口气说："你是不是不相信我的话？"

我刚想点头说是，就听上面砰的一声枪响，宋茜一把拉起我朝上面跑，嘴里哼了一声说："准是出事了！"

等我们上来以后，神像大厅里已经一个人也没有了，我还以为他们都跑到外面去了，就连忙到塔外察看，连喊了几声，都没有人回答。回到内厅看见宋茜正盯着地上的一摊血，我上前问："是谁中枪了？"

宋茜摇了摇头，直起身在室内来回地走了两圈，最后将目光停留在墙壁下面的石砖上，低声说："从那儿可以上到二层，我想他们一定是到上面去了。"我也朝墙角看了看，发现挨墙的地面上每隔几块石砖就会有一块凸起半米多高，有点儿像古代城墙上凹凸起伏的那种造型，但左看右看也看不出楼梯藏在什么地方。

宋茜走到门洞口摸了摸墙壁，转头说："这面墙这么厚，楼梯会不会藏在墙里边？"

从墙体的厚度上看确实很像，但我想不到古人为什么会这样做，我摇了摇头说："这种无聊的设计，在建筑学上是很不科学的，因为它太耗费成本了，而且最主要的是这样做可能会造成塔身不稳！"

宋茜摇摇头说："可能建造者是为了达到什么目的，所以才……"

我接过她的话说："除非是想隔离每一层的塔楼，设置得像一所监狱，使看守便于锁住各个楼层。可你想谁会把监狱建在塔上啊，那岂不是变成一座空中监狱了。"

2. 白玉菩萨像

宋茜听了我的分析后，在墙上仔细地摸索，没等我继续解释就听她嗯了一声，我转头见她从墙缝里往外拉扯一条黄色的东西，我过来一看，眼睛顿时一亮，墙缝里的东西竟然是一只手套。

宋茜把那只手套从墙缝里硬拉出来递给我说："是那个老外的，只有他戴黄色手套。"

我看了看那条严密的墙缝，心想：难道墙壁里真有暗道？不禁用手去推那面墙壁，竟然轻而易举地被我推开一条缝。宋茜脸上顿时一喜，拿手电朝墙缝里照了照，里面果然是一条向上的楼梯，我用力将墙壁推开将近一米的宽度，朝楼梯上看了看，发现台阶上有很多灰尘，但中间的位置却很干净，似乎经常有人在楼道里走上走下。

宋茜走进楼道在台阶上仔细照了照，说："这里有血迹，他们一定是到上面去了！"

我见她起身向上走，连忙跟在她身后，走出去没多远，地上的血迹就渐渐消失了，拿手电左右打量了一下，除了一直向上延伸的台阶，这里并没有其他出口，我们商量了一下就顺着盘旋的楼梯继续向上爬。

走了很长时间，都没有见到出口，心里不禁纳闷：难道在这塔里也会有九曲悬魂阵？不然按照我们的速度，别说是第二层，我看都快到塔顶了。

我对宋茜说出了自己的疑虑，她回过身前后看了一下说："我看这座塔不是一般的高，估计我们刚走了一半，别停下快点走吧！"说完又朝上面走去，我迈着酸痛的双腿无奈地跟了上去。

刚走了一会儿，只听宋茜喊了一句："前面有出口！"

我侧身朝上面看了看，果然，前面出现了一个门洞，心中一喜，紧绷的神经刚想放松一下，忽然一股幽幽的香气钻入我鼻孔里，感觉身上的乏力感霎时烟消云散。我催促宋茜说："快走吧，前面好像有花香传来。"

穿过门洞，那香气变得更浓了，门洞后面的一切随即展现在眼前。那梦幻般的景象将我们俩定在原地，这又是一层塔楼，面积虽然不大，但珠光耀眼、色彩斑斓如瑶台银阙一般，周围的墙壁被各式各样的珍珠、宝石点缀着。在无数宝石的簇拥下，一尊巨大的玉雕佛像显得格外夺目，佛像的造型是比较常见的坐莲菩萨，通体呈乳白色，几个全身赤裸的女子依偎在佛像的腰膝间，菩萨佛像半裸着上身，一只手拨弄念珠，口中似乎还在念诵着佛经，另一只手抚摸在女子乳白色的后背上。这个两米多高的玉石菩萨像做工非常考究，但形态却又显得异常妖邪、诡异，我的眼睛好像着了魔似的盯着佛像，不由自主地走了过去。

菩萨身下半人多高的杏红色莲台上，刻满了各种各样的文字和男女交欢的图画，使整个佛像散发着淫邪和妖媚的气息。我抬起头看了看佛像的头部，不禁一阵骇然，刚刚还微闭着双眼的佛像，现在竟然睁开了双眼，我被那逼人的目光盯得心虚，下意识地低下头。眼前一晃之间，那几个趴附在佛像上的裸身女子，竟然扭动着身体从菩萨的腰膝间缓慢站了起来，修长的双臂妩媚淫邪地伸向我，柔若无骨的腰肢像蛇一样将我缠住。

我脑子里顿时升起一阵莫名的烦躁，胸口闷得透不过气来，双腿更是超出了之前的酸痛。我慢慢失去知觉，感觉身体轻飘飘的。

3. 合欢佛

恍惚间感觉身体靠在软软的东西上，我迷迷糊糊地睁开眼，只见眼前出现了一位美貌的女子，她几乎是全身赤裸伏在我肩膀上，看着那女子娇媚的身姿，顿时腹中一股热流涌上胸口。我想抬手去揉眼睛，但一阵强大的淫欲盖过了所有的思绪。那女子的相貌是如此熟悉，我忽然想到李燕，而且越看越像她。我双手抚向她的腰间，嘴唇急切地贴向她白皙的脸颊，同时一缕清柔的体香向我逼来。

我知道女人身上的体香，是身体内雌二醇酮产生作用的结果，它能刺激男性大脑使其迷失心智。我忽然涌出一丝不祥的预感，尽力压制自己的欲望和动作，但身体还是情不自禁地贴在女人柔滑的肌肤上。

正在我意乱情迷的时候，忽然感觉脸上被人猛扇了一巴掌，一阵火辣辣的痛。只见那个婀娜多姿的女人正怒视着我，我皱起眉头定睛一看，那女人竟然是宋茜，她面色红润，头发从脑后散落到胸前，胸口的肌肤异常嫩滑，我心想她现在的样子和之前完全是判若两人。

我眯缝着眼睛翘起嘴唇笑了一下，手不由自主地朝她脸颊摸去，忽然眼眶上又是一阵剧痛，没等我反应过来，胸口和胯下又被连续踢了数脚，浑身的疼痛让我忽然清醒很多，但我的手就像是着了魔似的，还是不停地在宋茜身体上乱摸，我连忙大喊："宋小姐，你快离开这里，我没办法控制自己了。"

迷糊间，只觉宋茜的身影在我眼前晃了一下，我的脑后突然吃痛，之后就失去了意识。

等我醒来的时候，发现自己躺在一张石台上。我睁开眼睛看了看四周，这里是个半圆形的暗室，我身边一个人也没有，正想坐起身，竟发现自己的双手和双腿都被绑得结结实实的。我隐约看见有光线从头顶射来，连忙大喊了几声，随后有两个人从外面走进来，我一看是宋茜和叶老二，正想跟他们打招呼，却见叶老二拿起手电，掰开我的眼皮照了照，转头对宋茜说："他已经没事了。"

他们过来帮我解开绳子，我连忙问叶老二是怎么回事。从叶老二的叙述中我得知，原来我和宋茜从密道出来以后，撞上那个诡秘的佛像，之后就产生幻觉，三魂七魄差不多丢光了。

我又问那个佛像到底是什么鬼东西，叶老二沉声说："那个是江湖上流传的一种诅咒，江湖上的人称'修罗咒'，那个佛像就是被施了咒的迷魂菩萨，道经称其为'合欢佛'。其实佛像座下的莲台里灌满了曼陀罗花粉和闹羊草的汁液，把这两种东西混合在一起放进佛像内，人若是靠近或抚摸了这尊'合欢佛'，都有可能被它迷失心智。"

宋茜插话说："如果被迷了会怎么样？"

叶老二指了指我说："刚才若不是及时拉他出来，那后果一定非同小可，重者抓狂而死，最轻也是个精神失常，变得像傻子一样。"

我们俩听完不禁骇然，互相对视了一眼，想起刚才发生的事，我心里不由得一阵羞愧。忽然我想起了常森，急忙问叶老二关于常森的下落，只见他神色黯然地向外面看了一眼，说："他被合欢佛迷得太深，恐怕短时间内是醒不过来了。"

听完叶老二的话，我疾步走到相邻的另一间半圆形密室。一眼就看见了五花大绑的常森，他被固定在一根石柱上，低垂着脑袋，一动不动地瘫坐在地上。我上前想要将他的脸抬起，就听叶老二喊了一声："别太靠近他，他现在神志失常，说不定会有危险！"

我神情凝重地看了看叶老二，嘴唇动了动想说什么，但没能说出口，就见他从背包里取出些食物递给我，说："你从木桥上掉下去以后的事情，宋小姐告诉我了，你能不能详细地说说掉进水里以后发生了一些什么事情，你怎么又会被野人救起来？"

我低身坐在石墩上，仔细地回想那时候的情形，但怎么也想不起来，不禁向叶老二摇了摇头，我又问叶老二他们怎么会中了"修罗咒"。

叶老二长叹一声，说出了他和常森在塔上面发生的事情。原来他们见我从高高的木桥上掉下去，料想八成是摔死在下面了，就沿着塔身的外沿进入塔内，走过一条环形的走道，就来到这个月牙形的小屋。这层塔楼的设置是由三间同样形状的小屋围拢在一起的，刚好形成一座圆形的隔间内庭，中间是封闭的。经过一番搜索，他们发现了一条向下的楼梯，下面正是设有合欢佛的那层塔楼，他们下到这一层后也发现了那个玉石菩萨像，常森就是在搬动那个玉佛像的时候，沾上了带有摄魂气味的液体，当时叶老二也同样中招了，但他随即就明白过来，连忙退回到上面的小屋，等他戴上防毒面具再去救常森时，常森已经嘶叫着开始抓狂，胸口被指甲抓挠出很多深深的血痕。叶老二只好把他打晕，背到这里，但闹羊草和曼陀罗花粉的混合物已经进入他的血液，只能把他绑在石柱上，避免他挠破内脏皮肉而死。

我听得心惊胆战，问叶老二有没有办法解这种迷毒，叶老二说："除非是出去以后，在这里没办法医治。"

我一脸沮丧地看了看一边的常森，仰头叹了口气说："真是人算不如天算，我看这个地方八成是出不去了。"

叶老二说："我看是天算不如人算，自从进到这个墓中，我就觉得有点不对，我看那个程总的目的有可能并不是为了盗墓！"

我转过头疑惑道："不是盗墓，那会是什么？他不是说，想从古墓里找出兄长和侄子的尸骨吗？"

叶老二听了我的话，摇摇头说："你有没有发现一个问题，在这座墓里是不是少些什么？"

我转过头看了看宋茜，见她也是不解叶老二的意思，就问："你说到底少了什么？"

"棺材！"叶老二直起身继续说，"自从进到这里以后，一直都没见到一具棺材，这也能算是一座坟墓吗？不仅是这些，从这里的布置来看也不像陵墓，没有棺椁，没有殉葬品，没有天门，最重要的是有水，上面的冰殿和下面的河床都是陵墓最忌讳的东西。"

我虽说不懂古代陵墓到底是如何建造的，但单从这里上上下下的大殿和那些诡异的壁画上看，隐约也觉得很不符合墓室的内部格局，要真是坟墓的话，最起码应该有殉葬大坑和墓志铭之类的东西。

我思考了一番，朝叶老二点了点头，他继续分析："如果程总说的那个玉扳指确有其物的话，那存放宝物的那间墓室又在哪里？刺猬石雕上叙述的文字和编码，为什么我们一个也没找到，却很顺利地穿过了一道又一道暗门，而且还发现了这座古怪的石塔？"

第十一章 巨型藤蔓

1. 蒙古人的传说

我听他说起那个玉扳指，心里忽然想起一件事情，就说："我也发现一些事情有问题。"

叶老二双眉紧锁说："是不是程总的大哥和侄子跌进石门以后神秘失踪这件事情？"

我摇了摇头说："那个事情虽说有点蹊跷，但也并非没有可能，这里机关重重，什么都有可能发生，只不过我觉得那个刺猬石雕有点信不过。前几年我们学校去内蒙体验生活，无意间听那里的一位老人说过一个故事。"

这个故事是说，在很久以前，蒙古部落遭突厥人围攻，走投无路的蒙古首领带着自己残存的一小队人马，藏匿在一片林子里避祸，就在突厥将军下令放弃追击的时候，林子里忽然窜出一只刺猬来，突厥军中有人站出来说自己熟知这种动物的习性，知道刺猬只在夜里出洞觅食，他推测一定是有人惊动了它，随即便提议进林子搜查，后来果然就在林中发现蒙古士兵，突厥人最终将蒙古的残余部队消灭，取得战争的胜利。后来对于这件事情，草原上一些搬弄是非的人谎称是那只刺猬遭到毒蛇的袭击，被迫逃出树林。

从这个故事来看，刺猬给蒙古人带来了灾难，蒙古人不可能尊崇它，而且，听说如果蒙古人在出外狩猎的途中遇到蛇和刺猬，就会放弃打猎

的计划返回家园。

说完我抬头看看他们，问："如果这里真是成吉思汗的皇陵，你们说有可能让工匠在皇陵里雕刻这种东西吗？"

叶老二点了点头，随即看了一下石柱上的常森，说："既然不是陵墓，那我们还是早早想办法离开这里才是，我看这座古塔着实怪异，不知道会不会是古代人炼阴铸丹的地方？"

宋茜凑过来问："你说的'炼阴'是什么呀？"

叶老二简单地解释了一下说："就是一种邪术，杀害很多无辜的老百姓来满足一个权贵之人的痴心梦想。"

叶老二见宋茜似乎还是没弄明白，就补了一句说："长生不老、得道成仙！"

我听了这话，不由想起野人口中念叨的"长生塔"，随即想起那些奇异的壁画，不禁心中一惊，心想：难道壁画上描绘的情形个……是真实的事情，那些赤身裸体从塔里跑出来的人，都变成了不死之身？

宋茜见我傻愣在那儿，推了推我肩膀说："你想啥呢？难道也想长生不老？"

叶老二也看到我脸色有点不正常，还以为是毒性又发作了，连忙用手按住我的额头，我推开他的手，急忙说："不错，就是炼阴，壁画上画的就是炼阴。"

叶老二不太明白我的意思，就问："什么壁画？在什么地方？"

我没回答他的话，心里却想到一些事情，转过身抓住宋茜的双臂，急切地说："你不是说程小姐的神色一直不对吗？我知道是怎么回事了，她一定看得懂那些文字，所以她也明白这座塔是干什么用的。"

2. 巨型藤蔓

宋茜接着说："难道他们想长生不死吗？"

我想到在塔下面宋茜的疑惑，随即反问她："我们在墓室里走散以后，你们到底遇到了什么事情？"宋茜定了定神，说出他们五人从沙顶天墓室逃出以后发生的事情。

机关启动后，密道随即打开，他们几个争先恐后地朝密道里面跑。等脱离危险之后，大家互相搀扶着来到一处台阶，缓和了一下紧张的情绪，常森从背包里拿出水发给大家。

大家在原地休息了一会儿，才起身继续沿密道向上走，谁知没走多少步，前面忽然出现了一束极亮的手电光柱，猛地照在众人脸上，慌乱中一个人影出现在甬道上方的拐角处。常森以为是我们几个从上边下来了，就喊了几声，谁知那个人听到声音并没有回答，身体踉跄一下，便迅速地逃进甬道深处。常森让大家留在原地，自己一个人追了上去。

等了很长时间都没见常森回来，赵露元就提议大家继续向上走，没想到刚走出不远就发现前面没路了。

宋茜和赵先生在墙上摸索了半天，也没找出丝毫缝隙和暗门。随后又在甬道里搜索了两遍，依旧没有结果。最后还是一古先生用探测器在一面墙上发现了一些线索，显示器上显示出墙后面有微弱的金属物质，大家用一盏茶的工夫挖通了那面砖墙，里面露出一道上下直通的岩洞。岩洞的内壁很不规则，而且里面长满了怪异的藤蔓，最细的藤茎比手腕还要粗，藤蔓上没有枝叶，光秃秃地缠绕在一起，就像是几十条蟒蛇在搏斗。众人见状不禁骇然，一古提起探测器对准那些藤蔓，顿时探测器响起了急促的嘟嘟声，仔细一看原来那些藤蔓全都绕在一根粗大的铁链上，拿手电顺着铁链向下照了照，发现底下岩洞的形状七扭八歪，洞壁上凹凸不平，看上去深不见底，粗大的藤茎就像是从地心里长出来的。

赵先生拿手电向上照，发现岩洞上面的口径很窄，人想钻过去并不容易，和大伙儿商量一下，决定顺着藤蔓向下爬。一古第一个钻进岩洞，随后大家一个接一个抱着那些杂乱的藤蔓爬了下去，果然不出大家所料，越向下空间就越宽敞，最后在岩洞的边上发现了一条向侧翼延伸的通道。一古爬在最下面，伸手测了测铁链和通道口相差的距离，不到两米，于是他提了提气一个纵身从藤蔓上跃过去。大家依次进入通道后，发现这里的地面非常平整，空间也很大。大家喘了口气，顺着通道向里走，看到边上有很多奇形怪状的雕像，所有雕像的下身都凿刻成了鸟兽腹卧的形状，但雕像的脸部大多是人脸的造型，看上去很像好莱坞电影里出现的那种人面兽身的妖怪。它们有次序地排列着，雕像的雕工很精细，大家看后口中连连称奇。

迈着缓慢的步子，走出十几米远，大家却发现程乐儿独自一个人停留在刚进通道口不远的位置，赵先生拿手电晃了她一下，发现她正趴在一边的墙壁上，似乎看到什么令人惊讶的东西。

宋茜抬手朝墙上照了照，发现墙壁上工工整整刻着很多文字，但都不是汉字，自己看不懂，就转身让一古看，谁知他拿手电照了半天，也无可奈何地摇了摇头。但远处的程乐儿显得对这些文字非常感兴趣，赵先生走过去叫她，也停在那儿不动了，两个人趴在墙上指着那些文字，嘴里嘀嘀咕咕地讨论起来。

一古和宋茜看到这情形只能在原地等他俩了，谁知他俩竟然看个没完，瞅过左边的，又去瞅右边的，丝毫没有要继续走的样子。宋茜耐不住性子，走过去问他们是不是看出上面写什么了，不料赵先生转过头说只是看这些文字奇怪，研究一下。宋茜听了这话，也不好说什么，只能一脸没趣地走开了。

直到一古拍着咕咕叫的肚子催促了好几遍，他俩才离开墙壁。

通道大约有四五十米，尽头连接着那条汉白玉石板铺的祥云神道。看着眼前华丽的白色神道，大家心里由衷地赞叹，十几米开外的道路，全被雾气笼罩着，犹如仙境一般。几个人兴冲冲地走过去，刚走没几步，发现道路两边都铺设着台阶，台阶一直向下伸进浓稠如奶的雾气中，站在上面根本看不清楚底下的东西，但能听到有轻微的水声传来。程乐儿蹲下身看了看地板上的图案，又朝台阶下面瞄了一眼，朝大伙儿做了个手势，意思是想自己一个人到台阶底下去看看。

还没等有人回答，忽然就听咚咚咚几声闷响从底层传上来，大家连忙用手电朝下面照。一个模糊不清的庞大的物体从下面直奔上来，瞬间闯入众人视线，只见那东西全身长满了长长的黑毛。"野人！"大家惊叫起来。

那野人见有人拦在台阶上，身体稍微停顿了一下，随即就要从程乐儿身上踩过去，情急之下一古扣动了手枪的扳机，朝野人开了一枪，但没能打中他。在空旷的崖谷内，这声枪响划破了周围死一般的寂静，野人似乎受到了惊吓，咆哮着直冲上台阶，程乐儿半蹲着身体刚想站起来，就被他强大的冲力撞翻在地。这时赵露元也从腰上取出了手枪，但那个野人的速度实在太快了，刹那间又将赵露元撞了个仰面朝天，枪也掉在一旁，等他抓起手枪抬头再看时，野人已消失在神道深处的雾气中。

宋茜几个箭步跟上去，跃进那浓浓的雾气中，抬手取出飞刀想刺野人的后背，但那雾气太浓密，野人几个闪身便消失了，宋茜正想追到神道另一头儿看看，忽然一声枪响从上面传下来。

叶老二听到这里点点头说："那一枪是常森开的，目的是想和你们联络。"

宋茜听见枪声，看了看前面浓浓的雾气，放弃了追过去的念头，马上回身过来察看程乐儿的伤势，她的小腿骨折了。虽说赵露元也被撞了，但并无大碍，由于程乐儿伤得比较重，大家又害怕野人乘机回来报复，只好先退回到通道里给程乐儿处理伤口。

宋茜继续说："包扎好程小姐的伤后，我们在里面等了很长时间，也没见野人出来报复，最后大家还是决定到神道另一头去看看。"说到这，她转头瞪着我，说："谁知就遇上了你和那个野人站在一起。"

我回想了一下，正想问她什么，叶老二却在一旁开口说："按照你叙述的经过来看，莫炎摔下去以后你们并没有听到动静，也没有看见野人出来救他，那他是怎么到野人房间里的，难道是另有路可以通到水下？"

宋茜点点头说："我看这里雾气蒙蒙的，除了枪响，别的动静都听不清楚，不过到底有没有别的路通到水下，这还真说不准！"

"一定有，壁画上画的一定没错！这座塔的底层有好几条相通的汉白玉神道，都连着塔基，其余的神道上也肯定会有台阶通到下面去，如果那样的话，野人可以先辨别我落水的位置，然后再选择走哪条路能更近一些。"我回想着壁画上描绘的情景，突然站起身，拉着叶老二想让他下去看看那壁画，刚走出不远，忽然听见昏迷中常森的动静，叹了口气，

只好返回原处，将自己从壁画上看到的情形向叶老二讲述了一遍。

听完我的描述，叶老二显得很诧异，他不解地说："你说有妖怪从空中飞下来，进入这塔里，然后木桥上就出现了赤身裸体的人！"

我点点头说："没错，但我想那个可能是雕刻壁画的工匠，将上面的意思神魔化了！"

叶老二思索着微微点了点头，忽然站起身找了块比较干净的地方坐下来，对我们说："凡事不能只凭猜测来定论，虽然这些事情说明了程小姐他们有点不正常，但直到现在他们只是隐瞒了那些文字的内容，其他的问题还没有看出来，所以当务之急还是先找到他们。"说完他将双腿朝里缩了缩，立起衣领，摆摆手说："趁着常森还在昏迷，我们也睡一会儿，再不休息一下，我们谁都没精神做其他的事情。"

听了他的话，我不禁想到自从进到这个古墓，就没有睡过觉。虽说自己还不算困，但看叶老二那样，恐怕是顶不住了。

我站起身用手按了按太阳穴，紧张的情绪随即松弛下来，对他俩说："你们睡吧，我来守着！"说完便起身坐到门口，从背包里拿出食物，说来也怪，自打从那个野人的房间出来，我就感觉特别的饿，刚刚吃了两个面包，喝了一瓶水。现在看见手里的牛肉，还是想把它一口吞下去，心想难道自己也变成野人的饭量了？

我抓着牛肉转头看了看他们，他们蹲在墙角打着呵欠朝我笑，我脸色涨红，憨笑一声说："你们笑什么笑，我只是刚才没吃饱。"

我转过头嚼起了那块冷冰冰的牛肉，心里不由得又想起那些事，心想：自己是不是想多了，就因为人家程小姐认识几个古文字，便怀疑她另有目的。再说不能因为没有见到棺材，便怀疑这里是炼长生不老药的地方，也许蒙古人的墓葬不同于汉人的。

3. 变化的玉佛

过了一会儿，房间里就传来了轻微的鼾声，我拿起手电向宋茜脸上照了照，发现这个宋茜的确有几分姿色，尤其是闭上眼睛，那凶神般的面孔也不见了，反而显得有些稚气。我正在胡思乱想，忽然她眼睛紧闭了一下，把头转向另一边儿，我连忙将手电移开，又照了照常森的位置，他还是低着头，一动不动地瘫坐在那儿。

等我再照叶老二的时候，发现他不在刚才待着的那个地方，心中一惊，连忙在房间里搜索，突然发现叶老二半蹲着身体正向自己的方向移过来，见我拿手电照他，连忙做了一个嘘声的手势。我正在纳闷，他已经走过来抓住我胳膊，将我拉到另一个房间里，没等我开口问他，只见他伸手拿出两个防毒面具，小声地对我说："带我到下面看看那个壁画！"

不容我回答，他就推搡着我来到楼道里，然后解释说："那个宋茜也有问题，我看还是防着她点好！"

我虽然想说什么，但还是把话咽了回去。来到下一层塔楼后，感觉宋茜听不到我们说话的声音了，就一边向前走一边问他："宋茜能有什么问题？我咋没看出来！"

"你还记不记得，我们是怎么过的木桥？"

"一个一个分开走的呀！"

"还有什么？"

我摇了摇头，实在想不出有哪里不对，叶老二一脸神秘地说："我们为了前后接应，一共在木桥上开了两枪，算上崖壁上的一枪，一共是三枪，她却说只听到一声枪响。"我不禁恍然大悟，但想了想宋茜的话，又觉得叶老二似乎有点太小心了，也许宋茜他们根本就没听清楚那两声枪响，因为当时他们应该退回到通道里了。

叶老二并不赞同我的话，继续说道："在崖壁上面开枪都能听见，难道往下更近的距离反而听不到了吗？"

我摆摆手，不屑地说："你别疑神疑鬼的，她骗我们干吗？"

叶老二还想说什么，忽然一股清幽的香气传来，我马上意识到是进入那个合欢佛控制的区域，连忙朝叶老二摆摆手，示意他别说话了，随即两个人紧闭着嘴巴套上防毒面具朝内庭走去。

穿过一面门，那个神秘的佛像又出现在眼前，我看着那个佛像不禁咦了一声，惊讶地说："怎么回事，这佛像变样了？"

叶老二转过头看着我说："怎么了，有什么不对劲儿的地方？"

我没回答他的话，还是一脸惊讶地看着面前的佛像，虽然它的位置和形状没有改变，可是跟我之前看到的却完全不一样。周围点缀的金银珠宝和腰膝上身形妖艳的玉美人，全都不翼而飞了，留下的只是一尊质地极为普通的石头雕像，而且雕像也没有了那逼人心魄的眼神，反而有一丝凄凉呈现在雕像的脸上，让人不由得心生惋惜。

虽说我是学过科学知识的大学生，但我老家的庙堂很多，小时候经常跟伙伴们进庙里玩，见到佛像就拜，见到和尚、道士打扮的人就上去问长问短，而且还特虔诚，长大以后就形成了一种敬佛的信仰。

在这种信仰的驱使下，我情不自禁地走近石像，随即就想跪下来拜一拜。

第十二章 芟夷之术

1. 机关

叶老二见我要下跪，还以为我又中招儿了，连忙抓住我的胳膊，从防毒面具下露出嘴巴，骂了我一句："你他娘的，又想干什么？"说完重新拉上防毒面具，蹲着身就要背我离开。

我见他如此紧张，就放弃拜佛的念头，推着叶老二来到向下的那个门洞。从门洞下去后，很快就远离了幽幽的清香味，我一把扯去面具问叶老二："刚才那个佛像怎么变样儿了？"

"你之前看到的是什么样儿？"叶老二问。

"第一次看见佛像是亮光闪闪的，周围有很多珠宝，而且还有赤裸的女子趴在佛像身上，而且那些女子都是玉石雕刻的，现在怎么变成石头了？"

"你说的这些全是'合欢佛'身上的气味让你产生的幻觉，并不是真的！"

我听他这么说，心里不禁十分羞愧，暗想：难道自己有那么多贪念吗？随即我反问叶老二："那你们当时着了它的道儿，都看见什么了？"

叶老二一边推着我继续往下走一边说："我和你看到的差不多，女人是一定有的，就是不知道常森看到了什么。当他走近那个佛像的时候，竟然抱住佛像想把它搬开！"

我哈哈大笑说："还不是和我们一样，看到美女了呗！"

"我看不像。"叶老二不屑再和我说这个事儿，捅了捅我的后腰催促道，"快点儿走，要不然那丫头该醒了。"

向下的路并不算长，因为刚才走的时候不知道离尽头还有多远，所以就感觉路特别长。楼梯的结构非常紧密，跨度也很小，就像走平地一样，不觉得累，走了将近半个小时，前面却出现了死路，我一看就知道已经走到底层儿了，正想用力去推挡在前面的石墙，忽然身后的叶老二一把拉住我，在我耳朵边小声说："墙后面有动静，先别打开！"

听他这么说，我立刻附耳去听墙后面的动静，那声音非常小，似乎有两个人在对话，而且是一男一女，听不清楚说的什么，但那个女人说话比较多，那个男人只是在插话。我猜墙后的人，大概是赵先生和程乐儿，我转过头问叶老二要不要出去。

叶老二刚想说些什么，忽然听见那个女人大声喊了一声，听上去像是喊了一个开门的"开"字，随后那男人也大喊了一声同样的话。

顿时一阵轰隆隆的声音从塔顶传下来，我连忙去看叶老二，只见他一脸疑惑地望着上面的台阶说："这声音好像是……"我紧张地靠着他，轻声问道："好像是什么？难道这石塔要塌了吗？"叶老二摇摇头，说道："听声音像是一个巨大的机关正在启动！"

只听那隆隆的巨响一直向下，延伸到周围的每一块石砖上，身后靠着的石壁开始微微颤动，紧接着头顶上落下一层灰蒙蒙的尘土。我急忙用手掸头发上的灰尘，忽然脚底下的石阶猛颤了一下，随即便贴着外墙的石壁迅速地缩了进去，要不是我事先有所准备，估计就会被这一晃给跌个跟头，情急之中我侧身向上一连跃出数道台阶。回身去看叶老二，他站的那个台阶并没有出现移动，见我跳到上面，他几个跃身便跳到我身边，拿起手电仔细地照了照正在移动的台阶，我们两个不禁一阵骇然，地面上每隔几个台阶，就会有另外两级台阶被从内墙里挤出来的大石块，直直地推出塔壁外。

2. 高空坠落

叶老二转头看看我，说："赵露元他们到底按了什么机关？"

我拿手电又向上面的台阶照了照，只见楼道里被洒落下来的灰尘弄得乌烟瘴气的，根本看不清上面有没有出现台阶，不过要是石阶一直这样推出去，那后果可想而知。我随即便说："不管是什么机关，反正照这样下去石塔一定会塌的，我们还是先冲出去再说吧！"

叶老二点了点头，飞身踏上一块凸出来的石墩，谁知他前脚刚踏上去，后面的石墩就不动了，一时间所有的石块也停止移动，楼道里顿时又安静下来。叶老二傻乎乎地站在石墩上，我们两人一上一下等了五六分钟，我开口说道："出去看看吧？"

我们两个跃过数道石阶，立在那面隐秘的石门前，用力推动石门，石门应声而开。那个雕满壁画的塔殿出现在眼前，我被塔殿的景象惊呆了。

这座塔殿的整体布局发生了很大变化，虽然周围墙壁上壁画的内容没有发生变化，但墙壁下面那些凹凸起伏的石墩全都凹进石壁中，中间三神合龛的雕像全部分割开来，座下的莲台被均匀地分成三块，每个单一的神像分别朝相对的方向移动三米远，三座神像背后的地面出现一个巨大的圆洞，洞口的上方升腾着白色的雾气，犹如一口巨型的大锅里盛满了烧开的热水。

我睁大着双眼，提着手电朝洞口的方向照去，那些浓雾还在从洞里源源不断地冒上来，顺着雾气向上看，发现洞口上边的殿顶中间，也相应出现一个大小相等的圆形裂口，那些白色雾气翻滚着涌入裂口里。我正想走近看看，身后的叶老二却一把将我拉住，做了个噤声的手势，然后用手指了指洞口的外沿儿，只见两个刚硬的爪钩钩在洞口的外沿儿上，看来刚才说话的人都从洞口下去了。

看着爪钩还在不停地打战，估计他们俩还没下到底。叶老二摆摆手让我在他身后等，他自己把手电灭掉，缓缓地走近那个大洞，然后蹲下身双手扒着洞口往下看，忽然又立起身走回我身边说："什么也看不清楚，看来只能下到洞里！"

"底下的情况我们还不清楚，现在有必要下去吗？"

"如果他们俩不了解情况，就不会这样莽撞地下去，我估计不会有问题，你待在上面等我。"

我听他这么说，知道他是想把我一个人丢在上面，连忙劝道："我看还是先把常森弄下来再说吧，这个洞估计不会另有出口，待会儿他们一定还上来！"

叶老二听我说话在理，点了点头说："那好，我们留一个人在这里看着……"没等他把话说完，忽然一声尖叫从上面的裂口传下来，我们连忙抬头看，只见一个黑糊糊的东西从裂口处掉下来，一闪间便坠入下面的圆洞，那声音也随即消失在深不见底的洞里。我愣了一下，心想：难道是个人掉下去了？

我连忙回头问叶老二："老叶，你看清楚刚才掉下去的是什么东西了吗？怎么看上去像是个人。"他皱了皱眉没说话，径直向洞口走去，我跟着他来到洞边，向下面望了望，隔着浓重的雾气，下面一片浑浊，隐约有流水的声音，我说："没听见落地的声音，那个人是不是掉进水里了？下面到底有多深啊？"

叶老二抬头看看顶上的裂口，沉声说："从身形上看，刚才那个人应该是常森！"

我听了他的话，脑袋顿时就嗡了一声，心想：那个人要真是常森，那一定是宋茜把他推下来的，她为什么要这么做？难道上面每层塔楼都开了这么一个大大的裂口？

我只相信叶老二的话，因为除了他，其他的人似乎全都各怀鬼胎，我根本就琢磨不透他们。想想如果死在沙顶天墓室里的不是赵强，而是我的话，我反而会心安一点儿，而现在赵强和大胜都死了，常森又从这么高摔下去，估计也活不成了，还有那些楼道里发现的血迹和莫名的枪响，似乎也在预示着什么。那个老外把手套留在墙缝里，他是不是也遇到危险了？

我正在胡思乱想，忽然听身边的叶老二叹声说："没想到宋茜会这么做，真后悔把常森留在上面。"

说实话我还真不相信宋茜会这样做，对叶老二这么早下结论我有点不能接受。"会不会是另有原因，我总觉得宋茜不会这样做，如果她将常森推下来，那就暴露了自己的身份，再见到我们她又如何解释？"

"也许她已经知道自己被发现了，所以乘机动手除掉常森。"叶老二说。

我随即说道："会不会是常森的花毒又发作了，想非礼宋茜，所以才被她推下来了？"说完之后，我又觉得有些出言不逊，就补充一句："以宋茜的力量能搬动常森那大块头吗？"

叶老二摇了摇头走向另一边的墙壁，好像不想再继续争论这个问题，他眼睛盯着墙上的壁画看了看，忽然开口说了一句："还有一种可能，也许是常森自己跳下来的。"

听了他的话，我浑身颤抖了一下，心想：难道常森毒性发作，挣脱了绳子，自己失足摔下来了？宋茜一个女人当然没办法拦得住他。

我没有再继续想，觉得现在应该到下面去看看，也许常森还活着，便冲着叶老二说："我看说这么多也没用，关键是要到下面确定一下常森现在的处境，刚才没有听到落地的声音，说不定他掉到地下河里了。"

这时我发现叶老二直勾勾地盯着壁画，并没听我说话，正想去拍他的肩膀，谁知叶老二突然倒吸了一口凉气，随即便绕着整个墙壁走了一圈，把墙上的壁画完整地看了一遍，然后又回到第一幅壁画边儿上，颤抖着身子蹲下去，皱着眉头，声音嘶哑地说道："我明白了。"

我连忙走过去问他："你看懂壁画的意思了？"

他冲着我苦笑了一声，说道："我真是不该胡乱说那些不着边际的傻话，哼！这些人也太抬举我叶如龙了。"这话好像是对我说的，又像是跟他自己说的，我疑惑地扯住叶老二的衣袖问道："你在说些什么呀？你和谁说不着边际的话了？"

3. 芟夷之术

他长叹了一口气，表情平静了许多，站起身指着壁画上刻的两行小字，说："这些都是党项人用的文字，这个壁画应该出自宋代工匠之手，但壁画上叙述的事情，却是很夸张，似乎是将《六味道经》上所表述的芟夷之术给刻画下来，源说论其道，一生二，二生三，三生万物，人能修其善，即可阴中超脱，远离苦海。"说着他又指向另一幅壁画，我看了看，发现他所指的那幅壁画，描绘的正是奴隶们抬着受伤的士兵走上木桥的情形。

"这些躺在担架上的人，应该是战场上阵亡的将士，西夏王是想用祭祀的方法使这些士兵重新恢复战斗能力！"说话间他呵呵笑了两声，又走到最后的几幅壁画前，说道："这种无稽之谈，也只有在古代才会有人相信，这也正说明为什么后面的壁画都显得特别虚幻，因为它刻的正是请神入塔，修炼重生之术的情形，其中不但有祸病芟夷，还有幻化重生。"

他的语速很快，不过我能理解他说话的意思，但还是觉得有点奇怪。如果这都是古人刻着玩的，还算合乎情理，可既然全是虚假的叙述壁画，又为什么会有重获新生的人出现在木桥上呢？我看还不如直接变成神仙来得干脆，难道古人都爱自己骗自己吗？再说这里的工程如此浩大，如果只为了完成一个象征性的东西，未免太浪费了。

叶老二似乎看出我的疑惑，说道："古人做事，有时候就是那样荒诞。比如唐朝的时候，皇帝在全国各地建造钟楼和祭塔，花费的钱粮不计其数，为的就是向上天传送皇上的意愿，祈求天神的恩赐。我看这个塔有可能就是西夏王为了鼓舞军队的士气而建造的。你想，如果西夏国拥有了这种幻化重生的能力，那他们的士兵上阵杀敌的时候，岂不是就可以抛开死亡的恐惧，大着胆子去肆意地屠杀敌方的军队了吗？反正死后还能活过来。"

我也跟着苦笑一声说："要真是这样的话，那统治天下的就不是成吉思汗了。"

叶老二又在殿厅里来回走了两圈，最后他将目光停留在末尾那几幅抽象的壁画上，说："这上面虽然没有刻出宝塔里面的情形，但这些覆盖塔身的烟雾和圆洞里冒出来的烟雾很相似，你说会不会有什么蹊跷？"

我心想：就算很相似，那也不能说明画上刻的就都是真事儿，也许只是个掩人耳目的把戏！便随口回答："要是按照壁画上的意思，那后面就应该是重生了，难道常森自己还能爬上来？"

叶老二冲我笑了笑，随手抓起腰间的登山索，套在一尊神像的底座上，转头朝我身上看了看，见我穿着潜水服，除了脖子上的防毒面具，身上没有任何装备，皱着眉说："我到下面拉绳子，之后你再下来！"

我不解地指了指洞口外沿儿上的爪钩说："我们可以用那两条绳子下去。"

叶老二见我这么说，摇摇头说："你能保证他们不会害你吗？"说完便拉着绳子从洞口顺下去，我蹲在边上往下望，只见叶老二身体向下一滑便消失在雾气中，随后塔殿里便静了下来。

我坐在地上，眼睛盯着那几条绳索，爪钩连接的绳子早就没了动静，只有套在神像上的那条还紧紧地绷着。

4. 进入地宫

过了一盏茶的工夫，那条绳子终于松动了。我见它颤动两下，就把手电含在嘴里，侧着身下到洞中，刚滑出不到两米远，就被白茫茫的雾气裹住全身。我瞪大眼睛，视线还是无法穿透雾气，只能凭着感觉一点一点地向下滑。大约又滑了十几米，就感到一阵潮湿的热气从下面升腾上来，手套渐渐被水雾打湿了，胶质的绳索从手里滑过去，发出咯吱咯吱的响声，我几乎控制不了下滑的速度，不由紧张起来，心想：不知道下面还有多高，如果绳子脱手了，自己只能祈求西夏王的芰夷之术能应验了。

这时眼前忽然闪出一个赤身裸体的人，等我细看时，那人却消失了。我脑子里随即闪现出最后一幅壁画上的内容，神道上那些伏地跪拜的巫师，还有赤身走出宝塔的人，他们好像并不知道自己重获新生了，那些人全都面色呆板地走在队伍里，就像一个个僵尸。闪念间，一丝莫名的恐慌涌上心头。

我一愣神绳子差点儿就脱手，身体左右摆动了一下。忽然听见浓重的雾气下，传来叶老二的喊声："绳子长度不够了，快抓紧它，别掉下去！"

我闻声急忙死死地扣住绳子，双脚将下面的绳索绕在脚踝上，可下滑的速度还是没能减慢，要不是手电含在嘴里，我几乎想用牙去咬绳子。费了好大劲，身体终于停止下滑，我看了看四周，依旧是一片蒙眬，我喊了两声，叶老二在雾气中搭话："我就在你旁边，这里四周都有落脚的地方，你荡过来吧！"

我下意识地摇摆了两下，凭着感觉朝一边用力地荡，甩动了几下后，终于一只脚触到一个石台。雾气中，没有掌握好力道，绳子一脱手，身体便重重地撞在一块平滑的石板上，顿时撞得我眼冒金星。慌乱中抓起滚落在地板上的手电，就去照那块石板，这时叶老二也从旁边摸索过来，一只手摸着我的肩膀顺势蹲坐在一旁，这已经是最大距离的能见度了，可只能隐约看出那块石板是座墓碑，上面刻的文字却看不太清楚。叶老二见我顺利着陆，并无大碍，便说道："这里一共有六块石碑，都刻着西夏文字，字面上的意思，我还没搞清楚，那边有两条走道，一条向上，一条向下。"

我恍然大悟说道："我来过这里，这是那个野人的房间！"说完，我起身去摸自己躺过的那张石头供桌，想证实自己的想法，但我贴着墙壁朝供桌的方向走去，却发现那地方并没有什么石头供桌，我以为位置可能有误差，就伸出一只脚向前探两步，马上就踩到了洞口的棱角，心想：原来这个圆形的大洞是一直通到塔基下的，想必底下就是最隐秘的宝塔地宫了，而机关开启的这个圆洞也正好是地宫的一个入口。

叶老二听说我来过这里，在一旁催促道："我们赶快下去吧，说不定程乐儿他们已经走远了！"

我点点头将手搭在叶老二的后腰上，两人进入通道，向下走了有十几米远，四周的雾气终于消散了，手电也射得更远了，行走的速度也就快了起来。

　　在走道里穿行了一段时间，前方终于出现一个出口，我们刚想跑过去，忽然一道光柱在出口的位置晃了一下，随即又朝走道里边照过来，刺眼的光线突然直射到我的眼睛上，叶老二连忙转过身将我按在地上，把手电关掉，一声不吭地等了一会儿，那道光线才缓缓离开洞口。确定对方走远以后，我们两人猫着腰谨慎地朝前方的出口走过去。

第十二章　芰夷之术

第十三章 夜母金樽

1. 夜母金樽

从出口刚探出头就看见提着探照灯的程乐儿，她离我们大约有二十几米远，探照灯照射的地方正是我们视线的死角。叶老二向我点了点头，匍匐着爬了出去，爬到外面后，他立即躲到一个石墩后面，我学着他的样子也爬到一个石墩后面躲起来，见对面的程乐儿并没有察觉，这才伸着脖子朝那个方向看去，探照灯的光线很强，她所站的地方四周被照得很清楚。这地方显然是一座巨大的岩洞，岩洞中间是口极大的深井，直径应该有几十米宽，井口上方烟雾缭绕，程乐儿正站在井口边上，好像在等待什么东西的出现。

由于距离太远，我们根本就看不到井里的情况，我慢慢移到叶老二身边问道："我们怎么办？要不要过去看看？"没等他回答，就听身后一个熟悉的声音喝道："叶先生果然了得，竟然跟到这里来了！"

我不禁打了个寒战，回头一看，发现赵露元站在我们身后，用一把突击步枪指着叶老二的后背，我见已经被发现了，笑了笑站起来，走到他身边说："赵哥，你干吗呢？"说完，便想伸手推开他的枪管，谁知他却面无表情地对叶老二说："你没有话要说吗？" 叶老二这才缓缓站起身，靠在石墩上，沉声说："你认识麻四？"

"不止是认识！" 赵露元说。

"这里到底有什么抢眼的货色，值得这般大动干戈？说句实话，我叶某从不贪有主之财，只求个心里明白。"

赵露元笑着从我身边走过，站在离叶老二不到两米的位置停下来，抬手晃了晃突击步枪，说道："只要叶老兄口风够紧，就没什么可隐瞒的。"

叶老二定了定神，仰着脑袋长长地吐了一口气："唉，其实在杭州和你见面的头一回，我就怀疑，你们并非只是找个内行那么简单！"

这时远处的程乐儿也走过来，她将探照灯放在石墩上，摘掉一只手套，表情异常严肃地说："叶先生还记得今年春天的苏杭六宝拍卖会吗？"

叶老二点了点头说："那个拍卖会上，麻四爷什么也没买到！"

程乐儿笑了笑说："那是因为宝贝的主人，就是麻四！"

听了这句话，叶老二好像被什么东西刺了一样，猛地跳起来，厉声说道："夜母金樽是麻老四的？"

程乐儿伸手从上衣口袋里拿出一根烟，含在嘴里，面无表情地看着他没答话，赵先生走过来朝她点了点下头，然后毕恭毕敬地将烟点上，转身对叶老二说："叶先生能说说那个樽吗？"

叶老二定了定神，随即说："知道夜母金樽的人并不多，我也是无意间遇上这个东西的。我只知道，那个樽虽说不是一件极品的古董，但它却是一件极品的神器！"

赵露元哦了一声说："叶先生不妨说来听听。"随即便递了一根烟过去，叶老二将烟点上，猛吸了一口，吐出一串烟圈，然后沉声说道："几年前，我到四川跑生意和一个早就断了交的朋友遇上了，这个人早些时候是掘墓的，手里经常有新出土的冥器。所以我就问他最近有没有要出手的货，谁知他却推说自己已经离行了，现在在老家包了山坡种茶，这次是来四川跑销路的。听他这么说，我也就没再问，晚上他邀请我同住一个宾馆，起夜的时候，我发现他床上没人，心里生疑便假装睡觉，等他回来。一直等了两个小时，他终于进了房间，我眯缝着眼，看到他在我口袋里放了个什么东西，然后又看了一下我的反应，见我睡得很死，这才放心地躺到床上去。"

我一直听到现在，还没搞清楚他们对话的意思，看来三个人似乎当我是空气，暗骂：他娘的，再这么下去，我看就只能听叶老二说天书了。趁他说到关键的时候，我开口问道："你们说的是什么金樽啊？我都弄糊涂了。"

没等赵先生开口，程小姐就冷冷地喝了一声："闭嘴！"我见叶老二在一边也暗示我别插话，我只好继续当呆子，听叶老二往下说。

叶老二摇了摇头，继续说："第二天起来后，我也没问昨天晚上他去哪儿了，一直等到吃饭的时候，我趁机上了一趟卫生间，想弄清楚他在我兜里到底放什么东西，谁知摸出来一看，顿时就糊涂了，你们猜是什么？"说着话，他抬头看了我们一圈，见大家都是摇头，就神神秘秘地说："是张密码卡！"

听了这话，大家都觉得疑惑，赵先生马上催着他往下讲，叶老二又要了一根烟，说道："我当时没仔细去看卡上的内容，等我重新走进餐厅的时候，看见有两个警察正询问我那朋友，随即就意识到他肯定是犯事了，然后就躲在远处朝那边看，那两个警察没说儿句，就把他带出了餐厅。"叶老二停顿了一下，猛抽了一口烟。

我刚想问他那朋友到底犯了什么事，只听程小姐说："我只想知道夜母金樽的情况，请你别扯那么远！"

叶老二瞅了她一眼，继续说："后来，我托朋友问了局子里的熟人，这才搞清楚他是倒卖文物出了事，可能要判刑。我知道他以前盗的墓穴不少，迟早得进去蹲几年，就没太在意，可是我却通过那张卡发现了他的秘密。那是一张健身中心的会员卡，上面的密码是用来打开储物柜的，我想了好几天，才决定去那个健身中心走一趟，在储物柜里我找到一个厚厚的信封，里面有一打照片，照片上的东西就是夜母金樽，拍得很详细。"

赵先生随即问道："信封里还有什么，有邮寄的地址吗？"

叶老二摇了摇头："除了照片，里面什么都没有，信封上也没写地址，只是在背面写着几个字——茶叶 70 亩 360 株，至于那些字，我觉得应该是他无意间写上去的，因为他们安溪人多少都会做点茶叶生意！"

我听他这么说，随即就问："你说 70 亩 360 株？"

大家见我又插话进来，很不高兴地看着我，我连忙解释道："别的我不说，但这茶叶一亩就能种上千株，怎么会70亩才300多株呢？"

赵先生点点头说："莫炎说得不错，虽说我对茶叶的种植不太了解，但绝不会是这个数字，我看一定有什么蹊跷！"

叶老二没在意我们说的话，只是看着程小姐说："那你们能不能说说，这次行动到底是什么目的？"

程乐儿轻声笑了笑说："叶先生好像并没有说夜母金樽的具体情况吧？"

叶老二低头踩灭地上的烟头，缓缓地说："如果我全说出来，你们能轻易放我走吗？"

程乐儿斜眼看了一下身边的赵先生，厉声说："不能！"

赵先生抬起手里的枪，朝叶老二的脑门上晃了晃，刚想说话，就听叶老二冷哼一声，喝道："逼问出来的话，你们愿意相信吗？"

赵先生笑了笑，然后将枪管朝上一仰，竟然把子弹退了出来，甩手便抛入了深井中，沉声说："现在你可以继续讲了！"

叶老二见势，脸上的表情顿时就变了个样儿，笑眯眯地问道："你们还想知道什么？"

"那个健身中心叫什么？储物柜里是否还有其他的东西？照片现在放在哪里？"程小姐一连问了三个问题，叶老二想了一下，说道："健身中心叫'东晨'，在乐山，那里的高级会员都有自己的单人房间，所以我在储物柜里找得很仔细，除了衣服，就只剩下那个信封了，至于照片，我卖给麻老四了。"他说完之后，又想补充点什么，一副欲言又止的样子。

程小姐见他这样，随即问："还有什么吗？"

叶老二顿了顿说："照你们刚才说的，麻老四已经得到夜母金樽，为什么还要抓着我这条线不放呢？"

程小姐转头看了看赵先生示意让他说，赵露元点了点头，从衣服里边取出一张照片让叶老二看，同时说道："拍卖会上的这个樽是赝品！"

2. 麻老四

叶老二接过照片，拿手电仔细照了照，我好奇地凑过去，看到那张照片上的金樽是被玻璃罩起来的，整座樽像一口小水缸，外观像古代人饮酒用的金樽，不过就是个头儿大了点儿。除了体型巨大以外，造型也极为普通，正面镶刻的图像很模糊，似乎是个人形的浮刻，双胸和小腹都很饱满，身体各部位异常圆润，手、脚和婴儿的四肢一样儿，我忽然觉得有点奇怪，便问叶老二："你不是说金樽吗？我看怎么不像是金子做的？"

叶老二大笑说："金樽其实并不是黄金制成的，要是金子的话，那这个东西的价格可就高了。"说完，他伸手将照片还回去，接着说："依我看，这个樽的来历，才是它蕴藏的最大价值，麻老四的目的也正是想引出金樽背后的秘密！"

"不，麻老四和你不一样，他是知道金樽秘密的，只不过是想得到真正的金樽或找出更多的线索，而你正好是他抓到的第一条线。"程小姐严肃地说道。

听到这话，叶老二低头沉思了一会儿，说："我是五年前和麻老四在青藏线上认识的，当时他的车子坏在路上，我就让他搭了我们的车。出于感激，他非要请大家喝酒，谁知道他酒后失言说漏了自己走私古董的事，幸好大伙儿都是行内人，没人在意他的夸口。从那件事以后，我就跟他渐渐混熟了，后来才知道他在各省都有店铺，生意做得很大，我那小店和人家没法比，所以遇上扎眼的货色，我都会转手给麻老四，从他那里讨点暗票。"

说到这里，他表情无奈地从自己兜里掏出一根烟，敲击了两下左手，低声说："我拿那几张照片去找过很多内行人，大部分都说这东西是战争前夕，给前锋军盛酒用的歃血断头樽，只有两三个人说有可能是古代术士用来作法的神器，直到我遇到一位研究玄学的文教授，他一看便说出来了夜母金樽的名字，而且还说了一些关于金樽的由来。他说夜母金樽在古代玄学里指的就是夜叉的母亲，佛经中夜叉算是天龙八部神众之一，与罗刹同为毗沙门天王的眷属，生性凶猛，体型健壮，母贫父贵，所以生下来就具有双重性格，既吃人也护法，是佛祖的护法神。樽上浮刻的人像就是初生凡界的夜叉，整个图纹象征的是夜母显圣降生祥瑞，至于夜母金樽具体是用来做什么的，文教授没有说，当时我万分恳求他，他才勉强说了一句——芟夷之术，焉能信得！"

我这次算是听出了兴头儿，在边儿上催道："那后来呢？照片咋会卖给麻老四？"

"一别文教授之后，我查遍了道经和佛经，知道芟夷之术是指一种幻化重生、弃病免祸的道术，就渐渐对金樽失去兴趣了。而麻老四一直对这方面的东西着迷，我就找了个机会将夜母金樽的照片给他看，不曾想他竟非常吃惊，还一个劲儿地问我照片是哪儿来的，我推说是自己在道上收的，那人已然不知去向。当下他就问我照片可否卖给他，我就作顺水人情把照片送给了麻老四，他却硬要塞给我两万元钱，还说只要再遇上那人，一定要留住他。现在回想他当时的样子，的确有点古怪，而且他竟然也能认出这东西是夜母金樽。"叶老二说到这里就停住了，似乎是想看看大家的反应。

赵先生和程小姐对视了一眼，又向远处的深井看了看，说道："叶老哥如果想知道什么，那就只有下到井中才能明白，在拍卖会上听了阁下的高见，我个人认为您对金樽的看法很有道理，夜母金樽只是一个承载圣物的器具，而内中之物才是真正的珍宝！"

3. 深井

叶老二闻言大惊，疾步走到井口朝下看去，惊诧地说："这里是人工修凿的洞窟！"

我听他这么一说，也走到井边看，只见雾气弥漫中，有条整齐向下的石梯镶嵌在深井的井壁上。虽然雾气使视线很模糊，但手电照到的地方，还是隐约可以看到石梯沿着顺时针方向，一直盘旋而下，这个深井果然是经过人工修凿而成。我站在最上边的石梯口，忽然有一种想走下去看看的冲动，随即转头问赵露元："你们刚才下去过了吗？"

赵先生摇了摇头，说道："刚才有个人从上面掉下来，摔死在井中，我还以为是……"

我会意地说："你还以为是我们俩，所以就没有及时下去救，对吧？"说完，我便想起摔下去的常森，连忙拉了拉叶老二的胳膊，想让他陪我下去看看，只见他犹豫不决地望着深井，似乎也觉得常森不会有生还的希望，我鼻子一酸，厉声说："不管怎样，总要看到老常的尸体，我们才能安心。"

赵露元一听到常森的名字，脸上的肌肉动了动，转头看了一下程乐儿，随即问我说："掉下去的是常森吗？"

我点了点头，沉声说："一定是他，留在上边的除了常森，没有男人！"赵露元听我说得这么肯定，脸色突然就变得非常难看，他拿起探照灯向深井里仔细照了照。

此时程乐儿也起身来到井边，她接过探照灯，向深处的石梯照了照，神色冷静地对叶老二和赵露元说："麻烦你们两个下去看看，我和莫工留在上面接应！"

听她这么说，赵露元随即便顺着石梯走下去，叶老二用迷茫的眼神看了我和程乐儿很久，直到下面的赵先生喊了一句："底下看不清楚，拿探照灯下来。"他才向我点点头，拎着灯走下石梯。

我本来也想随他们一道下去，谁知我刚抬脚，就被身后的程乐儿迅速揪住了衣袖，我转身便想反驳，忽然看见她那猫一般的眼睛死死地盯着我，透着一种强烈的压迫感，我顿时觉得眼前这个熟悉的女人，转瞬间变得非常陌生，脑子里闪现出这几个月来和她频繁接触的情形，身上不由得升起一丝寒意。这个女人到底是什么来历？赵先生在她面前的态度怎么会有如此大的转变？

正在我慢慢走回石墩的时候，她竟然尖声地笑起来，笑得非常怪异。我扶着石墩坐下来，没有和她说话，四周一片寂静，就这样僵持了很久。

程乐儿忽然对我说："你很喜欢那个李燕，对不对？"

程乐儿的这句话把我问愣了，一时间不知道该怎样回答，心想：几个月来，我和她虽然天天见面，但交谈的所有内容，都没有离开过工程，

李燕的事更是只字未提，难道是赵强和她说的？

　　我正在疑惑不解的时候，她又开口说："她也喜欢你是不是？"见我不说话，紧接着又说道："你们大学四年，相互之间接触那么频繁，我想这也应该是情理之中的事儿！"

　　我终于忍不住说道："程小姐，我不明白你的话，也不知道你在说什么！"

　　她笑了笑说："你的秘密我全知道，而我是谁，你却一点儿都不清楚！"

第十四章 怪病

1. 怪病

看着她盛气凌人的样子，我心里一阵不自在，暗想：难道冥冥之中她和宋茜的躯体相互调换了不成？我斜着眼睛对她冷冷地说道："那敢问阁下是哪路神仙？"

她张了张嘴，无奈地看了看四周，叹声说："我现在还不能告诉你，但总会让你知道一切的，放心吧！"

我哼了一声，不屑地说："那就请你把那些秘密藏在肚子里，别老是拿出来招摇。"

我斜眼偷偷看了她一眼，只见她正一本正经地看着我，微微咬了一下嘴唇，似乎想说什么，但却欲言又止。我见这次的激将法似乎起了作用，就马上用蔑视的语气说道："亏强子还能喜欢上你，要是他知道那个在他心目中单纯、善良的女孩其实是个城府颇深、蛇蝎心肠的女人，他会怎么想呢？"

程乐儿依然面无表情，听了我的话，竟然把头转向一边，不想和我继续谈下去。

正在我要放弃这次对话的时候，她却忽然低声说："事情不是你想象的那样！"

"我只相信我的眼睛，我只知道强子死得很不值。"说完，我便观察她表情的变化，竟然还是没能察觉到任何异样。只见程乐儿沉思了一会儿，缓缓说道："不管你愿不愿意听，我想给你讲一个故事。"

我没作任何回答，只是认真地听她后面的内容。

她摘掉另一只手套，伸手抹了一把脸，压低声音，说："我认识一个日本朋友，她有个资产雄厚的老爸，有一位对她疼爱有加的妈妈，生活过得无忧无虑。她不用奋力去工作，也不用担心有人会欺负她，因为依仗她爸爸的势力，她可以想做什么就做什么。但命运注定不会让生活一直这样平淡下去，终于有一天，她母亲患上一种怪病，这种病使她失去了正常人的能力，变成了植物人，只能靠医疗设备维持生命。从此，我这个朋友便失去了生活的快乐，终日以泪洗面，她父亲为了治好妻子的病，来到中国遍寻医术。"

我听她说得很伤感，声音都变得有些嘶哑，心里隐约感觉到有些不对劲，同时猜想着，试图把程乐儿和这个故事联系起来，心想：日本？难道她和程总并不是山东人，而是从日本过来的？难怪会拥有这样一家不小的建筑公司。

说着话，程乐儿又把头转过来，意味深长地出了一口气，说："四年前，她老爸在中国找到了一种医治她妈妈的方法，便通知了远在日本的社团首脑。接到老板的通知，社团里马上就派人赶过来，她也跟着这些人来到了中国。"

正在程乐儿讲到关键的时候，一阵哗啦啦的巨响从深井里传上来。

我一听就紧张起来，心里再也经不起什么打击了，生怕还会有人丧命，急忙跑到井边察看。只见井中弥漫的那些白色雾气，比刚才浓了一倍，手电的光线照下去，根本起不了任何作用。刚才的石梯不知是被雾气遮住了，还是消失了，井壁上除了顺势而上的白雾，看不到别的东西，我扯着嗓子大喊："老叶……"却发觉声音似乎传不到下面去，全被升腾的雾气给顶回来了。

2. 变故

我回头看见程乐儿也一瘸一拐地跟过来，刚想让她待在原地别动，就见她向前急跨了一步，猛地将我向后一拉，我一个趔趄，脑袋便重重地摔在地上，耳朵里嗡嗡作响，紧接着就听见深井中传来一连串枪声。我挣扎着坐起来朝井口处望去，只见一个浑身湿漉漉的人从深井中爬上来，这人正是叶老二，他身体刚出井口，就扑通一声倒在地上，张开大嘴，嘶哑地喊道："炸……炸……"

我脑子里一片眩晕，心想：这又是发生什么变故了？难道井里的常森诈尸了不成？胡思乱想时，手上却没敢闲着，下意识地去拉拽叶老二的身体，这时程乐儿却一把揪住我，厉声喝道："快去拿手雷来。"

我踉跄着起身，去找他们落在地上的背包，看到背包外扣上挂着两枚手雷，当下蹿过去胡乱抓起一个，大声问道："老叶，你要炸什么？"

这时深井里又传出急促的枪声，等我回过身看向井口的时候，枪声竟然停止了，深井中忽然飞出一个黑色的物体，那个物体伴着一声惨叫，重重地摔到了 10 多米远的地方，我定睛一看，不由得心中一凉，那飞出来的东西竟然是赵先生。

我慌乱地向前跨出两步，没等我回过神儿来，程乐儿一把抢过手雷，朝井口的位置甩了出去，顺着手雷抛出去的方向一看，我顿时惊出一身冷汗，只见一只体型巨大的灰色物体顺势从井中跳了上来，不等我看清楚到底是什么东西，手雷一声巨响炸开了，那东西刚跃到半空，被手雷这么一炸，伴着吱吱的惨叫，重新落回到深井中。

随着回荡在井口上空的吱吱声渐渐远去，大家也从惊恐中渐渐恢复了神志。程乐儿第一个走到赵露元身边，检查他的情况，叶老二支撑着依然发颤的身体坐了起来，看了我一眼，用力咽了口唾沫。我僵直地走到井口处，向下望了望，想起刚才发生的事情，心里仍然有点发毛。我蹲身扶起地上的叶老二，问道："那是什么东西？"

叶老二目光呆滞地摇了摇头，走向赵露元，躺在地上的赵露元已经昏死过去了，手里的枪也被撞折了，枪筒上还微微地冒着热气，叶老二俯下身，仔细地检查了一遍，抬头说："右臂已经骨折了，肋骨也断了几根，得马上处理一下，待会儿等他醒过来，就不好弄了。"

程乐儿松开握着赵先生的手，从衣兜里取出一块白色的手帕，递给叶老二说："麻烦叶先生了！"

叶老二接过手帕，擦了擦额头和脖颈上的汗珠，说："需要有人帮忙才行！"

我见程乐儿朝自己望了一眼，连忙挽起袖子说："需要做什么，我来！"

"我包里有木剑和纱布，先止血再固定手臂。你们一定要按住他，别让他乱动，要不然血液循环加快会造成局部肌肉坏死。"说话间他便迅速从包里取出纱布，开始给赵露元处理伤口。

我将双手按在赵露元的肩上，喃喃地问道："老叶，常森他在下面吗？"

叶老二眼睛眨得飞快，目光直直地盯着赵露元的伤口，就像没听见一样，我见他一声不吭，心想：看来常森也是凶多吉少，八成已经死在下边了。

但我还是不死心，继续问叶老二："你们找到他的尸体了吗？"

3. 纠结

程乐儿见我逼问叶老二，连忙推了我一下，示意我不要扰乱他手上的动作，我强压着内心的激动，缓缓地低下头。这时叶老二忽然开口说："底下的雾气太重了，根本看不到东西，但老常要是在下面，恐怕也难活下来！"

我知道他指的是刚才那个庞然大物，是啊！人从上面掉下来，就算摔不死，也一定逃不过那个怪物的吞噬。

处理伤口的过程中，剧烈的疼痛使赵露元从昏迷中醒过来，看到自己沾满血的身体，他不由得吸了一口气。他扭动脖子，看了看身边的程乐儿，低声说："小姐，井里面的情况很危险，恐怕他……"

说话间，程乐儿伸手拍了拍赵露元的膝盖，问道："你有没有看见那个东西？"

赵露元吃力地摇了摇头，露出一种极其失落的表情。

程乐儿起身，朝井口方向走去，赵露元一只手撑地，艰难地抬起头叫住她，说："下次吧！下次准备充分点儿。"

程乐儿没有理睬他，在深井边上看了一阵，然后返身回到赵先生身边，开口说："到这个时候我也不瞒你们了。"说着话，她向深井那边指了指，说："真正的金樽就在下边，现在雾气已经开始消散了，待会儿我要再下去找找，你们两个谁能跟我一起去？"

我心想：你没看见从井里蹿出来的那个怪物吗？估计下去多少人也不够给它改善一顿伙食的，你个文弱的小妮子，恐怕脑袋被驴踢了吧！

还没等我表态，叶老二就说："我跟你下去，但是要把东西准备妥当，手雷和炸药都要带上，另外下面的雾气很大，估计一时半会儿散不尽，而且我觉得好像温度也不太正常，雾气里的水分太重了，刚才下去浑身像是泡了热水澡一样儿，眼睛和鼻子被热气一呛，难受得要命。"

我一听老叶居然答应了她这种玩命的请求，心里更是一沉，如果他们两个全都决定下去，我根本就没办法阻止，关键是下去以后，还能不能上来，如果全死在里边了，我咋办？难道要我驮着一个伤员，在古墓里等待别人来营救吗？想到这，我就有点冲动，脱口说："不行，我也要下去。"

叶老二皱了一下眉头，转头和程乐儿对视了一眼，然后正色说："莫老弟，我看你还是留在上面照顾伤员比较好，而且我们还有炸药，不会出事的。"

程乐儿也劝我说："我觉得你还是别冒这个险，再说你没有叶先生有经验，身体又这么单薄，下去以后，说不准会拖累大家！"我一听这话，气就不打一处来，心想：你居然说我身体单薄，只顾着贬低别人，倒忘了瞅瞅自己的样儿，恐怕那些雾气就能把你给顶上来。

我见她还要继续寒碜我，忍不住开口说："你给我闭嘴好不好，别以为用几个臭钱哄着，我们大老爷们就没脾气了，告诉你，什么破樽和我没关系，老子现在就走，没工夫跟着你玩命儿。"说完，我便起身朝入口走。

她听我这么说，非但没有生气，竟然大笑了一声，说："到底和你有没有关系，以后你就明白了，到时候别怪我事先没告诉你。"

听了她这句话，纠结在我心里那个最初的疑惑马上又浮现出来。

九个人中除了我，另外的八个人都是自愿加入这次行动的，他们为什么要找上我，是因为我无意间发现了他们的秘密吗？难道我也是他们计划的一部分吗？如果是这样的话，那赵先生在九溪茶楼找上我，全都是事先安排好的，而且我的事儿，他们还不只知道这些，就连大学里李燕和我关系暧昧，他们都一清二楚。这又是为什么呢？

第十五章 深井

1. 野人重现

我呆立在原地，感觉很尴尬，一时也无法挽回刚才的豪言壮语。叶老二走过来笑了笑，说："想从这里安全地走出去，我们只有合作！"

我转过身，冲着他喝道："为什么非要和她合作，难道我们不能自己走出去吗？"

叶老二叹了口气，说："外面的情况并不比这里好多少，再说，既然收了人钱财，就该将事情作个了断！"

我没有继续和他争辩，只是冷冷地看了程乐儿一眼，她依旧是那副冷峻的面孔，没有任何表情。

叶老二拍了拍我的肩膀，俯身去检查地上的背包，赵露元他们的背包里装的全是武器和装备，他从包里翻出十几根雷管和两身潜水衣放在一旁，接着又去翻另一个背包。

正在我心烦气躁的时候，突然听到远处的赵露元闷哼了一声，我连忙抬头去看，顿时倒抽了一口凉气。只见原本躺在地上的赵先生，被一个身形高大的东西从地上揪了起来，仔细一看那个东西，我便认出了它，它就是死在神道上的野人。

程乐儿离得最近，她看到眼前发生的这一幕也吓傻了，一动不动地僵立在那儿。

野人竟然将赵露元提到胸前，向深井的方向走过去，我暗想：不好，

129

看来它是想将赵露元扔到井中。我手舞足蹈地朝野人挥动着手臂，嘴里不停地叫喊着，野人根本就没有理睬我，径直走到井边，这时叶老二突然大喊："闪开！"

我猛一回身，看见他正拿着一柄步枪对着野人。我连忙将身子一低，只听啪的一声枪响，子弹打在野人的手臂上，只听他嗷的一声吼，胳膊随即向下一沉，手上的赵露元便大头朝下，悬在半空，他张大嘴巴，看着井下的深渊，眼睛瞪得通红。叶老二大骂一声，又重新压了一发子弹，刚要朝野人的脑袋上点射，只见野人用力嗯了一声，反手将赵露元夹在腋下，一个纵身跳下深井。

我趴在井口望着跳下去的野人，脑子里一片空白，心想：野人怎么又活了？难道之前死在神道上的并不是这个野人？这个古墓里面到底有多少这样的野人？这些野人是不是都和那个一样，可以和人交谈呢？如果是这样的话，他们似乎并不傻，为什么又要跳入深井中自杀呢？难道他中了合欢佛的迷香，常森会不会也是这样跳下来的？我从来没有想到自己会遇上这样匪夷所思的事情。

我缓缓地侧过身，靠在深井的边沿上，朝程乐儿他们看去，只见她眼睛直直地盯着井口，像个木头人一样，脸上一点表情都没有。叶老二更是一脸惊讶，刚开始他也只是听我和宋茜说过野人，并没有亲眼看到，可能当时他还怀疑我们的话，但是刚才发生的一切，让他更不敢相信自己的眼睛，那种超出自身理解范围的东西，忽然出现在面前时，任何人都不敢相信这个事实，甚至还怀疑自己的眼睛出问题了。

2. 致命游戏

巨大的岩洞里，除了一些水珠从上面滴滴答答地掉下来以外，霎时洞中就变得死一般的寂静，三个人像被石化了一样，浑身冰凉地杵在那儿，一动不动。

突然程乐儿身体微微抖了一下，走到叶老二身边，拎起一只背包，挎在身上，又从腰间拔出手枪，检查了一下弹药之后，朝神情恍惚的叶老二说了声："开始行动！"

虽然这句话声音并不大，但我还是听得非常真切，心想：这小妮子是哪根筋不对了？情况越危险，她越是抢着上，只是为了一个夜母金樽，还是有别的什么意图？

在我惊讶之时，程小姐已经检查好了身上的所有装备，正一瘸一拐地朝我走来，在和我擦肩而过的一刹那，她目光尖锐地瞪了我一眼，随即便背对着我站在深井边上，语气冷静地说："难道你真的不想知道井里面藏着什么秘密吗？"

我愣了愣，心想：虽然想知道那秘密，但不能为了一个秘密，而搭上这么多条人命啊！

叶老二忽然站起身，疾步走到我面前，开口问："你能不能确定刚才那个野人，就是被刺死在神道上的野人？"

我摇了摇头，说："不可能，之前那个野人的确已经死了，刚才出现的一定是另外一个野人。"

他拍了一下脑门，左顾右盼地看了看两边儿，然后问我："你仔细回想一下，是还是不是？"

我飞快地回想着刚才发生的一幕，反问道："如果真是的话，他怎么又复活了？"叶老二盯着我看，那种眼神几乎让我窒息，过了一会儿他身体向后一仰，深深地吸了一口气，转身回到原来的位置，开始收拾地上剩下的装备。

我看着他将雷管和散落的绳索全都装进背包里，提着步枪开始往弹夹里压子弹，我明白了他的意思，急忙问道："老叶，你想干什么？"

他用力将最后一颗子弹压入弹夹，调整了一下挎枪的位置，挺身走上前对我说："也许文教授的推测，并非没有道理！"

我几乎就要被他们两个的决定气晕了，心里暗骂一声：疯子！

随即我大声喝住叶老二说："好！那我也豁出去了，留在上面的都不是汉子！"说完，我就抢先跃过叶老二，来到井沿边，侧身看了一眼程乐儿，随即打亮手电，朝井壁上照去。底下的浓雾变得稀薄起来，那个盘旋而下的石梯又出现在井口下面的岩壁上，我看准了位置，正要下去。

叶老二忽然拉住我，将探照灯挎在我脖子上，说："你在后边负责照明和……"说着话，他朝程乐儿瞥了一眼，接着说，"照顾女同志。"

我点了点头，让叶老二走在前面，我和程乐儿跟着他，踏上石梯。

3. 消失的路径

石梯上又湿又滑，我们行走的速度相当慢。那些弥漫的白色水雾已经消散不少，视线也从三四米增加到十几米，一边的井壁上，稀稀落落地挂着一些绿色的苔藓，苔藓上布满了水珠，有些水珠经不住自身的重量，开始不停地滴落，发出了吧嗒吧嗒的滴水声，越往下声音就越密集，等走出一段距离后，墙壁上滑落的水珠几乎就变成了一条条水线。

大约过了 40 多分钟，我们都没有说话，一直安静地向下行进，忽然前面的叶老二做了一个让我们止步的动作，我马上停住脚，提着探照灯朝前面照过去。在灯光的照射下，前面十来米的位置出现了一道黑色的石台，石台有一米多宽，并没有向下倾斜，它沿着井壁形成了一条半圈形的内沿，我看似乎是没路了，就问叶老二说："老叶，是不是到底了？"

叶老二摇摇头："不知道，上次我们好像没走到这个位置！"

我听他这么说，就叹道："我看还是停会儿再走吧，说不准下面还有多深呢。"说着话，我就坐到石梯上，叶老二转身笑了笑，对程乐儿说："程小姐，我看在这儿休息一下，应该没问题吧？"说完，也不等程乐儿答复，就侧身靠在墙壁上，从兜里掏出烟来抽。

程乐儿回头望了望来时的路，喘了口气，也精疲力竭地靠在井壁上，伸手朝叶老二要了根烟，叼在嘴里。现在她这样子是相当狼狈，头发湿漉漉地贴在面颊上，嘴唇干瘪着，没有一点儿光泽。恰巧叶老二的打火机又一直打不着火，她含在嘴里的烟卷开始变形，我看着她的样子又想笑又有点儿怜悯，心想：好好的大小姐你不做，偏要来这阴森森的地方，搞得自己人不人、鬼不鬼的。

我见他们两个还在等打火机发慈悲，就开玩笑说："唉，我看你们俩就别忙活了，没看这里湿气这么重，我这耳朵里都快喷出水来了，那火石要能擦得着才怪。"

程乐儿回身瞥了我一眼，翘着嘴上晃动的烟卷，厉声说："信不信，待会儿我把你从这踢下去！"

我哼了一声没理她，提着灯又向深井下面照了照，底下一片漆黑什么都照不到，就像个无底的深渊。我伸手从墙壁上抠出一块沾着泥巴的苔藓，朝下面抛出去，突然一个细微的声音传上来，我听着好像是入水的响声，就用灯光去搜索刚才苔藓落下去的位置，叶老二的耳朵也挺灵，他说："这下面有水！"

我摇了摇头，说："这下面要是有水的话，咋会没倒影儿呢？"

他也觉得我的话有理，便慢慢俯下身，仔细看下面的情况。我调了一下灯光，使光圈的中心更加明亮，忽然井底的那个位置好像动了一下，我感觉浑身一凉，刚想喊出声，却被程乐儿一把揪住了脖领子。我没回头，眼睛还是直勾勾地盯着刚才那个位置，只听程乐儿说："那个石台哪儿去了？"

叶老二和我同时回头看刚才出现石台的位置，不禁脑子里嗡的一声。石台没有了，刚才连接石梯的那座石台竟然消失了，那个地方依旧出现了向下延伸的石梯，难道是我们看错了，集体出现了幻觉？不可能啊！如此真切的感觉，绝不可能是假象，那一定就是机关，我急忙问："老叶，是不是碰上机关了？"

4. 黑虎子王

叶老二一声不吭地解下背包，端起突击步枪，小心翼翼地贴着墙壁向下挪着步，轻轻地说："不是机关，你俩快趴下。"

这时候从幽深的井中传来一阵咯咯的闷响，紧接着就听哗啦一声，深井中伸出一条巨蟒一样的东西，这东西闪电般地在空中一晃，又闪电般地缩了回去。

我不禁看得目瞪口呆，没想到就这么一闪，石梯上的叶老二竟然不见了，我想一定是那东西把他给卷到井里去了。

我急忙提着探灯照向深井的中间，只见那个地方出现了一连串的水花，一只体型巨大的东西漂浮在水面上，我在心中暗骂：我的娘啊，怪不得刚才照不出倒影呢，原来是这个玩意儿浮在水面上，看来叶老二这回算是交待了。

程乐儿见我照清楚了那东西，抬手就开了两枪，子弹噗噗两声，向那东西的背部射去，瞬间便从弹孔里涌出了两股黑色的血，那个东西被射中后似乎是疼痛难忍，头部猛烈地扭动了几下，便要往井壁上面爬。

这时程乐儿又压了一发子弹，瞄准那个东西的脑袋想再开枪，可惜我手上的探照灯根本跟不上它爬行的速度，稍一迟疑，那东西就爬到井壁的上边，灯光跟着也照了过去。在我们的头顶上方，那个东西停止了爬动，这次我终于看清楚那东西的整个轮廓，顿时浑身的汗毛全立起来了，那东西我见过！

那东西就是在石佛洞里看到的那种壁虎，可眼前的这只，足有一辆奔驰轿车那么大，而且还是加长的，我们老家人称这个叫"黑虎子"。我看这只绝对可以称得上是黑虎子王了，它四肢上的足裸牢牢吸附在井壁上，脑袋向我的位置伸过来，身上带出来的井水和血水混杂着，正吧嗒吧嗒地从它褶皱的皮肤上滑落下来，弄得我头发上全是黏稠的液体。眼前这只巨大的"黑虎子王"让我有点窒息，只见它眼珠子猛地转动一下，慢慢张开前颚，我只好把眼睛一闭，心想：这回大罗神仙都救不了我了！

没等我准备好死前的姿势，一声闷闷的枪响，从上面传下来，我听那枪声好像不是程乐儿开的枪，那声音就像是从棉花套子里发出来的。我连忙睁开眼睛看，突然眼前一黑，一大团东西冲着我的面门砸过来，顿时我就闻到了一股极其酸臭的味道，我扔掉探照灯抬手去挡，只觉得上身被那团东西重重地往下一压，脚下跟着就是一沉，身体朝后倒了过去，猛地感到浑身一凉，耳朵里顿时就没了声音，原来自己掉进水里了。

好在我的水性不算差，刚沉入水中我就迅速调整姿势，身体朝上猛一顶，头随即露出水面。我胡乱抹了一把呛在鼻腔里的水，转头察看四周，只见离我肩膀一米远的地方漂着一个人，他脸朝下浮在水面上，我抓起那人一看，不禁一惊，竟然是叶老二，我也来不及多想，抓着他就往边儿上游。

刚游出一米左右，又听到有人落水，我虽然没回头看，但肯定是程乐儿跳下来了。这时候也顾不上那么多了，我只能先把昏迷的叶老二救到岸上去，慌乱中我单臂滑动着水面游向石梯。

就在靠近石梯的时候，哗啦一声猛烈的水响，又有东西入水了，我心想：看来那只黑虎子王战斗力很强啊，简直就是死追不舍。

水面上荡起的巨大涟漪，推动了我游水的速度。啪的一下，我就撞到了石梯沿儿上，我单手撑着爬上石梯，急忙将叶老二拉拽了上来，下意识地看了一眼远处的水面，并没有发现程乐儿，只有那只黑虎子王还在水里不停地翻滚，我心想：程小姐不会让它吃了吧？

我瞪着眼睛迅速扫视了一下水面，只见那只黑虎子王的体型实在太庞大了，它游动在这个井里，连转个身儿都比较困难。我看了一圈又一圈，一直没发现程小姐的身影。

忽然眼前那只黑虎子王的后肢猛向下一沉，转瞬间整个身体就从水面上消失了，不知道是潜入水底了，还是出了别的状况，不过看这样子，不像是它自己潜下去的，倒像是被什么东西拖下水的，我不禁心头一紧，暗想：难道水里还有什么更巨大的鱼类或更加恐怖的什么动物，不然怎么会出现这种情况呢？

正在我百感交集的时候，突然感觉腿被什么给揪住了，低头一看，原来是程乐儿从水下冒出来，她脑袋刚一出水面，就大声喊："快，快，快拿手雷！"

我一把将她拖上岸，随即就去找地上的背包，等我取出手雷回到她身边的时候，水面上已经恢复了平静。手电照过去，好像看到有一些水泡从下面咕嘟咕嘟地冒上来，我们俩疑惑地看了对方一眼，立刻又十分警惕地注视着水面，只见那些水泡一直在移动。

我将手雷高高举起，我听大胜说过，这种手雷是碰撞引信，而且手雷与手榴弹相比有很大的优势，它比较利于进攻，爆炸的死角也很小，所以我们也不怕会伤到自己，就只是等着那怪物冒上来，炸它个稀巴烂！

第十五章 深井

我手中已经开始冒汗，心想：黑虎子王该不会跑了吧？这时候，水面上忽然间涌出一团毛烘烘的东西，一张大嘴露在外面，呼呼地喘着气，我正想把手雷丢过去，忽然程小姐伸手按住我胳膊，摇了摇头，接着就拿手电照那个出现在水面上的东西，发现竟然是个人，只是脑袋特别大。我一下就看清楚了，原来是那个抱着赵露元跳入井里的野人，他竟然没有摔死，难道是他把黑虎子拉下去的？他竟然敢和黑虎子王搏斗，我简直不敢相信！

那个野人从水底冒上来后，径直朝我们所在的位置游过来，我不由得又是一惊，心想：他想干什么？不会是趁着中场休息，用我们的肉来补充体力吧？

不过再一细看，我就发现不对。那野人的手臂还没在水里，只是身体不停地向前游，顿时我就明白了，一定是那只黑虎子王在水里顶住它，它才会不自然地向前游动。

野人离我越来越近，我不由自主地倒退两步。在后退的时候却被地上的叶老二给绊倒了，后背猛地撞在墙壁上，我大叫了一声，只觉虎口一松，手雷随即脱手而出，扑通一声掉进水中，不到两三秒钟的时间，水下就传来了闷闷的巨响，水面上哗啦一下就溅起了三米多高的水花，水花中还夹带着深红的血浆。

下一秒，周围就变得安静了，水面上的两只怪物，在水面上浮动了一会儿，开始缓缓地沉向水底，我看见那只黑虎子王的头，已经被炸开花了。

我看傻了，也不知道当时程乐儿是什么表情。过了一会儿，我慢慢回过神儿，问程乐儿："刚才是什么情况？"

第十六章 水下禁区

1. 无奈的决定

程乐儿没有回答，倒是屁股底下的叶老二嗯了一声。我被他吓了一跳，急忙低头去看，原来自己的大腿正压在他的脸上，他估计是被压得透不过气了。

我急忙站起来察看他的身体状况。只见他全身上下都裹着一层黏糊糊的液体，气味非常难闻，幸好只有脚踝上受了外伤，其他的位置并没有什么明显的伤口。但是他两个脚脖子上都有淤血，可能是被黑虎子王咬的，一时间不能动弹，看样子只能让人背着走了。

这时程乐儿也冷静下来，她抽出匕首拨弄着那些酸臭的液体，发现这些东西已经开始凝结，皱巴巴的，挑都挑不开。我用手按了按，感觉还没有完全凝固，就用力扯下来一大块儿，闻了闻，太恶心了，差点被呛得流出眼泪来，连忙把它丢到水中。

叶老二抬起手将自己脸上的胶状物弄下来，活动了一下面部肌肉，低声说："这都是它胃里分泌出来的液酸，放心吧，不会有毒！"

我见他手上的动作还算麻利，没有什么大碍，心里很高兴。一边快速地把那些即将凝固的液酸扒下来，一边对他说："老叶，你算是命大，被那阎王吃下去，都没能要了你的命！"

他勉强笑了笑说："唉，多亏你们俩救了我。"

我回头看了一下程乐儿，笑着对他说："别扯了，是那野人救了你！"

我没等他再问，就将刚才发生的一切都讲给他，他听完之后也是连连皱眉，最后我叹着气说："算起来，那个野人也救我两回了，最后还是我把他给害了！"

"别想了，也许你不扔掉手雷，死的就是我们三个！" 叶老二说。

程乐儿看了我一眼说："对！我现在也要感激你扔的那枚手雷！"

我脱掉手套，用力抹了一把脸，说："现在我们必须回到上面，这里太危险了！"

程乐儿听见我的话，眉头一紧，厉声反驳道："不行，我们不能前功尽弃，金樽就在下面，只要潜水下去，就能把里面的东西取上来，再说那只怪物已经死了，估计这里也不会再有别的危险，如果你害怕的话，就留在上面，我可以自己下去。"

我心想：这丫头真是顽固不化，到现在居然还想着去捞那个宝贝。想了想我就说："那个金樽那么大，你一个人怎么取上来，还是出去多找些人来，再说这个井又不会自己长腿跑了。"

显然我的话就是白说，她已经开始从包里取潜水设备，我一看根本就不能阻止她，暗骂了一声，心想：看来这回真要冒险了，再怎么说我也不能让她一个女人自己下水，而且她还带着腿伤。只能求佛祖保佑这趟下去一切顺利了。

为了身上的物品便于携带，赵露元的背包里只有两小罐氧气瓶，每罐的氧气含量不到 5 升，所以支撑的时间会很短，由于重量的原因，下沉的速度也会很慢。如果下去以后没能尽快找到金樽的话，我们就只能无功而返了，再说这井有多深谁也不知道，不过值得庆幸的是这次属于直潜，也就是直上直下的动作，倒是很利于快速返回水面。

2. 暗流

我拿起一只氧气瓶，在手里掂量了一下，对她说："我们两个这么瘦，要潜下去可不容易！"

程乐儿见我已经答应和她一起下水，就把潜水镜递给我，说："刚才一路下来，并没有发现那个野人的影子，我猜下面应该还有其他通道可以藏身，所以我们不用担心氧气消耗的问题。如果金樽不在正下方，我们可以顺势游到两边的地下河道，在那里就可以浮到水面上前行，不需要用氧气的。"

我心想：这女人是不是来过这里，怎么对水下的情况这么了解？

她似乎看出我的疑惑，就说："这些地下河道的走向，一古先生已经事先考察过了，而且刚才在塔基上，他也再次证实了这一点。"

说起那个老外，也不知道他现在在什么地方，刚想问程乐儿，我就看见了令我十分尴尬的一幕。只见离我只有一米远的程乐儿，已经脱掉了上衣，正迅速地脱去下身湿漉漉的裤子，这时她全身除了内衣之外，其他的衣服都被她丢到一边，她俯身从包里取出装着毛巾的防水袋，冲我说："你的潜水服已经破了，要不要再换一件？"

我见她把身体转过来，心中不由一震，连忙转过身看着叶老二，他的表情也很诧异，脸也扭到一边儿，我结结巴巴地回答说："我的衣服不用换，没问题！"

我开始蹲下身去准备潜水的东西，程乐儿好像一点儿都没觉得害臊，她居然仔细地用毛巾擦拭着身体，等了足足 10 分钟，她才将潜水服套在身上，带好所有可能用到的装备，我们就告别了叶老二，潜入水中。

我举着探灯游到程乐儿的前面，光线照射的距离只有六七米远，如果有什么东西突然冲过来，我们在这个距离，几乎没办法躲。想到这些我心里就紧张起来，眼睛一眨不眨地看着下面浑浊的井水，心想：要是还有一只黑虎子待在下面，我估计它只要张开嘴，我们就会自己游进它的嘴里，根本不用它多费一丝的力气。

下潜了十几米之后，温度就发生了变化，似乎比刚下去的时候更加冰冷。我忽然感到一股水流从身上涌过去，身体不由自主地朝边上漂起来，程乐儿游到我身边，在我眼前一连做了几个手势，似乎是说我们已经潜到水下河道的暗流了，让我不要管这些，继续下潜。

我朝她做了个"OK"的动作，翻身又朝深处潜去，果然没游多远，暗流就减缓下来。虽然暗流渐渐没有了，但身上冰冷的感觉开始接近极限，探照灯在我手里不停地抖动着。忽然下面出现了一些白色的东西，我停止下潜，用探照灯仔细看了看，那些白色的东西应该是水下的沉积物，看样子我们快要潜到水底了。

程乐儿向我摆摆手，示意我检查一下四周。我提起灯从一侧开始扫视，井水彻骨得冰凉，几乎让我的手脚抽筋，动作根本就跟不上自己计划的前进速度，但是我还是看到了那只黑虎子王的尸体，我心里终于松了一口气，心想：这家伙果真死了，有它这样的东西在这里称王，想来也不会有什么别的怪物能在这片水域生存了。

但仔细观察之后，我就发现不对劲儿的地方了。那个庞大身躯的表面似乎覆盖了一层明晃晃的东西，但在这个位置上还看不太清楚，我猜应该是一些透明的浮游生物，正在吸吮它身上残留下来的养分。

我回身朝程乐儿招了招手，让她跟我过去看看，谁知刚靠近停留尸体不足三米的地方，全身忽然一紧，那似乎是一片极其阴寒的水域，我只是稍微靠近了一点，温差居然有这么大，十根手指冷得直颤，探照灯随即脱手，掉了下去。

3. 复活

我想抓住探照灯，但整个身体像冻僵了一般，连游水的动作都变得机械化。我没有再去追探照灯，从那片冰凉的水域缓缓地退回来，刚好和游过来的程乐儿撞在一起，我用手比画着想告诉她前面发现的异常情况，但她似乎根本就不理会，只顾拉我的手，让我朝水下看。

我顺着她手指的方向看过去，那正好是探照灯掉下去后光线照射的位置，在水底的白色泥沙中隐约出现了一个物体，颜色黑黑的，和照片上看到的"夜母金樽"几乎一模一样，只是体积好像更大一些，上面突起的人形浮雕还非常完好，然而最大的不同是金樽的上面多了一口雕花的鼎盖，雕琢物已经被水里的浮游物裹住了，分辨不出是什么形状，金樽的底部深陷在泥沙里，想取出来似乎并不容易。

看过之后，我先是一惊，心想：这里还真有这种器物，却不知为什么会沉在水里，而且还被这么沉重的鼎盖压着，里边到底放了什么东西？

我想单靠我们两个人的力量是不能把它带上岸的，估计就连打开看看都做不到，我正在心里盘算着要不要先退回去，程乐儿竟然一声不吭地朝那个位置游了过去，我见金樽和黑虎子的尸体离得很近，连忙去抓她的脚，但还是慢了一步，没有抓到她。我心里一慌，脑子里想到了大胜，当时要是自己抓住他的话，也不会有那样的悲剧发生。现在程乐儿要是一个猛子扎下去，不冻成冰疙瘩才怪。

　　一时间我焦急如焚，四肢用力地在原地晃了晃，想弄出点响动来阻止程乐儿，但这丝毫没有影响程乐儿的行进，她游动的速度不仅没有慢下来，反而更快了，我暗骂了一声，心想：她游泳的技术比我好啊！

　　随即我心中又是一亮，想到下水的时候身上带了荧光棒，就立刻抽出一根，用力一拧，打亮了它，蓝色的光线顿时就照向了四周。这时候再看程乐儿，就看见她身体收缩的动作了，她的位置已经和那金樽非常接近了，我眉头一紧，暗想：晚了，看来她已经游入那片水域的中心了。

　　一时间我也管不了那么多了，立刻朝她的方向游过去，还没游出去两米远，脚忽然被什么东西给扯住了，我浑身一颤，急忙回头看，只见蓝色的光线照射下，竟然出现了一个人，他面目扭曲，嘴巴紧闭，上身穿着深绿色的背心，这人正用一只手牢牢地揪着我的脚踝，等我仔细辨认他的相貌之后，顿时大惊失色，嘴巴一张，灌进了一大口水，我万万没有想到这个揪住我脚踝的人，竟然会是死去的大胜！

　　我紧闭着嘴，眼睛却瞪得极大。只见大胜先把漂浮在一边的呼吸器，拿到自己嘴里猛吸了两口，伸手指了指程乐儿的位置，然后连连摇头，我疑惑地看着他的动作，心想：难道大胜并没有死？可就算他没死，为什么会出现在这里呢？

　　我又仔细看了看眼前的大胜，和之前一模一样，就连扭头的动作都没有改变，难道他复活了？长生塔、芰夷之术，还有那个诡异的夜母金樽，我脑子里瞬间便闪出了一连串的名字，文教授和叶老二说过什么，难道就是"芰夷之术"的秘密吗？难道这座石塔真如壁画上演绎的那样，可以让死去的人复活吗？

大胜见我的表情魂不守舍，似乎还在怀疑他，就又指了指自己的鼻子，用力点了点头，然后紧接着又摇了摇头，拼命地想用这种方法来说明自己不是鬼魂，其实我明白他的意思，知道他刚才是想告诉我："那片水域很危险，不能潜下去。"

　　其实我已经知道那地方的情况了，现在只不过是想下去救人，想了想，我打断了他的动作，用手势说明自己的目的，但他却皱起眉头，摆了摆手，将呼吸器又重新塞回到我嘴里，拉着我的胳膊便要向上游。

　　我心想：我莫炎怎么能丢下一个女人自己跑了啊？再说除了温度低之外，这里好像没有什么别的危险，用不着这么紧张。

　　一时我也顾不上和大胜解释，甩掉他的手，转身潜入井底深处。这时程乐儿手脚开始抽筋，正在一个区域里挣扎着，身体慢慢变僵硬了，动作看上去有点儿好笑，跟马戏团里玩的傀儡一样，全身的经络没有一点知觉地抽搐着。

　　我正想嘲笑她扭动身体的怪样儿，可是我自己进入那片水域后，觉得全身的血液瞬间凝固了，彻骨的冰冷几乎深入我的骨髓。潜水服里包裹的四肢，开始变得僵硬起来，全身的汗毛都竖起来了，衣服上那些破口的地方，全都毫不留情地吸收着阴寒的低温，这片区域里的每一个水分子，似乎都在拼命吸收着周围的热量。我心里明白了大胜所担心的问题，我忍着针扎一样的痛苦，缓缓地靠近程乐儿，伸出右手去抓她的背囊，但手指却不听使唤，怎么也用不上力气，我心急如焚，暗想：再不退回到上面去，估计两个人都要被冻成水下木乃伊了，如果我现在立刻返身回去，大概还能撑得住，可程小姐就要活活冻死在这儿了！

　　我纠结着最后的决定，这时别在胸前的荧光棒突然闪了起来，好像要灭掉了，我暗骂道：他娘的！这东西也太不争气了，质量太差。但我就在这样闪动的光线下，看到程乐儿的四肢慢慢停止了抽搐，我心中一急，腿向后蹬了两下，用自己的头去顶她的身体，想用这样的方法，先把她顶出这地方再说，但刚顶了一下，我就发现她居然被我顶得朝着金樽的位置漂过去了。这个时候我发现，覆盖在黑虎子王尸体上的物质，并不是什么浮游生物，而是结了一层透明的薄冰！

我正在惊讶眼前看到的情景，这时候浮动在水中的程小姐，面部忽然转向我，她的眼睛紧闭，脸色惨白，嘴里还叼着呼吸器，但她已经不能从氧气瓶里吸取氧气了，嘴唇上也没有一点血色，我心想自己过一会儿一定也是这个样子，心里顿时升起一阵寒意，不禁害怕起来。

　　我用力划动了几下，但身体丝毫没有移动，其实我也不清楚自己到底有没有划水，只是感到脑子里的意识也慢慢失去控制，手脚似乎开始发热、发麻，全身也渐渐不再有刺痛的感觉。

　　终于我也闭上了眼睛，进入了一种休眠状态。

第十六章　水下禁区

第十七章 野人

1.三次死亡

昏昏沉沉地过了一段时间，眼睛还是什么也看不到，但似乎有一些声音还没有完全从耳朵里消失，刚开始声音很微弱，又过了一会儿，那声音忽然大了起来，好像是从空中掉落下来一样，响声很像呼啸的风声，但也就短短的几分钟，声音就消失了，我也不再有任何感觉。

不知道过了多长时间，我感觉身上开始有热流滑过，身体的各个部位依然不能活动，但那种高空坠落的感觉，却越发真切了起来，身体忽冷忽热，好像是被人用绳子绑着往油锅里浸，我猛然想到地狱里边儿那些折磨人的东西，难道自己现在正套在那些刑具上，受着阎王爷的十大酷刑吗？

正在胡思乱想着，一阵火辣辣的灼热裹住了我全身，刹那间，我脑子里一片空白。

四周一片漆黑，我睁开眼睛却什么也看不到，过了一会儿，我在黑暗中看到了一个亮点，那个亮点一闪即逝，随即又是一闪，我正想要爬起来，眼前却猛地一亮，几乎把眼睛给刺瞎了，我转过头用胳膊挡住光线，开口想说话，但对面的光线里突然传出一个声音："你醒了？"

我一听就听出这个人的声音，是大胜！真是他救了我，当时困在那片禁区里，我就想大胜可能会来救自己，现在看来果真就是大胜救了我。我惭愧地低下头，说："大胜，我……"但随即就想起了程乐儿，连忙问："程小姐她上来没有？"

我说话的时候，用眼睛把周围扫视了一圈。这里是一道狭长的平台，一面靠着石壁，另一面黑糊糊的，一条地下河道从右至左缓慢地流动着，浓浓的水雾从下面直冒上来，地上除了我的一些装备之外，并没有其他东西，我不禁心里一紧，暗想：看来大胜能把自己救出来算是个奇迹了！

大胜将手电熄灭，坐到我身边，开始扣动手里的打火机，但好像是没气了，打火机上只是一闪一闪地冒着火星儿，他强压着心头的焦虑，顿了顿说："你觉得我还是活人吗？"

其实我也正想问这个问题，就苦笑了一声，说："我也没弄明白……"这句话刚说到一半，就听哗啦一声水响，平台另一边的河水里，似乎有一只庞大的怪物从水中冒上来，震惊中我一把揪住大胜，喊道："这是什么东西？"

大胜没有吭声，起身拧亮手电，光线照过去，我几乎吓傻了，眼前出现了一个巨大无比的东西，正爬上我们所在的这个平台，那东西浑身长满了黑毛，身上好像还带着血，大胜不慌不忙地迎了过去，我看他这样，不由得倒抽了一口凉气，但我随即就看清楚了那东西的全貌，是野人，是那个被我炸死的野人！

我一下就懵了，这里站着的两个人，一高一矮，一大一小，竟然好像都是永远死不了一样，难道现在他们已经死了？我心想：不对啊！他们两个死不了，我和他们是一样的，难道我现在已经死了，我们是在地狱会面了吗？

沙顶天墓室、长生塔的塔身和水下禁区里，整整三次了，算来算去我早就应该死了，难道我现在是鬼，我越想越是心底生寒，惊恐地看着大胜从那个野人身上，弄下一个东西放到地板上，等我看见地板上的东西之后，心里又是一惊，原来那是程乐儿！

2. 急救

我感到万分惶恐，那野人把程乐儿捞上来，他想干什么？救她还是准备吃她？我头皮开始发麻，呆立在原地，没敢走近一步。

看到大胜开始用力按动程乐儿的胸口，我的心才平静下来。大胜回过头，急切地对我说："你还愣着干什么？过来帮忙啊！"

我发着抖蹲在程小姐的身旁，开始摆动她的手臂，这时候那野人正瘫坐在我的身后，呼哧呼哧地喘着粗气，似乎非常的累。我害怕得要死，后脊梁骨上一阵一阵地冒凉气。

程乐儿嘴里一直在往外淌水，看来肚子里呛了很多水，不过她手上还有一丝热量，想必死不了吧！大胜紧接着又让我把她的领口解开，保持呼吸通畅，然后将她的身体背朝上、头下垂倒水，等水吐得差不多了，我才去听她的心跳，可心跳相当微弱，我朝大胜急摇了摇头，说："怎么办？心跳好像要停止了！"

大胜用手卡住程乐儿的嘴巴，将她的舌头拉出来，对我说："准备好人工呼吸！"

我愣了愣，随即开始用力深呼吸，用手托着她的下颌，捏住鼻孔，准备进行人工呼吸，当我的嘴靠近她的时候，脑子里感觉有点异样，还真有点不好意思，大胜推了我一下，说："你干什么，难道救人还害臊吗？"

我吐出嘴里的空气，尴尬地说："不……不是！"

大胜闷笑了一下，说："要不是我常吃大蒜口臭，我就自己来了，你快点吧！再磨蹭她就要……"他见我还没动作，就皱着眉说："难道你也吃大蒜啊！"

这时候一旁的野人突然侧着身爬过来，对我们干张了两下嘴，好像想说什么，大胜问他说："你要说什么？"

野人皱起眉，咽了一口口水，问："什么是大蒜？"

我一愣，听到这个声音我就百分之一百地断定，这个野人就是救我的那个野人，这个声音我不会忘记。我傻愣着没有说话，大胜更是没法向他解释，只有苦笑一声，转头让我立刻给程乐儿做人工呼吸，我目光呆滞，俯下身将自己的嘴唇贴向程乐儿的嘴唇，我刚想要吹气，只见她的嘴巴猛地一闭，紧接着噗的一声，喷出一口血水来，正好喷在我的脸上，就听大胜喝道："别动，她醒了！"

大胜把程乐儿扶起来，一边拍着她的后背，一边让我去包里拿毛巾，程乐儿睁开眼睛看到面前的野人，不禁全身颤抖一下，紧张地向后缩着身体，下意识地伸手摸枪，可惜枪没有拿到，只是抓起了卸下来的氧气瓶，不等大家反应过来，她便朝野人砸过去。

氧气瓶撞在野人的胸口上，发出一声闷响，野人忽然将眉头一皱，露出一种恐怖的眼神，死死地盯着程乐儿，我生怕他会做出什么可怕的事情，急忙推了推大胜，让他快想办法控制住野人。

大胜好像也有点不知所措，起身去拍野人的胳膊，只见野人猛吸了一下鼻子，露出一副奇怪的表情，头向别处看了看，径直走回到原来的位置。

3. 黑鱼血

野人的举动让程乐儿非常惊讶，她转过头看着我，张了一下嘴似乎想问我什么，但没等她说话，一口血从嘴里涌出，我见她好像伤到内脏了，急忙问："程小姐，你觉得怎么样？"

说话间，她又连吐了好几次，但幸好血流出来的量很少。大胜仰起头看了看四周，轻叹了一声，说："她的内伤很重，得想办法马上出去，要不然……"

这时候就听扑通一声水响，那个野人居然又跳进了河里，溅起的水花打在我们几个身上，我感觉溅起来的水是热的，而且有点烫手，看来水下一定有温泉。

我没再理会身上这些热乎乎的水，念头一转，脱口问大胜："他下去干什么？"

大胜摇了摇头，说："不会是还有人困在水里吧？"说话间他转头看着我，又问："你们一共潜下来几个人？"我说："就我们俩啊！老叶他腿受伤了，不能下水。"

这时程乐儿突然挺直了身体，脸上露出一种极其难受的表情，好像腹中非常疼痛，我焦急地伸出双手去揉她的肚子，没想到她竟然一把抓住我，从嘴里挤出一句话来："一定要把金樽拿上来。"她一口气没上来，竟然晕死过去。

我心里暗骂了一句，拉起她的胳膊，朝石壁的方向挪，突然水花又起，一个黑糊糊的东西从水里跃上来，落在大胜的脚边。竟然是一条硕大无比的黑鱼，这个鱼嘴巴不大，鱼鳍也很小，但身体却很大，全身黑糊糊的，没有鳞片，有点像没有四肢的娃娃鱼。

紧接着野人从水里爬了上来后，一把将地上扑腾的黑鱼揪住，朝墙壁重重地拍了几次，那条大黑鱼才算没了知觉。

野人将黑鱼拿到程乐儿面前，朝我们俩大声说："张嘴！"

我一时没能明白，还以为是要我们俩张嘴，心想：不会吧，怎么这野人每次见了我，都要逼着吃这玩意儿！大胜明白野人的意思，他赶忙把程乐儿扶起来，对我说："照他的话，把程小姐的嘴巴撑开！"

我伸手去掰程乐儿的嘴巴，心里却不相信，暗想：难道这种黑鱼可以救她的命吗？

野人将堵在黑鱼口中的手指抽出来，把鱼血滴进程乐儿的口中，黑鱼的血很少，不一会儿就滴完了，但程乐儿还是没醒。

我们将没有任何反应的程小姐安置在一处比较干燥的地方。我伸手取出背囊里的密封袋，拿毛巾将她身上的血水全都擦干净，这才转头看了看坐在角落里的野人。想起刚才的事情，我渐渐发觉野人并没有要伤害我们的意思，而且好像在极力保护我们。

想到这儿，我便起身去察看石台一边更远些的地方，想找找有没有可以走出去的路。我举着手电上下全都看了一遍，这里除了一座石台以外，好像没有任何出口。远处一片黑暗，看不到对面和上方有什么东西，我有点儿绝望地看了看大胜，问道："这到底算是个什么地方？那座石塔在哪个方向？我们还在不在古墓里？"

我见大胜没有答话，就又问道："我说大胜，你到底是怎么到这里来的？"

大胜还是没答话，只是转头看着那个野人，这时我发现那个野人竟然靠在墙角睡着了，还打起了呼噜，他似乎没有一丝的惊慌，在他看来一切都是那么的自然。

一时之间我脑子里充满了问号，不能理解这一大团的怪事。最让我疑惑的就是这个野人，他到底是什么人？怎么会住在古墓里边？明明已经被我们的人杀了，为什么又出现在这里？而且他好像完全没当一回事，没有愤怒，没有报复。不管是行动上的，还是语言上的，他都好像没有意识一样，我甚至怀疑他根本就没认出我。

我的思维很乱，一点头绪都没有。忽然间我想到大胜肩膀上的伤，走过去拉开他的衣领，衣服里面依旧是那件绿色的背心，当我看到他肩膀上的伤口之后，顿时就傻了，伤口愈合得很快，基本都看不出来了。我扯着他的衣服，问道："这怎么回事？"

大胜侧着头看了看自己的肩膀，转头瞥了一眼角落里的野人，然后直直地盯着我，说："那黑鱼的血真管用。"

我回身搬起地上黑鱼的尸体，问道："你说的是这条鱼？"

大胜点点头，说："我醒过来的时候，野人就用这种鱼的血，往我伤口里面灌，谁知效果竟然这么好！"我听他这么说，也感到非常奇怪，用手沾了点鱼血，血是黑色的，伸出舌头舔了舔，味道怪怪的，很酸，有点像醋的味道。

我咽了口唾沫，把黑鱼放在地上，继续问："你从那个冰窟窿滑下去后，摔在什么地方了？"

大胜想了一下，好像不知道该怎么说，就见他伸出双手用力地搓了一把脸，说道："我从那里掉下去后就摔晕了，等清醒后，身上痛得要命，我强忍着痛朝前面摸，后来我就摸到了一个东西，形状像一口棺材，当时我很害怕，一连向后退了好几步，紧接着我就听到一个声音，那声音像是从棺材那边传来的，我脑袋一炸，以为自己一定是遇到鬼魂。我跪在地上求饶，可是后来我发现不对劲，因为棺材那边竟然也传来求饶的声音，和我说的话一样。"

我低声问："是不是你听到自己的回音了？"

大胜连连摇头，接着说："绝对不是回音，那语调根本就不是我的腔调，倒好像是有人在模仿我说话。因为那里太黑了，身上又没带手电，摸了半天才摸出个打火机，可惜……"说着话，他就从兜里取出那只打火机打了两下，骂道："他娘的，不知道是咋回事，怎么打也打不燃，不过火石喷出来的那点儿光，多少也能照出点亮。我拿着打火机边走边打，发现我摸到的东西并不是棺材，而是一个长方形的石台座，台座的面几乎陷进去了，一些黑色的粉末放在里面，味道极浓。我走近一闻，它奶奶的！就跟一大桶'古龙水'倒在我脸上一样，那味儿太腻了。"听他说得这么夸张，我好像也跟着闻到了那种味道，伸出手扇了扇自己的鼻孔，说："我最讨厌古龙水了，你先别说这个了，后来又怎样了？"

"后来我就发现在一旁还摆着好几个一样的石台座，里面几乎都放了那种粉末，当时我都快被那些味道给呛晕了，一直打喷嚏，脑子也很乱，正想去找出口，突然那个声音又响起来了，这次由于距离近了，我就听出是谁的声音了！"

我急忙问："到底是谁在鬼叫？"

"你不认识，他是我的一个战友，退伍以后跟我去了金三角。后来他就死在那儿了，是被警察击毙的，子弹打在脖子上，当时他的血一个劲儿地往外喷，我堵都堵不住。唉，我都没机会背回他的尸体，从他兜里拿了货，我撒腿就跑了。"大胜说到这，神色黯然，想从衣兜里掏出烟来吸，可惜翻了半天也没找到，最后他无奈地长出了一口气，沉声说，"从那以后，我就不想再做毒品了，开始转向走私军火的买卖。"

我听了他的话脑子里有点发懵，随即就问："你那战友不是已经死了吗？怎么会……"

"我觉得我当时是在梦游，因为我从梦里醒来的时候，自己已经在往下掉了，没等我喊出来声来，身体啪的一声拍在水面上，耳朵现在还嗡嗡地响呢，那一下我感觉全身都被摔扁了。"

我傻笑了一下，指着野人说："想必你和程小姐一样，也是他从水

里救上来的。"

大胜点了点头，叹声说："毫无疑问！"

"那他为什么把你带到这里？"

"听他说，好像那边的情况十分危险！"

我明白了他指的危险是什么，除了那只黑虎子王，这里最大的危险就是我们这伙人。

大胜闭上眼睛，身体靠在墙壁上，缓慢地说："当时看到他，我还以为是撞上了阴间的恶鬼。可后来我见他拿鱼血给我治伤，才明白原来是他救了自己。说来也奇怪，伤口敷上黑鱼血之后，我只是稍稍休息一下，手臂就可以活动了，只是感觉伤口里面奇痒。"

紧接着我又问了大胜一些细节，从他的回答中，我才知道原来这里离石塔很近。野人把大胜安置好以后，就顺着河道游回了深井，等他再次回到这里的时候，身上沾满了血，不过大部分已经被水流冲刷干净了。听野人说了当时大战黑虎子王的情形，大胜知道我们几个人来到深井的里面，而且从野人口中大胜得知那片危险的水域，便决定游过来和我们会合。

没想到中途碰到了我和程乐儿，心情十分激动。大胜见我们一直在那片水域徘徊，心中一急，便想拖我到安全的地方，谁知我却执意不走，无奈之下，他只好退了回去，请野人出手相助，没想到野人却像个孩子似的要起了脾气，大胜哄了半天他才答应出手相救。

4. 刺猬石雕

我长叹了一口气，看着角落里的野人，真想把他叫醒，一问究竟。可自己实在没有这样的勇气，何况我曾经还害过他。想了许久后，我有些心灰意冷，挪了挪身体靠在大胜旁边的石壁，想睡一会儿。

我刚靠上去，就觉得后脊梁骨一软，墙壁似乎向后缩了一下，我立即转身去看，在手电光线照射之下，一块方形的墙砖被我身体挤压后，竟然发生了凹陷，一些细微的石粒从凹陷处滑落到了地板上，我朝大胜瞥了一眼，说："你来看看这是什么东西？"

只见他抽出匕首向里面捅了捅，随即有更多的石粒洒下来，紧接着他又慢慢将整块墙砖捅了一遍。匕首抽出来后，我凑过去细看，不禁大吃一惊，大胜见我脸色异常，也凑过来看，看完之后他也是一脸的惊讶，张了两下嘴，没说出话来。我点了点头，沉声说："不错！是那个东西。"

"不会吧！"大胜虽然嘴上这么说，可手却一直都没停，伸出匕首就去撬石砖的缝隙，我马上伸手拦住他，急切地说："程总不是说过，这个东西是连着机关的，要是你这样把它撬出来，一定会触碰机关，我看还是先不动为妙。"

那个凹陷进去的东西，正是程总讲到的刺猬石雕。它被工匠巧妙地隐藏在石砖内部，不容易被发现，却不知这块石雕安置在这里，又是起什么作用？不过按照程总破译的内容来看，这应该是为打开墓道所设置的。

我反手握着手电又朝里面照了照，发现那只石质的刺猬，头部正朝着我们的方向，像是从里面往外爬，雕刻的纹理比较简单，眼睛只是两个小小的洞，看上去非常不舒服。我伸手想把留在刺猬爪子上的石粒拨开，看看它的前爪是什么形状的，忽然那刺猬竟然动了一下，我看得很清楚，吓得身体突然后撤了两米，差点儿跌入河道里。大胜连忙过来揪住我，问："你怎么了？"

我抬起手臂将手电光移向那块石砖的凹陷，惊讶地说："它在动……"

确实在动，这时大胜也看见了，刺猬正在缓慢地向外爬动，爬行的速度很慢，大胜随即大喊一声："墙壁后面有人！"

我心想：难道真像大胜说的，墙壁的后面有人在推动那只刺猬吗？这时我忽然想到程总说过空气压缩的事情，立即就明白了。我推着大胜就往边上滚，就在这时那块刺猬石雕发出一声厉响，猛然间从凹洞里飞出来，擦着我的衣服扑通一声掉进了河道。

大胜惊骇地说了一声："好险啊！"

我们两个惊魂未定，又一声巨响从墙壁的里面传出来，紧接着哧哧哧的石板摩擦声，响彻整个空间。与此同时，那个墙壁上的凹洞里冒出浓烈的黑气，我用手捏着鼻子，大声喊道："这是毒气！先把程小姐丢到水里去。"

我的话还没说完，墙壁的上面就又传来一声巨响，一整块石壁居然倒落下来，我立即去看石壁对应那个位置，顿时心里一凉，那正是程乐儿躺过的地方，心想：要是这块石壁倒下来，十个程小姐也都变成一张饼了。

石壁倒落的速度太快了，我的脑子里都没来得及想对策，我心中暗叹了一声，双眼一闭，哀声道："强子，程小姐陪你去了。"

这时候我只觉手臂上一紧，睁眼一看，大胜面色惊恐地拉着我站了起来。我回身朝石壁的方向望过去，只见那块足有千斤重的石壁下，赫然站着一个高大的身影，野人！我大惊失色，那野人竟然用自己的身体挡住倒下来的石壁，大胜推了我一下，立即去搬动地上的程乐儿，我打了一个激灵，也颤悠着跑过去。

我们两个人快速把程小姐拖出来，刚想回身看看挡住石壁的野人，就听身后轰隆一声巨响，石壁已经倒下来了。

我和大胜都没有回头去看，整个身体定在原地。我知道这样的速度，野人根本没办法躲开，一想到他被石板压扁后的样子，心里是一阵酸痛。过了一会儿，大胜转过身去，几乎在他转身的同时，我听见他极其悲惨的惊叫声。我知道一定是野人被石板压死了，但我还想着能有奇迹出现。

随后我把身体转过去，看见石壁下面的野人，头皮就麻了。他的头部和身体已经全都压在石壁下，只有一条手臂和一只脚露在外面，手指和裸露的脚趾都在抽动，显然已经没救了。

大胜没有动，我缓缓地走过去，蹲下身用手握着野人的手指，感受着他最后的那点儿气息，足足过了五分钟，他的手指终于不动弹了，血从石板下面淌出来，顺着地上的沟槽流进河水中。

突然我闻到一丝香气，但又不太确定，我又猛闻了一下，那香气更加清晰了。我感觉这气味相当熟悉，想了一下，知道是合欢佛身上的那种气味。随即我就堵住口鼻，对大胜喊了一句："这气味儿有毒，快把嘴堵上！"

被我这么一喝，大胜也回过神来，倒退着身把程乐儿扶到一边，撩起衣服堵住鼻子，闷声说："这味儿是从里面传出来的。" 说话间他已经捡起手电，朝石壁倒塌后露出来的地方照过去，只能说那是一个巨大的门洞，门洞里不再有黑气冒出来，光线照进去就能看到一堆东西。那些东西相互叠加在一起，乍一看还以为是一堆生活垃圾，不过等我们走近一看，竟然是一大堆死人的尸体，他们身上的皮肉大多都没有完全腐烂，依稀可以分辨出他们的五官结构，然而这些尸体的衣服和皮肉分不清，皮肉又和骨骸分不清，这种场面实在令人恶心。

我的喉咙好像被噎住了，感觉有东西从胃里翻上来，卡在嗓子眼。好在我用手捂着嘴，想吐又怕中毒，只好硬生生地咽回去。

大胜伸手示意我先退出去，然后他也跟着出来，离门洞十几步后，大胜才露出半个嘴巴，侧头对我说："先把毛巾弄湿了，做个口罩戴上！"我一把拉住他，摇了摇头说："不用了，程小姐包里还有防毒面具。"说完，我就再也忍不住了，侧身跑到河岸边，开始狂吐。

谁知刚吐了几口，就看见水中好像有东西在游动，我脑子嗡了一下，心想：我的妈呀，不会还有黑虎子吧？

第十八章 虫纹书简

1. 水煮鱼

不过仔细一看，我就发现那个东西并不是很大，便招呼大胜拿手电过来照一下。原来是一群巴掌大小的鱼聚在一起，它们在周围几米的范围内徘徊，似乎在等待着什么。这些鱼除了体型小之外，从上往下看它们的形态极像野人抓来的那种黑鱼。

大胜看过后，叹声说："它们一定是被野人的血吸引过来的。"说话间，他从小腿上抽出匕首，探身下去准备抓一条，我连忙伸手抱住他的双腿，就听大胜在下面嗯了一声，抽身回到岸上，匕首上果然刺着一条鱼，我随口问他："刚才怎么了？"

"下面的水好烫。"说完他把那条鱼放到了一边，用手电再次照了照河面，好像发现了什么，眼睛顺着河岸看过去，说："不对啊，这水位好像比刚才高了。"

我听他这么一说，也凑过去观察了一下河岸的侧壁，要说比刚才高，我倒是没什么印象，不过河面上的雾气却是浓了很多，不用手去摸，我也能感觉到水里的温度一定比刚才高了很多，而且河水流动的速度似乎也加快了。

虽然发现河水的异样，但我们现在也无暇顾及这些，最要紧是先把程小姐救出去。我心里盘算了一下，暗自作了个决定，准备从原路返回到深井中，先和叶老二会合，然后我和大胜背他们离开深井，到了上面再想办法去寻找逃生的路，我思索着就去地上找潜水镜和氧气瓶，顺便问大胜："那只氧气瓶还在吧？"

我发现大胜好像并没听见我的话，转过头一看，他正蹲在河岸的旁边，一动不动地注视着水面。我走过去顺着灯光看了看河水，河水流动的速度好像比几分钟前更快了，手电照射的那小块水面上，不断出现一闪而过的白色物质，大胜凝神静气注视了一会儿，颤颤地说："死鱼，那些都是死鱼！"

我伸长脖子，仔细看了看，终于看清那些漂浮在河面上的东西，竟然全都是翻白肚子的死鱼，而且水面以下两三米的地方，一大片黑压压的鱼群正朝着河道下游飞速地行进着，它们好像在极力地躲避着什么。

我不由自主地朝河道上游看去，可惜实在是太黑了，手电根本就照不到尽头，光线一扫就迅速消失在黑暗中了。我暗想：难道从上面游来一只体型巨大的水怪？可是水怪为什么不吃这些鱼呢？

正在我琢磨的时候，水面忽然鼓起很多水泡，我倒抽了一口凉气，大喊道："水怪上来了！"我捂着嘴向后倒退，靠在石壁上，发现大胜也一动都没动。我呆立了一会儿，水面上却没有任何动静，我踮起脚伸长脖子，看着那些冒上来的水泡，心想：谢天谢地，看来水怪一定是游过去了。

这时候大胜忽然站起来，转身看着我，说："那不是水怪！"

我用疑惑的眼神看着大胜，问他："那到底是什么？"大胜没吭声，捡起地上的那条鱼让我看，我发现他手上的那条鱼并没有完全死掉，尾巴和鱼鳃还在动。大胜慢慢把鱼放入水中，那条鱼刚一入水，就狂乱地扑腾起来，好像很难受。

原来那些气泡表明河水的水温现在几乎接近沸腾，那些翻了肚皮的鱼，全都是被河水烫死的，我一下就傻了，心想：要是我们下水必定也会被烫死的，那就没办法回到深井去了。

我在想是待在这里等水温降下来，还是进那个死人洞里找出路？这时大胜递过来一样东西，说："先吃这个吧！"

我一看，原来他从水里又抓上来两条黑鱼，已经有七分熟了，我咽了一口唾沫，伸手接了过来，问："这不会有毒吧？"

"没事，我生的都吃过了，这个都已经被热水烫得差不多熟了。"

"我不是那个意思，我是说会不会……"说着话，我朝石板下的野人看了看，大胜没明白我的意思，就问："会不会什么？"

我指了指野人，说："他一直拿这鱼当食物，我们要是吃了，会不会变成他那样子？"

大胜刚咬了一口，突然听我这么说，随即就停了下来。他愣了愣，看了看远处的河面和黑糊糊的头顶，嘴里竟然又嚼起来，喃喃道："不吃他妈的就得饿死，我看就算变成那样，也比饿着肚子强！老子在越南什么都吃过，还没听说，什么东西会有这么高的营养，能把人养成这么大。"

我撕下一块黑鱼肉，说："你说的也对，我看野人身体那么大，可能有别的原因吧，跟食物没关系。"说完我就抬起捂在嘴上的手，把肉塞了进去，感觉味道怪怪的，不禁想起在酒店里吃的黄花鱼，相比之下这条鱼可真够难吃的，不过主要还是味道太淡了，整个就是一份没放作料的水煮鱼。

吃过鱼肉后，我们找出防毒面具扣在头上，拿着手电准备再进那个黑门洞看看。我问大胜："要不要带上程小姐？"他摇了摇头，说："我们找到出口，再回来背她，虽然她现在昏迷，但如果那些毒气进到她体内太多的话，估计也会出现不良反应，到时候就麻烦了。"

我点点头，用干毛巾蒙在程乐儿的嘴上，然后就随着大胜朝门洞走去。我们踩在那块压着野人的巨石门板上，心里不禁又是一酸，叹声道："这么个讲义气的人，竟然就这样死了！"

进去以后，里面的情况有些出乎我意料。我以为里面一定是个很大的空洞，就像那种放货的地下仓库，可是走进去后，手电马上就照到墙壁，这里只有不到三米的宽度，不过等我再照向另一边时，情况马上就变了，我们看到石门右侧是一条很长的通道，手电也照不到尽头。

2. 盔甲

我刚想反过来察看一下左侧的位置，忽然光线照射的地方，有个东西闪了一下，好像是一面镜子。这时候大胜好像看出端倪，一把揪住了我的手臂，厉声说："别动，好像有宝贝！"

我心想：这都啥时候了，还想着宝贝呢！不过这里有这么多死人，倒很像是一条殉葬的坑道，要真是那样的话，有陪葬的宝贝出现，也算是正常。

大胜慢慢从我手中取过手电，先是照了一下身后，发现后面几米开外就是一面高大的石墙，只要它不倒下来，那一定没什么危险。大胜这才放宽心，朝刚才发光的地方走过去，我见他快要接近那地方的时候，身体停了一下，随后便俯着身挪过去，弯下腰用匕首去拨弄地上一团乱七八糟的东西。

我朝他轻喊了一声："那到底是什么东西啊？！"

大胜又拨弄几下，随即起身，朝我摆了摆手，说："自己过来看吧！"

等我走近一看，原来又是一大团围拢在一起的尸体，这些尸体和门口的那些大致相同，只不过有的尸体身上不仅穿了衣服，而且还套着厚重的铠甲，看样子这些人应该都是士兵，刚才那一闪，应该是金属盔甲上反射出来的反光。但是这次看到尸体，我依旧没能适应，蒙在防毒面具下的整张脸上都挂满了汗珠，我强忍着胃里翻江倒海的难受，回过身拉了拉大胜，说："这玩意儿太恶心了，我们还是别看了。"

大胜点点头接过手电，说："我听别人说，这一身完整的盔甲值很多钱，我还得看看有没有保存得比较好的。"说话间他就用脚踢开最上面的两具尸体。我发现其中一具尸体的嘴巴，好像正咬在下面这个人的锁骨上，大胜刚才那么一折腾，下面那具尸体从喉骨到胸腔整个撕裂开，被踢翻在一旁的尸体口中竟然还咬着对方的一根锁骨，我眉头一紧，心想：难道下面这个人是被他咬断血管致死的？

紧接着大胜又翻开几具尸体，发现这些都和之前的尸体一样，嘴全都在别人身上找了个地方咬着，好像生怕自己咬不到人落空似的，甚至有一个竟然咬在一具尸体的胯下。看到这，大胜就在地上跺了跺脚，回过身看着我，问："你说这些人都是怎么死的，是不是全都着了魔了，要不然他们怎么会互相撕咬在一起？"

我转过头看了一下四周，没说话，大胜又问道："是不是饿的呀？人要是过度饥饿的时候，就会吃人。"我伸手按住了大胜的面罩，低声说："这一定是他们沾了曼陀罗花粉的缘故，看来我们一定要注意周围，千万别乱摸什么东西。"

经过这么一阵翻找，我们发现那些尸体上的盔甲，没有一件是比较完整的，大部分都氧化了，估计是沾满人血之后，水分附着在盔甲上造成的。而且这些甲片的质地也比较粗糙，从款式上看，分辨不出是什么年代的盔甲。大胜甚至说这是鸦片战争时期的盔甲，我就调侃他说："看来你在金三角学的东西不少啊，就连毒品的历史背景都熟识。"

他听了我的话，完全没觉得脸红，居然还反驳我说："他们那里的头领文化水平很高，经常抓一些搞科研的人到毒窝里，问这问那，甚至还饶有兴趣地抓了一名弹古筝的女人，整日让她弹曲儿，后来那女人实在受不了，就偷偷逃走了，可惜最后还是误入雷区。"

3. 虫纹书简

说着话，我们不知不觉走进通道深处。我们发现两边的墙壁上，有很多人面雕像从墙内凸出来，而且全都张着大嘴，想必口中放了很多有毒的花粉。而且我们还在地面上看到很多尸体和散落的盔甲残片，尸体全都一团团簇拥在一起，样子跟门口那些完全相同，我看到尸体的数量越来越多，心里不禁开始发毛，一种不祥的预感油然而生。

就在这时，大胜好像发现了什么，只见他缓步移向一侧的墙壁，弓下身仔细地去看墙根儿下的一具尸体，我提起手电照过去，发现这具尸体显然与其他的尸体不一样。首先是穿着上，他穿的盔甲是那种史书上常见的"骑人甲"，这种款式的战甲只有骑兵才能穿，因为这种盔甲是没有胯裆裙的，看样子这人应该是个领头的，最起码是一名百户长。而且他的周围并没有其他的尸体，从死的姿势上看也不同，尸体静静地靠在墙壁上，双腿前伸，一只手搭在肚脐上，另一只手撑着地面，从整个形态上看，这个人死前应该没有失去神志。

我推了一下大胜，说："你发现没有，这个人死前好像没有中过迷香。"

大胜双脚分开蹲下身，吹了吹尸体盔甲上的灰尘，说："先不管那个，你瞅见没有，这尸体身上的盔甲可比之前那些高级多了，你看，这帽子、腰带全都有，反正人死不能复生，不拿白不拿呀！"说话间，他抽出匕首慢慢将尸体脖颈上系着的丝布划落下来，然后又将刀尖儿插入了头盔的缝隙中，缓缓将厚重的头盔挑起来。

我见他一脸欣喜的样子，暗叹了一声，将头转向一边，只把手电的光线留在尸体上，给大胜照着亮，他头也没回地说了句："兄弟，若是这副盔甲在市面上值了钱，老哥一定忘不了分给你一份。"

他说完就将头盔放到一旁，我用余光注视着他手上的动作，催促着说："你动作快点，程小姐可没时间等。"他把脸扭过来看了我一眼，接着又去挑动胸口处的铁甲锁扣，嘴上嘟囔道："我说你不会对她有意思了吧？告诉你啊，这小姐来头可不小，现在她是落难了，等出去以后，没准她反咬你一口。"这时候他手上的力道可能用得重了，尸体的手臂受到震动，从肚脐上滑落下来，和地面一接触，整条胳膊竟然从尸体上脱落下来。

大胜稍微停顿一下，就又去挑那地方。这次那块铁甲终于他被抠下来了，突然大胜猛吸一口凉气，厉声道："他娘的，这里面有虫子。"我转身一看，发现甲片的下面有两只大弹尾虫趴附在尸体的胸腔里，甲壳油光发亮，我下意识地向后退了两步，这时就听大胜嗯了一声，竟然用匕首去刺虫子，我大喝道："别……"

大胜没有理会，抬起胳膊紧了紧手套，将一只手伸进了尸体的胸腔中，我看得目瞪口呆，只见那只手又缓缓抽出来，好像从里面取出什么东西，大胜拿着那东西朝我晃了晃，笑道："没事，过来看看这是什么东西。"

他摊开手，露出一件黑色圆筒状的物体，我仔细看了一下，觉得好像是古人用来传达书信的木简密函，木简的外部刻着十分精美的图案，而且全是浮刻，内容正是那些恶心的弹尾虫。大胜握着木简转着圈数了数，发现木简一共刻了十只弹尾虫，在虫子的眼睛和木简两头的纹路中，全都镶入了细小的宝石，乍一看那些虫子就跟活的一样。

4. 张世尧

大胜将木简放入怀中，笑了笑说："我看这就行了，盔甲不要了，带着也不方便，等以后有机会，咱再来拿。"说完就催促我起身赶路，我愣了一下，心想：这大胜也算个识大体的人，看来还不那么贪心。

我想了想说："要不要再找别的尸体，看看还有没有什么别的东西？"

"对啊，我差点儿就忘了。"说话间，大胜又开始去翻动别的尸体，这次明显比刚才的动作粗鲁，没费多大劲儿他就把尸体翻转过来。我一把拉住他，指着尸体的腰部，说："你看他是被暗算的。"

原来尸体的后腰插着一柄短刀，深度直没刀柄。从位置上看，完全可以看出死者是遭到别人的偷袭，凶手从后面刺中他身体的要害，失血过多而死。从刀身的长度判断，凶手根本就没想留下活口，而且死者有盔甲护身，只有很少的地方可以攻击到皮肉，然而这个行凶的人却精准地找到这个位置，看来凶手不简单。看着那柄精细的短刀大胜长叹了一声，说："唉，看来这种投机暗算的手段，在古代就盛传了。"说完，他将那柄短刀抽出来，放到自己的包里。

就在他要转身离开的时候，突然咦了一声，从地上捡起那只头盔，用手电朝头盔里照了照，我凑过去一看，发现这只头盔的里面好像写了几个字，字体很大，歪歪扭扭的，我拿过来仔细地看了一下，上面写着"张世尧"三个字。张世尧是谁？

难道古代的士兵也喜欢在自己的东西上留记号？要是那样的话，这个张世尧就是这具尸体本人的名字了。我用手指摸了摸那些字，感觉字迹表面干巴巴的，还有很多裂痕，我想这字应该是死者用血写的，如果是这样的话，这就是凶手的名字了，他这样做是想给后人留下最直观的线索。

大胜这时候看出了其中的奥秘，咳了一声说："这头盔一直就没解下来，看来这宗'无头案'的元凶，一定是逍遥法外了。"

"我看不一定！"我伸手指了指远处的尸体，摇了摇头说，"这么多人都没逃出去，你怎么能断定凶手不在那些尸体当中呢？也许他临死都不知道，杀自己的人，死得比自己更惨！"

大胜瞪了我一下，吐出一个字："逃！"

我点了一下头，嗯了声问道："难道不是吗？"

"他们为什么要逃？他们不是殉葬的吗？"

我看着通道的深处，说道："给谁殉葬？"

大胜看着我说："成吉思汗啊！"

我摇摇头，沉声说道："别再想皇陵的事儿了，刚才我和老叶已经分析过了，这里应该不是一座陵墓。"

"不是陵墓，那是什么？"

我皱起眉头说："我也不知道，反正这里所有的东西都透着古怪，你我虽然都没进过古墓，但是再怎么说，古墓里也不会建一座石塔吧？我看现在什么也别想，还是赶快找地方出去再说！"大胜点了点头，拿起手电，继续走。

刚走出几十米远，我们就看到通道的尽头，又是一面厚重的石墙，似乎比压死野人的石墙更厚重，大胜跑过去，用力朝墙上蹬了两脚，墙面纹丝不动。他转过身，朝我喝了一声，骂道："他娘的，这里根本就没路。"

第十九章 困境

1. 水漫金山

我立在石墙前面，眼睛迷离地看着墙壁，低声说："我想也不会有路了！"思考了一会儿，又接着说，"如果这么容易就找到出口，那些人还会死在里面吗？"

"他们可能中了迷香。" 大胜说。

"我想这些人应该是从这个方向走入通道的，虽然不清楚他们进来的目的，可他们的后路确定被封死了，所以才会想办法另找出口，只不过没等找到出口，就全中了这里的迷香。"

我焦急地左右挪着步子，忽然感觉脚下被硬物绊了一下，一不留神儿竟然一屁股坐在地上。我伸手去摸那个硬物，没想到那东西还很扎手，盘膝蹲坐起来拿到手里一看，不禁一阵狂喜。原来地面上滚落着一个刺猬石雕，这东西的出现就意味着找到了开启救生通道的钥匙，我一把将石雕捧在怀里，对大胜喊道："快，赶快找找墙壁上有没有洞。"

大胜见势连忙抓起手电，顺着墙角开始搜索，嘴里嘟囔道："唉，多亏了程老板事先说出石雕的秘密，要不谁能知道这块石头有这么大的作用。"

我听了他的话，心里顿时沉了一下，心想：这块石雕随意滚落在这里，难道那些士兵没发现吗？不可能啊，可他们为什么没用石雕来开启暗门呢？想到这里，我就推了推对面的石墙，感觉墙体非常厚重，根本就不可能是一块可以活动的门板，随即我就想起压死野人的那面石墙，也许这面墙也是利用重心失衡的原理设计的简单机关。那这面墙就应该有一定的角度倾斜，因为只有这样才能在挡石移动后，使整个墙体随着重心的偏移倒向事先安排好的位置。

光线照着墙面，我换着角度仔细观察着。我发现墙面跟地面是完全垂直的，我有些纳闷，随即朝另一边的墙壁看去，那面墙上暗设释放毒气的人面浮雕，浮雕后面的整个墙体是用一块块巨大的青砖垒砌成的，似乎不可能隐藏暗门。

这时就听大胜在一旁暗自骂道："他娘的，这里前后左右全都光秃秃的，哪儿有什么破洞，我说莫大工程师，这暗门会不会在地下？"

地下！我猛地想到：如果这些士兵没有利用石雕来开启机关的话，那就有两种理由可以解释，一是他们并不知道这块石雕可以开启机关；再者就是他们知道石雕的作用，但他们没有找到机关，或是找到了却没办法做到。

要说这些人不知道石雕的作用，似乎不太可能，因为门口那些人显然是撬动了墙壁中隐藏的石雕，但就是这么一步之遥，他们没能将通道打开，最终全部死在里面。这里的位置非常隐秘，他们能顺利地走入这条暗藏的通道，极有可能就是利用了这些刺猬石雕，才一步步进来的。

如果说他们明知石雕可以开启暗门，可又没能逃出去，这就有些说不过去了，既然已经进来了，那么他们完全可以原路返回的，但他们还是选择继续前进，这到底是怎么回事？他们的后路是如何被封死的呢？

我思索着僵立在原地，大胜搜查了几遍，可依然没有结果，这时候他似乎放弃了找寻暗洞，有气无力地对我说："你干什么呢？别害怕，要死一块死。"

我伸手拦住他后面的话，拿过手电朝顶壁照去。通道尽头这片区域的上方，显然比刚才路过的那段高出许多，光线朦朦胧胧地穿过空洞的黑暗照射在暗青色的顶壁上，光滑潮湿，没有结蛛网，光线流转间，我忽然发现顶壁与石墙夹角的位置，有一个相当大的方形洞口，它的宽度可以容纳几个人一起通过，我打了一个激灵，喊道："快看，洞口在上面。"

大胜先是惊呼一声，但马上又连连摇头，嘴里埋怨道："他娘的，洞口这么高，我们怎么上去啊？"说完，他翻身就去我包里找绳子，问道："绳枪带了吗？"

我望着高悬的洞口，摇了摇头说："绳枪也不一定有用，洞里边好像是一个坡道，爪钩根本打不上去。"大胜凑过来看了看，愤怒地朝墙壁上踢了一脚，骂道："它奶奶的，怪不得这些人逃不出去，原来是这样。"

大胜伸开双手在石壁的夹角处折腾了一阵，后来他居然想要从那个墙角蹭上去，我刚想说让他省省力气，忽然感觉脚下有点不对劲儿，拿手电照向地面，冷汗一下就冒出来了，登山鞋竟然踩在水里，哪儿来的水？我猛然转过身看向背后的通道，一时间我几乎不敢相信自己的眼睛，只见一路走过来的通道上，不知什么时候积了很多水，远一点儿的地方，水位都要没过那些腐烂的尸体了，看来我们这个位置在整条通道里还算是比较高的地方。

看到眼前的情形，我立刻招呼大胜朝回路狂奔。我们只跑出去三四十米的距离，水就已经没过膝盖。在这样深的水中，我们没法继续跑，只能深一脚浅一脚地往前蹚，最令人恶心的是那些浮动在水面上的死尸，而且脚下还不时会踩到他们，断裂的人骨刺在脚踝上，虽说不至于受伤，但还是影响了我们行进的速度。

快接近出口时，水里的温度逐渐热起来，而且水很深，已经不能行走了，我们只得敞开双臂改做仰泳的姿势，径直朝通道的尽头游去，不一会儿我就踩到那块倒塌的门板，刚立起身就急忙用手电搜查四周，发现程乐儿已经不知去向。

我心里着急，扯着嗓子大喊："程小姐……程小姐……"

大胜张着大嘴连连叫苦道："不行！不行！这里的水太热了，我们得马上退回去。"

这时候河道上游忽然传来砰的一声巨响，我和大胜都被震住了，一句话也喊不出来。巨响过后，河道深处传来一阵轰隆隆的水声，声音嘈杂响个不停，传送速度极快，好像水马上就会涌到我们脚下。

这时大胜忽然拉了我一把，伸手指向石板下面的位置，我低身看了看顿时一惊，原来程乐儿正卡在门板与野人之间的缝隙中，看样子还是没醒过来，脸色惨白，情况很不乐观。

大胜惊呼道："我靠！这小妮子快被煮熟了。"

"别说了，快拉住我的腿！"说完，我俯身下去拽程乐儿，刚拽了一下，就感觉情况不妙，可能水位升高后，野人尸体的位置发生了变化，程小姐的一条腿被卡得太紧了。我一连拽了几下，依旧没有抽出来，我只好先托着她的头，让她的鼻孔能接触到空气，出水后，我急忙伸过另一只手托在她的腋下，侧着脸去感觉她的鼻息，当时心里咯噔了一下，暗想：完了！

程乐儿的鼻息没有了，我愣在那儿心里一阵黯然，想着是不是要放开手重新将她沉到水里去，忽然大胜在上面狂喊了一声："哎呀，不好！水漫金山了。"紧接着我感觉大胜好像从石板上飞了出去，我自己随之也失去了重心。

抬起眼一看，顿时我的喉咙就被堵住了，只见一个水浪冲我直压下来，转眼间就蒙住了所有的视线，慌乱中我只得用手紧抓着程乐儿胳膊，感觉身体似乎被卷入水底，那灼热的感觉和上一次从塔端掉入水中的感觉一样，一样的刺痛，一样的神志不清。

出乎意料的是，在这时候程乐儿的腿从缝隙中被抽了出来，我反过手掌拽住她手腕，紧闭着眼睛尽力地贴着地面朝门口摸索，脸上的皮肉像是在烈火上烤，心里只想着刚才在通道里看到的方洞，如果水位一直升高的话，进到那个洞里应该不成问题。

由于距离很近，我摸了一会儿就找到了入口。我拉起程乐儿以百米冲刺的速度游了进去，双脚蹬地将头探出水面，眼前一片漆黑，我将背包抛入水中，心中暗自庆幸入口很窄，水在短时间内还不能将通道灌满。我凭着记忆朝一个方向游去，心里明白如果水涨到顶壁，自己还没游到洞口的话，只能自认倒霉了。

我调整了一下姿势，将程乐儿平着浮在水面上，然后就拉拽着她开始贴着墙壁急速前行，记忆中这条通道的距离大概有200米远，想到这我就暗自鼓足了劲儿，忍着身上的疼痛疯一般地游起来。

可能是我游得太快，没过多长时间，就碰到了那道阻隔的石墙。我翻身贴在墙壁上，顿时感觉一阵清凉，我用手摸了摸程乐儿的脸，感觉她的脸很烫，不知是在热水里待的时间太长了，还是她恢复了知觉，我又探了探她的鼻息，感觉不太明显，这里的水温和通道外面的水温还是有很大差别的，有点像澡堂子里的热水池，身上觉得很舒服，这时水面上也泛着雾气。想到我们处在这样的环境下，程乐儿的鼻息如果很弱的话，应该不容易察觉到，我心里不禁祈祷程小姐能够醒过来，之前我听说过许多关于人类假死的事情，人若是处于假死的状态，那就完全可能出现短时间的心跳停止和身体僵硬。

等了很长时间，水才慢慢升到洞口的边缘，我摸准了地方，先把程乐儿推了上去，自己刚想要爬上去的时候，忽然想起了石雕！那只刺猬石雕还在下面，如果方洞的尽头还设有机关的话，我们没有石雕做钥匙，那岂不是要活活憋死在里面。

想完，我侧身先爬到洞里，想将程小姐往深处拉一点儿，以免她自己滑下去，谁知洞中的坡道好像是工匠专门打磨过的一样，脚踩上去十分光滑，费了很大的劲儿才拖了不到五米，这时洞口传来一阵水响，我明白水开始涌入洞口了，时间相当紧迫，我只好急匆匆移到洞口边缘，做了一个长长的深呼吸，便翻身潜入水中。

我记得这里的高度应该已经超过10米，石雕刚才被我放到下面的墙角，幸好位置不在正中，这样我只要朝那个墙角直潜下去，很容易就能找到它。但是下潜不到一半儿，我就后悔了，这下面的水太烫了！和深井那边的阴寒水域比起来，真可谓一个是三亚的夏天，一个是漠河的冬天。

我脑子里最少出现过三次返回水面的念头，可事实上我还是坚持了下来，等我抱着石雕返回到洞中时，全身的皮肉都在焦痛，我不禁明白一个道理，那就是人的信念，如果处在一个特定的时刻，就比如说逃命的时候，它将会变得异常顽强。

接下来的事情和我之前想的一样，水不断从洞口涌进来，我和程乐儿被热乎乎的水浪一下又一下地冲刷着，有点像在洗土耳其浴，只不过这里没有温柔的按摩女，身边虽然躺着一位冷艳的女人，但她却似乎冷艳得过头了。

2. 莫名的邂逅

这种舒服的感觉让人想睡觉，我尽力克制着这种困意，让自己想一些激烈的事情，比如我在大学里的往事，最热情，也最难忘。

记得大二的时候，学校临时决定将系里的班级重新整合，我们建筑系A班一下来了好几个漂亮女生，系里的那些男生兴奋得一连几夜都没睡好。那时候我自认为志向很远大，一心扑在出国留学上，从来就没想过和女生谈恋爱。可我越是躲，那些新来的女生就越是追着我上，其中有个叫张淑远的女孩，模样儿长得很特别，是那种介于汉族与少数民族之间的相貌，要不是她有个汉人的名字，我还真把她当做是少数民族兄弟姐妹了！

一开始我和她没有过近距离的接触，每回她约我，我都推辞，直到在一次生日宴会上，我才见识了她的本事。那天我被几个女生围攻，喝了很多酒，张淑远也在其中，等大家认为我彻底投降之后，我身边就只剩下她，她好像什么都没说，乘着大伙儿没注意，就搀扶着我来到了一间没人的包厢，其实我当时很清楚，李燕一定躲在某个角落里，注视着我的一举一动，可惜我的身体已经不受脑子控制了，一摇一晃地跟着张淑远进了那个包厢。

之后发生的事情，我也说不准，当时头很痛，她不停地在我耳边呼气，似乎也喝了不少，嘴里的话，说得含含糊糊，我当时只觉得那些酒精几乎都要在我的肠道里燃烧了。

等我醒过来后，身边有很多人，大家面面相觑，全都直直盯着我的下身看，李燕更是一脸的惊讶，我连忙坐起来，发现我的双腿光溜溜的，竟然没穿裤子，脑子里一闪念，心想：坏了！他娘的，今儿老子竟然被那个女生给强暴了。当时我一急站起身，大喝道："你们干什么，是不是想集体劫色啊？"大家听完后，哈哈大笑起来。

那件事情之后，李燕表面上显得很冷淡，但我知道她是那种尊重对方感情的人，不管遇到什么事情她都会很坦然地面对，不会大哭小闹。可背地里她一定很伤心，张永偷偷跟我说，那天从酒吧回来后，李燕就把我的照片全撕了。

现在想起这件事，我仍然面红耳赤，其实张淑远平时看上去并不是很狂野，可是没想到她会那样做。但我又有些纳闷，大家进来以后，她到哪里去了？其实除了张永，我从没告诉过别人张淑远当时也在房间里，大家都以为是我自己在包厢里脱光了胡搞什么呢。

说来也奇怪，第二天张淑远就像变了一个人似的，不像以前那么爱玩了，只是有时候我发现她会看着我发愣。我当时心里很纠结，还以为她对我产生化学反应了，所以我就一直躲着她，一年后不知道什么原因她突然辍学了，我才算解脱了。

3. 郑重其事

时间一点儿一点儿过去了，程小姐还是没有任何反应，水还在慢慢地往我们身上涌，突然我的头顶住一面石壁，心里暗自庆幸：终于到尽头了！

随即我就朝石壁的四周摸索，忽然听到一阵急促的滴水声，沿着水声我慢慢摸到地板。原来地板的坡道上有一条横向的裂缝，水正从上面往缝隙里灌，似乎缝隙中是一处暗藏的空间，又或许说是一条排水的暗渠。这里伸手不见五指，想辨明周围的状况，只能用手摸索着去感觉。

我吃力地抱着石雕继续摸，我在周围摸了半天，除了那条窄窄的缝隙，就没有什么地方可以和外界相通了。我不禁暗自后悔：难道我辛辛苦苦弄来的这块石头，竟然是毫无用处的吗？

我有点不甘心，再次在墙壁上仔细摸索着，闭着眼睛感觉着墙砖的异样，可越摸我就越失望，这里的墙壁很结实，砌合得也很严密，根本就没有暗藏石雕的那种砖。

我靠在墙上有点灰心，忽觉头顶上一凉，一丝冷风吹在我的额头上，我心中一阵狂喜，暗骂道：它娘的，洞口在上面！

我紧贴着墙伸手朝上面探了探，可惜没能探到洞顶，摆着手感觉了一下，似乎顶壁离我们还有一段距离，虽然感觉并不太高，但这样的距离，我现在实在没办法摸到。如果与石雕相对的那个锁孔真设在顶壁上的话，那我就必须想办法摸到它才行。可这里的条件有限，何况还要抱着石雕上去；我不禁一阵感叹："要是程乐儿现在清醒着该多好啊！"

我想了几个办法都觉得不太靠谱，只好又蹲坐在水里，睁着眼睛傻傻地注视着漆黑的洞顶上方。

那些涌上来的水还在不停地朝地缝里哗啦哗啦地灌，也不知下面的空间有多大，会不会被水填满，我忽然想到要是水填满下面的空间，水位自然还会继续往上升，那我们就可以浮在水面上，再去触碰顶壁了嘛！但又一想，也不知下面会不会是一条排水的沟渠，要是那样的话，就不知道等到什么时候了。

想着想着我便去摸那条缝隙，听流水声很有节奏，看来灌入地缝中的水还远远不能填满它，要是水忽然停止上涌，那会怎样呢？我突然灵机一动，起身便脱掉自己的潜水服，然后将它用力地塞入地缝中，这种衣服韧性极强，用它来阻隔水流还是非常有效的。我顺着缝隙摸了一遍，发现至少还有一米多远的距离没能堵上，我想都没想便去脱程乐儿的衣服，拉开她衣服背面的拉链伸手进去，我立即就感觉到她肌肤的热度。

她在高烧，她醒了！我不禁狂喜，没想到她居然活过来了。我连忙抱着她靠在石壁上，伸出手指探了探鼻息，正想要试着能不能叫醒她，这时程乐儿竟然低声干咳了一下，头歪向一旁，好像是想吐，我连忙扶着她侧过身，只是听她嘴里说了句话，不过我没有听清楚她说什么，只能安慰她说："程小姐，你现在什么都别说了，有什么事等出去再说。"我的话刚说完，她又昏过去了，我心里暗骂自己是笨蛋，对她郑重其事地说："程乐儿小姐，我现在要借用一下你的衣服，我并没有轻薄你的意思，只是为了我们能尽早出去，本来刚才就想征求你的意见，谁知你却没能接到我的请求，虽然你现在不能亲耳听到，但我还是必须要当面说明一下。"

汇报完毕后，我便拉开她潜水服的整条拉链，衣服是连体的，脱下来之后，程乐儿几乎是全身赤裸了，虽然我的动作很小心，但手臂还是碰到了她身上的敏感部位。虽然在黑暗当中，我却紧闭着双眼，尽量克制自己那些胡乱的想法。

我抓起脱下来的潜水服，猛然转过身，平静了一会儿，直到把那些冒出来的想法全都压了下去，方才将衣服塞入了缝隙中。

第十九章 困境

第二十章 秘密档案

1. 谢谢你

不到 10 分钟，水就漫到胸口，我正在暗自庆幸自己的想法，忽然发现了一个问题，我的手似乎不够用，一只手吃力地托着程乐儿，另一只手还要抱着石雕，脚踩在滑溜溜的坡道上，身体也不能完全直立，照这样下去就算是挨到顶壁，我也会精疲力竭的，恐怕也没力气打开机关了。

就这样又过了一分钟，我的脖子突然被什么东西给缠住了。原来是程乐儿醒过来了，她下意识地抱住旁边的我，而且双腿也在水中摸索着，似乎是要往我身上缠绕，我被她这么一折腾，差点丢掉了石雕，鼻孔也没入水中。

我发现水位已经很高了，只有脚尖还能探到地板，我索性离开地面，将身体浮起来，借后背和墙壁的摩擦，我稳稳将身体定在原处。程乐儿却显得非常惊慌，觉得这样抱着我似乎还不够安全，一直不停地在我身上变换着姿势，我被她的这些举动搞得心如乱麻，她微微凸起的双胸，犹如雏鸟的绒毛一般，在我胸口和肩膀上不停地滑动。

没过一会儿，我就感觉呼吸有些困难了，顶壁已经近在咫尺，我侧过头对程乐儿喝道："现在听我的，别动！"

我任由她抱着我的脖子，自己却没敢怠慢，抬起几乎虚脱的双手，用力将石雕夹在腋下，单手摸向顶壁，离我不到半米的位置上，果然有个小洞，我急忙搬起石雕往洞里塞。

那只救命的刺猬被我顺利地推进去，但过了一会儿，顶在洞口处的手都发麻了，周围还是没有任何动静，我心里咯噔了一下，暗想：这是怎么回事儿，难道我把方向塞反了？正想要将石雕重新拉出来的时候，刹那间水吞没了我头顶，我不禁一阵骇然，程乐儿也抱得更紧了，似乎准备去面临死亡。

我脑子里猛地闪过一个念头：不行！现在得马上把塞在缝隙中的衣服取出来，只有这样我们才能有活下来的希望。想完后我便伸手拉了拉程乐儿的胳膊，示意让她先放开我，然而她却好像没有一点儿要放开的意思，我觉得胸口就快被她给挤炸了，水飞速地钻入我胸腔。

我感觉眼珠子开始慢慢往外凸，情急之中我朝小洞里顶去，谁知这一下，石雕居然被我的冲力给撞出去，也不知是掉到什么地方了，反正周围那些水一下全都往小洞里出去了。与此同时一声闷闷的巨响从四周蔓延开来，头顶上顿时急颤了两下，忽然间我觉得身体似乎被托起来了，我们就像是从巨大的喷泉里冒出来一样，被带出来的那些热水冲到一旁。

剧烈的咳嗽之后，我全身软得像一只搁浅的章鱼，没有力气站起来，就这样平躺在那里，大口呼吸着周围潮湿的空气。程乐儿像是一条鱼缸里的清道夫牢牢地吸附在我身上，但是她已经不再用力挣扎了，我没有去理睬她，微微闭上眼睛，我没有力气再逃了，渐渐地进入梦乡。

不知过了多久，忽然感觉额头上热乎乎的，我连忙睁开眼睛，可眼前依旧是无尽的黑暗，但我觉得似乎已经适应这里的黑暗，身体上的感觉告诉我，那是一个女人的嘴唇，我突然有些不好意思，匆忙中我只得又闭上眼睛，权当自己还没醒过来，可程乐儿却说话了，只听她重重地说："这次谢谢你！"

2. 秘密档案

我依旧闭着眼睛没吭声，继续听她往下说："真抱歉，这件事情把你卷进来。"我真想立即坐起来问她，到底是怎么回事？为什么你会了解我的过去，这些是不是你们一手策划的？甚至我都想要问她，张淑远是不是他们安排过来监视我的？可没等我发问，她却说："我只能告诉你一件事情，别的事情我也不能确定。"

我缓缓坐起身，问："那你能告诉我什么事情？"

她停顿了一会儿，说："我只是通过一份档案了解到你和常森他们的情况，你的母亲叫莫忆兰，你从小就随她的姓，生活在湖南老家泸溪，12岁那年你母亲失踪了，两年后她托人给家里带了一封信，信上说她已经改嫁到浙江了！"

我低头沉声喝道："别说了，你能不能直接说明，我和这件事情有什么关系？"

她突然打断我的话，急促地说："这就是问题的关键！你孤身迁往杭州定居，原因有两个：一是你当时正在那里读书。二就是你奶奶去世了，你在老家几乎没有亲人，而且你一直以为你母亲对你撒了谎，所以才会前来浙江寻找她。"

我双目圆睁，直直盯着黑暗中的程乐儿，心想：难道她知道我母亲的下落？

程乐儿似乎在心里作了一个重要的决定，深吸了一口气，说道："其实我是日本人，我父亲是东锦集团的总裁，我母亲是一位普通的中国农民，她对我很好。我自小接受中国文化，对地大物博的中国充满了好奇，几年前我随母亲来过一次她的家乡——山东，当时她眷恋故土，执意要独自留下来静养半年，可没想到半年后她回到日本，就得了一种怪病。"

我问："是什么怪病？"

"起初和正常人一样，看不出有病的样子，只是记忆力下降很多，可后来她就出现反常、怕光、不说话、情绪紊乱，而且不能控制食量，吃饭比以前快，饭量比以前大，有时候她能吃下常人两到三倍的食物，我也不知道她为什么会变成这样，我有时候觉得她好像不是我母亲，她身体里似乎还有一个人，这个人在不停地折磨她。80天后，我母亲完全失去知觉，她躺在病床上眼神暗淡，表情呆滞，和死人差不多。"说着话，她喉咙有些哽咽。

我将手扶在她肩膀上，想安慰一下她，不料她竟然一下扑在我怀里。我感觉她在发抖，正想要问："用什么方法，可以医治她的病？"她忽然开口说："如果档案上记录得没错，那你母亲也一定患上这种病了。"

听了这话我就像被电击了一般，脑子一阵眩晕，我一把拉起程乐儿的胳膊，喝问道："你说什么？"

程乐儿缓缓直起身，低声说："档案上写得很清楚，十几年前你母亲莫忆兰被人送到了杭州的一家医院，两天后医院又将她转入另一家更大的医院，当医生建议将你母亲送往精神病科治疗的时候，她突然不顾一切地冲出医院大门，并且成功逃离了医生的追赶，从此她就失踪了。"

这些话像是一把利剑，直直刺入我胸口，我痴痴地问："你还知道什么？"

"我爸爸派人到杭州那家医院，调查过你母亲的病例，结果种种迹象表明，你母亲莫忆兰的病和我妈妈的病是一样的。"

我没有知觉地蹲坐在地上很久，将脑子里混沌的思绪整理一下，抬起头厉声问道："送我母亲到医院的那个人是谁？"

程乐儿没答话，可我感觉到她在摇头，我不甘心地问："那家医院叫什么名字？"

程乐儿告诉我说是西环医院，我心里像是被人猛力砸了一下。这家医院我去过多次，因为学校离医院很近，可我竟然不知道自己的母亲曾在那里被人诊断为精神病，我无法压制内心里的烦躁，推开程乐儿缓缓走向一边的黑暗。

我感觉脚下的水位还在上升，也不知道能不能走出密道，只是隐隐感觉四周很空旷，与之前相比，温度低了很多。我摸摸自己的身体，不禁心头一酸，现在我们身上什么都没有，没有食物，也没有一丝力气，我感觉自己沉浸在绝望中。

过了很长时间，我才镇静下来，重新靠到程乐儿身边，吃力地从嘴里挤出了一句话，问道："难道你父亲没去调查过这件事情吗？"

程乐儿费力坐起来，用极其无奈的语气说道："我母亲回到日本以后，并没有提起那半年里她做了什么，去过哪里。等她发病后，也从来没和我们交谈过。我爸爸曾经亲自到过山东，可是他却一无所获，而且他一直都认为母亲是被什么病菌感染了，所以他就把那半年里母亲有可能接触到的所有东西，都空运到日本，可后来经过病理专家的检验，并没有确定这种可能性。"

程乐儿的话刚说完，我突然听见角落里似乎有敲击石壁的声音，程乐儿也听见了，我们开始立起耳朵静静听。哐哐哐的声音并不清晰，而且非常沉闷，我缓缓地站起身朝发出声响的地方挪过去，地上的水已经淹住了脚踝，踩水的声音使我心里发虚，我不禁呆立在原地，屏住呼吸凝神静气地听。

忽然哐当一声，好像一块石头落在水里，随即一束明亮的光线从角落里照出来，没等我明白到底是怎么回事儿时，那道光线的后面就发出一阵哈哈哈的笑声，笑声过后，就听有人骂道："娘的，果然没错，出口找到了！"

这个声音简直太亲切了，分明就是大胜的声音，我急切地喊道："大胜，我们在这。"但随即我就又喝住他，"你把灯关了！"

"喂！莫工是你啊！快过来帮忙。"

我疾步走到光线照射的地方，发现那是一面厚重的砖墙，大胜竟然用一把俄制的军刺，硬生生地从墙后径直地挖通一个洞口，我俯身趴在洞口上朝里面望，发现大胜正浑身湿答答地站在那里，见我凑过来，便又大笑了两声，说道："累死我了，你快拿手雷出来，给我炸开它！"

"手雷，我操！没有用了。"我说。

"那些手雷不是防水的吗？"大胜问道。

我摆了摆手，笑道："别说了，我现在能活着就已经谢天谢地了！"

这时程乐儿突然在身后说道："这面墙已经被破坏了，你们歇一会儿，相信其他的墙砖很容易被拆掉的。"

"歇什么歇呀！既然没有手雷，我看还是赶紧动手吧！"说完，大胜便开始用手去搬动卡在洞口里的石砖，我转过身隐约看到程乐儿一丝不挂的身体，不禁结结巴巴地喊道："先别动手！"

大胜突然止住动作，紧张地问道："又怎么了？"

程乐儿见我眼睛一眨不眨地盯着她，便低头走进黑暗中，我憋着一口气，回答说："没什么，你继续挖吧！"这时候我心里实在想不出阻止他的理由，暗想："天啊！这回我算是跳进太平洋也洗不清了。"

我和大胜忙活了半天，终于挖开一个不小的裂口，大胜一走进来，就提着手电乱照，首先是看到我身着三角裤头，接下来他就看到了全身白净如玉的程乐儿，大胜仰头干笑了两声，然后凑到我耳边，笑道："你小子真行啊！"

我正想反驳，谁知他又说道："想不到这性命攸关的时刻，你还没忘了这事儿。"我连忙喝道："你别瞎说好不好！"

"你就当我没说还不成吗，再说这也算是正事儿，不是有个名人说什么，牡丹花下死……"我一把揪住他，拉到身前，想用拳头来说明点儿问题，谁知大胜却压低声音，小声在我耳边说："等我们出去以后，说不定她看在你的分上，还真就不为难我们了。"

我苦笑着放下拳头，无奈地摇摇头，不再理会他。只见大胜缩身取下身上的背包，从里面拿出一件潜水服，扬起手嬉笑道："哎，我这可有件衣服啊，刚才我想穿来着，不过现在看来你们俩好像更需要它，我看你们还是商量商量，给谁穿吧？"

3. 最贵的衣服

我见他拿着一件潜水服，连忙去他手里夺，然而他却急忙闪身避开，笑道："哎哎哎，干什么呢？我这件衣服那可不是白穿的。"

我正想要骂他，却又怕他再胡乱说些什么，只能低声说道："你娘的，玩够了没有？我们要是全死在这儿了，那日后有人把咱挖出来，谁还弄得清楚哪个是穿衣服死的，哪个是光着身子死的！"

这时程乐儿却忽然转过身，径直走到大胜面前，不紧不慢地说道："把衣服给我，出去以后我给你一张 10 万元的支票。"

大胜看着身材娇美、秀发靓丽的程乐儿，一时间竟然忘了回答，整个身体和高举的手臂全都僵直了，程乐儿见他一动不动，便自己踮起脚尖，从他手里夺过潜水服。

我上前拍了拍大胜的肩膀，嬉笑道："你这件衣服卖的价钱不低啊！"

大胜被我这么一拍，方才回过神儿来，眼睛直勾勾看着我，默不作声，样子很奇怪，我被他盯得难受，就用力朝他胸口上推了一下，问他："干什么呢？"大胜这才一脸坏笑地说道："你小子还真是艳福不浅啊！怪不得这么心急火燎的，怕熟鸭子飞了吧！"

我真难理解大胜此时的心情，从他手里取过手电，没好气地问："你怎会困在那间墓室里，难道你穿墙进去的？"

大胜回头瞅了一眼已经穿好衣服的程乐儿，长叹了一口气，说："当时那浪头打过来，就像海啸一样，我就怕被那股劲儿给撞出去，一个猛子就迎面扎进水里，谁知水里很烫，我拼了命往上游，终于挨到石壁上了，正好就有个入口，可惜我刚爬进去，水也跟着灌进来，没办法我只能往入口里边游，也不知道游了多远，反正水把那个通道全淹了。"

我听着他的叙述，心里逐渐形成一幅方位图。看来压死野人的地方，应该处于最下方，它是最靠近地下河的一处石台，然而从那里再往上，却另有别的入口和通道，这有可能是古人为了应付河水暴涨而设置的。但根据这次的情况看，河水似乎已经超过了预计的高度，我和程小姐一直顺着坡道来到这里，却恰好和大胜处在同一平面上，想必我们周围已经早被河水淹没了，所以我们就算找到了出口，也不一定能顺利出去。

我抬头问大胜："你是怎么知道我们在这里的？"

"不知道啊，谁知道你们俩会在这里，要是我事先知道的话，大哥我绝不会坏你的好事儿。"

我一把推开他晃动的手臂，低声说："你别扯了，行不行？我问你，既然不知道这里有人，那你为什么朝石壁上凿洞啊？"

"刚才我憋得要死，打算扔硬币决定朝那个方向打洞，就这时候，忽然听见墙后面有响声，而且那声音挺大的，你说我不凿这面墙，凿哪面啊？"

我忽然回想起，先前在坡道的尽头，打开机关的时候，那两声巨大的响动，随即我便蹲身在地面上查找，却见程乐儿已经半蹲着在水面上搜索了，我厉声问："找到什么没有？"

就见她正背着手臂向我要手电，我急忙和大胜一起走过去，地上的水有30厘米深，水却是异常清澈，手电照上去，水底的情况一览无余。我们看见一条小指粗细的裂缝在地面延伸开来，手电光顺着裂缝一直照到一面石墙上，但这条裂缝似乎并没有因为石墙而中断，它依旧延伸到墙根儿的里面。看到此处，我不禁接过手电细细地朝四周打量一番，这是一间相当大的石室，周围四面是暗灰色的砖墙，墙体材质坚硬，光滑平整，这里除了顶壁上不时有水滴落下来以外，其他什么也没有，很像一座封闭的监牢。

4.神秘战争

大胜前前后后看了好几遍，忽然站起身指着地上的裂缝说道："你们看这是不是很像一块翻板，不过就是有点太大了！"

我连忙说："你有没有想过，如果没有这么大的翻板，哪儿会把那些士兵全都陷进去呢？"

大胜眼睛一亮，笑道："是啊！看来他们一定就是从这里掉进去的，那我们该怎么办？里面已经被水灌满了，重新回去，那准是死路一条啊！"

这时程乐儿也缓缓站起身，连连咳嗽了几下，低声说道："从墙角的裂缝上看，这应该不是一块翻板，而是一整块可以移动的地板，机关开启，地板就会发生变化。"

我仔细想了想，便搜索着从水下找到了那块刺猬石雕，三个人抱着石雕走到地面中央的洞口，我仰着头朝他们俩看了看，说："我看不管怎样，还是再来启动一下机关，最起码能改变我们现在的处境。"

大胜点头表示赞同，说："来吧！如果出口没有出现的话，大不了我们自己凿墙出去。"

我见程乐儿没说话，就将石雕放到洞口边上，沉声道："一会儿不管发生什么状况，我们三个一定要统一行动！"三人都点了点头。

刺猬形状的纹路和洞口里面的纹路相当契合，石雕进去以后，并没有马上落下去，大胜蹲在石雕的尾部给了一记重掌，只听一声闷闷的响声过后，石室四周马上就响起了石板相互摩擦的哧哧声。我提着手电慌忙照向周围，忽然发现裂缝延伸向内的那面石墙下，地板正在快速收缩，相连在这块地板上的小洞也在不断地朝墙壁内挪动，我们急忙扶地，跟着地板快速移动着。

"要不要跳过去！"大胜突然指着一旁静止不动的地板喊道，"待会儿可就不好……"这句话没说完，那块长形的地板便猛地反转下来，带着一股强烈的水流，我们三人一起坠入深水中。

我一只手死死地抓着手电，另一只手抓紧了大胜的胳膊，正在担心程小姐的时候，我腰上忽然被一双手扣住了，我暗自叫苦：程大小姐，我身上可就只剩下这一件衣服了，你可千万别用力过猛了！你能用支票买衣服，那我可是个穷小子啊！

我凭着好水性，带着他们俩奋力朝先前落水的方向游，然而程乐儿却在我屁股上拧了一下，我睁开眼睛看向她，顺着她扭头示意的地方一望，顿时激动起来。原来翻板翘动后，水流翻滚的上方赫然出现一个相同宽度的裂口，从这个裂口上去应该就是缝隙尽头的另一个房间了。

程乐儿先放开我，径直朝裂口游过去，接着大胜也挣脱我，三个人一前两后迅速冲出裂口，刚爬上岸大胜就惊呼了起来："有路了，有路了！"

我立即起身环顾着四周，看见远处的确出现了一条幽深的通道，大胜回头朝我们对视了一眼，便踩着地上的积水跑入通道中。我左右打量着四周的墙壁，发现墙壁上布满了条状的凹线，那些线条清晰明了，刻画的全是密密麻麻的人形，仔细一看，原来是描述一次规模庞大的战争场面，但其中却没有镶刻统领模样的人，整个看来好像是一幅巨大壁画的过渡部分。

我无暇仔细去观察石刻的内容，随即和程小姐进入通道内，通道两边的墙壁上也刻了相同的壁画，而且和外面的相互衔接。由此看来，刻制这幅壁画的人，是想极力表现宏大的战争规模，但是我们单从这些人物场景上看，实在无法得知壁画上讲述的是历史上的哪次战争。

第二十一章 融化

1. 沸腾的河水

大胜一边用手摸着墙壁上的纹理，一边快速向前走，嘴里不停地嘀咕道："成吉思汗的部队，果然厉害啊！看看这些小人虽然武器不怎么样，但这人数已经足够吓死敌人了！"

我也随声附和道："是啊，我听说铁木真打仗，动不动就是率军数十万，每次都有十个千户侯随战，那时候只要蒙古军到过的地方，草都要几年后才能长出来。"

大胜似乎有点不解，回身看着我说："为什么？难道他们身上都带了毒气弹，一边走一边扔？"

我不禁笑了出来："呵呵呵，那是因为马蹄子把土地踩硬了。"

"不对呀，你仔细瞅瞅，这些小人哪一个骑马了，这不全都是步兵吗？"大胜一脸没趣，指着壁画让我看。

的确如此，壁画上真是一匹马都没有，我朝大胜做了一个不明所以的动作，然后说道："蒙古军队当中除了一些火炮机械兵种外，几乎都是骑马作战的。要是这么说，那这些雕刻的小人就不是成吉思汗的部队了。"听了我的话，他们两个都无精打采地摇了摇头，不理会墙壁上画的东西了，我也只好闭上嘴，闷声不吭地跟在大胜后面继续前行。

我们三个人顺着通道一直斜着向上走了五六分钟，感觉四周的空气渐渐闷热起来，大胜也将背包解下拎在手中，以此来减少身上的热度，然而那种湿热的感觉却是有增无减，最后我们几乎都快要虚脱了。

我张开嘴巴，捏着鼻孔强忍着身上的灼热，艰难地前行着。突然身后的程乐儿瘫倒在地上，我急忙停住脚步，示意大胜一起过来查看，扶起程乐儿竟然发现她身上的潜水服已经有点软化了，而且脸上也起了红疹，翻开她衣服的后领，发现她的后背上也全都是深红色的暗疹，我吃惊地看着大胜说道："我们不能再走了！"

大胜伸手擦去脸上的汗，回头望着前方已经泛起浓雾的通道，慢吞吞地说："你们留在这儿，我一个人走出去看看！"

"千万要小心，不行就马上退回来！"

大胜朝我点了点头，便迈着沉重的脚步走入迷雾中，我看着他消失的背影，心里不由得开始祈祷，祈祷他能完好无损地回来。

这时候我脚下的水已经完全低于空气中的热度了，所以我将程小姐平躺着放在地上，头部露出水面，不时地用手捧起地上的积水往自己脸上抹，但周围灼热的雾气却还在往身上裹，身体只要稍有移动便会出现疼痛的感觉，这种境地不禁让我联想起桑拿房。

就在我快要睡着的时候，大胜忽然跑回来，我睁开眼睛，慌忙地问："怎么样？前面有没有出口？"

大胜右手拍着胸膛，大口大口地喘着粗气，嘴里一时间说不出话来，等他连续咽了几口唾沫后，才紧张地说道："快……快……快跟我走！"说完他便拉起我的胳膊，但随即又松了手，自己跑出去好几步。我看着他紧张的样子，就好像他跑回来接我们只是出于人道主义精神，要是时间再紧一点儿的话，他估计就不会再回来了。

我十分明白现在的处境，心里再也没有顾虑，一把背起程乐儿就跟了上去。我觉得眼球就好像是泡在硫酸里，疼痛难忍，只能闭上眼睛，漫无边际地狂跑着，心里暗自希望跑出通道之后会再次回到阴冷中。

但是这个天真的想法，马上就被事实打碎了。我觉得身体撞在大胜的后背上，眯缝着眼睛，视线穿过他的腋窝投射在前方偌大的空间中，我的眼睛再次睁大了，前面的景象也忽然变得清晰起来。

就在我们前面不远处，出现了一条白色的刻有祥云图案的汉白玉神道，然而神道两旁的深渊中，这时已经注满了幽深的暗青色的地下河水，水面翻滚着，犹如开了锅的热油一般，而且还有嚓嚓的声音不断响起。经过仔细地辨认，我才明白原来空洞的崖谷上方那座冰雪世界，经不住热流上升的冲击，正在化作冰水滴落下来，冷热相交之下，方才发出来那种嚓嚓的声音。

突然大胜纵身走上汉白玉神道，我瞪着血红色的双眼，身体左摇右晃跟在大胜的身后。

2. 女尸

我们被暴雨一般的冰水冲刷着，摇摇晃晃地走在神道上。大胜在前面大声叫喊着："眼睛不要朝两边看，一定要坚持走到石塔！"这时我感觉背上的程乐儿正在往地上滑，我的手臂已经麻木了，一丝力气都使不出来，我只好压低着脑袋，将重心移到后腰上，然而眼睛却瞅见了水面上的状况，头皮一下就炸了，只见水面上漂浮了很多东西，有碎裂的松板和虫子的尸体，黑压压的一片。

我正在为水面没能淹没神道而庆幸的时候，突然看到一具人的尸体，这具尸体脸朝下漂浮在滚烫的水中，从后背的形态上看，应该是个女人，我不禁抓紧身上的程乐儿，心里一下就想到了宋茜，这具尸体是宋茜吗？她怎么会淹死在这里？突然间我发现自己竟然不知不觉地走到了道路的边缘，心里打了个冷战，急忙调整自己的心态，不再去理会那具莫名的尸体，加快了脚步直奔石塔。

从石塔的后壁一直绕行到内殿，我们才松了一口气，虽说我们处在坚固的塔基上，可这座内殿现在已经被热水煮得像个火炉，汗珠从我们的头顶滑下来，流进眼眶中。这种感觉真的不能再忍受了，我张开嘴吃力地朝大胜喝道："不行！我们得马上走到高处去。"

大胜见我背着程乐儿累得够呛，便起身接过了程乐儿背在自己身上，我的腰立刻就直起来，双腿十分吃力地挪到殿堂正中的圆洞边沿，探头朝下看了看，下面已经被雾气笼罩得密不透风，心想：这个叶老二恐怕已经烫死在水底了。

大胜在前，我断后，两个人一高一低地攀爬着楼梯往塔顶走，耳朵里时不时会传来滴水的声音，大约盘旋着走了七八个圈，我上前换下大胜，又将程小姐接过来，大胜抽身趴在一处拱形的窗口朝塔身之下观望，我见他面露惊恐，便在下面紧张地问道："水涨上来了吗？"

大胜回身跳下窗台，推着我的后腰，示意我别问了，嘴里喝道："快走！"

不一会儿我们就来到那间诡秘的佛像室，大胜动作极快，我一个没留意，他便蹿到合欢佛身前，我急忙朝他大喊道："快把鼻子堵上，这地方有毒！"

大胜心宽意浅，倒是没有被佛像中的气味迷倒。看到那条台阶就在前面，我第一个跑上前去引路，走上石梯，我不禁呆住了！

大胜在后面推了推我，说："快走啊！你怎么了？"

我看着直线上升的台阶，心中暗自奇怪，自语道："不对啊，这里的密室怎么不见了？"

"什么密室？"大胜面露不满，催促道，"这里恐怕马上就要塌了，你还找什么密室？"

我睁着眼睛注视着前方，突然把眼睛一闭，说："常森他们都不见了！"

大胜听我说到常森，仿佛明白了我的意思，双手在墙壁上拍打着，说道："你是说这里原来有间密室，常森他们几个人躲在里面？"

我刚想说是，背后的程乐儿却突然开口说："你们别找了，机关开启后石塔整体都向外扩充，就算有密室也早就已经闭合，不会找到了！"说完，她便从我身上滑了下来，示意她现在已经可以自行赶路了。

我回想着机关开启的时候，当时我和叶老二已经离开宋茜他们很长时间了，我估计宋茜小姐当时是有足够的时间来事先察觉的，只是她逃走的时候，会救常森吗？

我心里带着忧虑，重新踏上了盘旋而上的台阶，大胜似乎相当紧张，一直在后面反复催促我们两个。向上的这段距离比我们想象中要近很多，只绕行了三四个圈，便进入一处平行的塔殿，这里应该就是塔顶了。

我和程乐儿都累得气喘吁吁，一上来便靠着墙壁瘫坐在地上，然而大胜却没有一点儿要休息的意思。进入塔顶内殿后，他举着手电开始打量四周，内殿中央巨大的圆形裂口吸引了他，而且这里的水声比之前更响了，大胜顺着声音朝殿顶上照，看见上面也有一个圆形的洞，正和下面的圆洞环环相扣，而水就是从那里滴滴答答落下来的。

3. 熔岩

看着眼前的一切，大胜似乎想到了什么，一连在地上转了几圈，最后他定下身指着圆洞喝道："我来过这里，我就是从这里掉下去的。"说着，他拍了拍旁边的一座石台说道："你看这里面的粉末，还有这味道。"

我脑子突然一愣，随即双手捂住嘴巴，厉声喝止他的动作："你别碰那东西，里面可能是有毒的花粉。"

这时我身边的程乐儿突然站起来，径直走到石台的边上，伸手从里面取出了一些粉末，然后拿到眼前看了看，说道："这些花粉当中已经撒上了夏枯球和黑橘粉，毒性早就解除了。"

我一听，心中疑惑，立刻也从地上爬起来，走到石台前惊讶地问："你怎么知道？难道你之前来过这里？"

程乐儿转身看了我和大胜一眼，欲言又止的样子，最后她低头说："这些我不能告诉你们，再说这也是医学常识。"

大胜忽然一把拉住程乐儿，愤愤地说："程小姐，我不管你还有什么秘密瞒着我们，我只想告诉你，我们现在已经走投无路了！"说完，他就拉拽着程乐儿走到一处窗台前，然后指着窗外说："你自己看。"

程乐儿踮着脚尖朝石窗外看了很久，似乎没理解大胜的意思，回过头不解地问道："你让我看什么？"

我忍不住也趴在另外一个窗台往外看，只见塔身外壁上水流正在不停地往下滑落，看来那座冰封的水晶宝殿此时也正在加速地融化，可塔身下方却是一片模糊，并不能看清楚水位的高度，我也回头看着大胜，眼睛里露出了疑惑的目光。

大胜十分焦急，结结巴巴地说道："你们仔细看看水下面是什么！"

　　程乐儿一把夺过大胜的手电，将头伸出窗外，我随即也挺身探出去。只见强烈的光柱照向黑暗的塔基，但却依旧没能提高多少能见度，正在我们要放弃的时候，水下忽然有条粗大的红色物体闪现出来，我定睛一看，那东西在我的注视下变得越来越清晰，而且体积也越变越大，程乐儿马上也看到了，手电的光柱移向那东西所在的位置，然而我却惊讶地发现，那东西的周围又出现了更多的红色物体，而且它们也在不断地壮大。

　　我心里升起了一阵莫名的恐惧，缓缓地从石窗退回来，呆呆地问大胜："水里是什么东西？"

　　大胜摇着头没吭声，程乐儿却抽身回到石台前，神色不安地说："如果我猜得没错，那些蠕动在水里的东西，应该是熔岩！"

　　"熔岩，那些是火山熔岩，那会怎么样？"

　　"这应该是地壳中挤压出来的熔岩，还不至于喷发，但既然地壳有所变动，我想可能会引起……"程乐儿似乎比我冷静得多，我也只好强压着心里的焦虑，缓缓地问道："到底会引起什么？"

　　不等程乐儿开口回答，只觉得我们所处的地面突然发生了倾斜，而且角度在不断增大，我们几乎同时倒在地面上，大胜惊呼道："要塌了，怎么办？"

　　我见大胜已经乱了阵脚，急忙拉住他衣领叫道："别急，一定会有办法的！"说完我们便朝顶壁上看去，只见那个圆洞中突然掉下来一个东西，那东西哗啦一声落在地面上，竟然是一具被冰层裹住的尸体。我不禁心头一紧，大声喝道："快爬到那个洞口里面去。"

　　程乐儿侧身问道："为什么？"

　　"上面的冰殿还没有完全融化，我们可以重新爬回甬道里！"说完我便立即撑着身体站起来，拉住程乐儿的后腰一把将她提起来，朝洞口送过去。程乐儿身体轻盈，虽然洞内的冰层很光滑，但她还是轻松地跃了上去，大胜收起刚才紧张的表情，也从地上立起来，一把抓起我的两条大腿，嘴里喝道："看准了！上……"

　　地面离洞口接近三米高，我的心重重地沉了一下，当我拉住程乐儿的时候,我听见她的手臂在咯咯作响,我悬空斜吊在洞口下方,身体没有规则地来回晃荡,看着地面上那个更大的圆洞下幽黑空洞的深渊,我不禁发疯似的用手指抓挠着湿滑的洞口,当我上半身蹭到圆洞的时候,浑身已经挂满了冷汗。

4. 六鼎金樽

我心中的恐惧还没有缓解,又一具女尸从天而降,它正好将我和程乐儿两个人卡在洞口上,我吓得几乎晕过去,拼命去推那具女尸,可程小姐却大声喝止道:"你干什么?千万别把尸体推下去,我们需要它。"说完她便把女尸稳稳地按在洞口边上,我停止扭动,将下半身一点一点儿挪了上来,然后直勾勾地看着程乐儿,嘴里轻声嘟囔道:"谢谢你啊!"

她根本没有理会我说的话,对我怒吼道:"你想不想让下面那个人活了!"然后用下巴点了一下女尸的胳膊,说道:"动作快点!"我急忙帮着她将尸体垂直顺下去,接着程小姐就对大胜喊道:"你快抓着女尸的脚!"

大胜的身体加上女尸沉得就像一头猪,我们一连拉拽了十几次,才勉强将大胜的头拉出洞口,幸好他的臂力惊人,两手一撑整个人就从下面纵了上来。程乐儿的力气几乎虚脱殆尽,这时她双手摊开,仰起头大口地喘着粗气,嘴里沉沉地说道:"你们这些臭男人真是麻烦!"

我也没有力气说话了,只看大胜提着手电朝四周扫视。这地方的空间非常狭小,但我一看,嘴里差点就喷出血来,原来此处正是位于塔顶的塔刹。圆形塔刹的面积不足 7 平方米,圆洞周围的地面上却赫然立着六鼎夜母金樽,形状体貌和照片上的完全一致,而且它们都没有顶盖,我双目圆睁,情不自禁地挪过去,程乐儿这时也极其惊讶地端坐起来,嘴里喃喃道:"不可能!这里不可能有金樽的!"

大胜朝一鼎金樽上拍了拍,回头看着程乐儿,脸上还带着讥讽的表情,厉声说:"别那么惊慌,这都是假的!"

"假的!"我心中不解,连忙摸了摸靠近自己的一鼎,这鼎夜母金

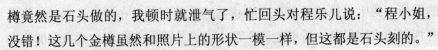

樽竟然是石头做的，我顿时就泄气了，忙回头对程乐儿说："程小姐，没错！这几个金樽虽然和照片上的形状一模一样，但这都是石头刻的。"

程乐儿听了我们的话，眉头突然一紧，她支撑着摸到一鼎石樽上，探头朝樽里看了看，她看了一会儿才回过头来，眼神中没有了那种惊讶。她低头望着深不见底的圆洞，神色异常失落，口中自语道："真正的金樽已经没有了！"

我见樽内空无一物，便起身扶着她，安慰说："别灰心，也许就算将那鼎樽取上来也未必就能对病情起到作用啊！"

她突然抬起头望着我，眼神中好像在问："你怎么知道我拿金樽的目的是什么？"我会意地摇摇头，说："就算你不说，我也能猜出一二来，我知道我和这件事情是有着莫大的关系！"

大胜突然在身后干咳了一声，说道："你们讨论完了没有，石塔可支撑不了多久了！"

我们三个人抬头望着上方的冰窟窿，它离地面只有不足两米的距离，要爬上去非常容易，但我知道上面的情况并不乐观，就单是那个巨大的漏斗状冰池，我们徒手想要爬上去就相当耗费体力，更别说还有那些滑冲下来的尸体，一旦被撞上，后果一定是径直掉进深渊中。

所以我们为了避免被滑下来的尸体再次撞击，就先翻倒两个石樽挡住了地面上的洞，大胜踩着石樽第一个爬进冰窟窿，紧接着是程小姐，我在最后。

看着他们两个全都顺利爬进洞口，我也起身踩上了石樽，大胜反手拿着手电给我打亮，突然他在上面大叫了一声："不好！"

我以为石樽摆放不牢要掉下去，心中一沉，急忙就想往边儿上跳，可目光向下一扫，就明白是怎么回事儿了，那具女尸的身体内正在蠕动，一想到那些可恶的虫子就要破皮而出，我惊叫一声，随即就犹如一只失魂落魄的兔子，娴熟地跃出冰洞。

我刚蹿出洞口，就急切地叫道："虫子快出来了！快爬……快爬……快爬上去！"

大胜似乎还是不太理解我的意思，怒声问道："是诈尸了吗？"我没去接他的话，只想着赶快远离那些虫子，谁知我越是用力脚底下就越是滑，费了老大的劲，我竟然还没有瘸着一条腿的程乐儿爬得远。我回头望了一下冰洞，见虫子似乎没有追过来，这才缓住身体，像一只大蛤蟆一样径直朝上爬。

一路爬到池面的顶端，我们都没有被滑冲下来的尸体撞上，大家十分庆幸。双脚踏上平整的冰面，我长出了一口气，只觉脚底板冻得生疼，也不知会不会落下什么病根儿。这时大胜手举着电筒照射着冰殿的穹顶，口中称赞道："啊呀，我的天啊！谁造的这些，简直太绝了！"

程小姐叹了口气，说："可惜啊，它马上就要被融化了！"

我看着一边的冰壁，惊骇地喝道："你们看！"他们两个听我语气急促，都急忙转身看。只见眼前一处连接甬道的冰墙上，已经被上涌的热流融化了很大的一个缺口，这片滴水如注的缺口中，赫然露出了五六具全身赤裸的大肚子女尸，而且我们靠近甬道口时，马上就发现甬道另一头的冰层已经基本融化了，这样就和对面的石头通道相隔了一个很大的断崖。

我们对视着，目光中带着些许绝望，大家都明白从断崖上掉下去会是怎样的下场。我不禁朝程乐儿受伤的小腿望过去，经过这么长时间的折磨，她的腿已经从绷带中渗出深红色的血，我不由得皱起眉头，看来以我们现在的身体状况，根本就不能跃过那条断崖。

我目光再次移向大胜，心里突然咯噔了一下，只见大胜侧旁的冰墙上，那具和冰块粘连在一起的女尸，她全身的皮肉都在蠕动，我失声叫道："快跑！"

不等程乐儿作出反应，我一把便将她扛在肩上，没命朝相反的方向跑。每经过一个甬道入口我们都会看到一具具女尸从冰壁中袒露出来，她们的身上也在发生着同样的变化，我非常紧张，突然背上的程乐儿在我肩膀上揪了一下，连声呼道："停……停……停！"

我停住脚步，连问："怎么了？怎么了？"

"后面……"

我立即转过身看着后面的路，程乐儿伸手指着我们已经跑过去的一

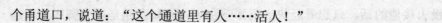

个甬道口，说道："这个通道里有人……活人！"

大胜站在那个甬道的前面也大呼道："你们快过来，里边真有人！"

我疾步走到近前朝里面望去，只见深深的甬道尽头果然站着一个人，那人手中举着亮闪闪的手电正在朝这边照，我们急忙纵身跑进去。

进入甬道不足二三十米，周围就已经出现了冰层融化后的裂缝和逐渐显露出来的女尸轮廓，等走到断崖的边沿，我们才看清对面那个人清晰的身影，是那个老外张一古！

一古站在对面的石台上，见是我们三个人，先是一愣，然后便抛出了两条结实的绳索，大胜如获大赦似的笑起来，接着他便拽着绳子率先荡了过去，当他身体撞在对面的山崖上时，他似乎根本就没觉得有一丝疼痛，反而笑得更加欢快，他一边拉着绳子往上爬，一边咧着嘴大笑道："得救了，哈哈哈……我们得救了！"

大胜迅速地爬上断崖，可能是动作太快了，也可能是太激动了，等他立起身长笑的时候，胸口的衣领中突然滑出来一个东西，那东西落在地上径直地滚到了悬崖的边缘。我一眼便认出那东西正是大胜在暗道中得到的虫纹书简，我见它滚落的速度极快，不禁心头一凉，暗想：完了！这真是乐极生悲啊，这哥们儿拼死进到这里，好不容易得到此物，到头来却还是……

正在我暗自替大胜叫屈的时候，谁也没有想到那个一古先生身手敏捷地纵身扑倒在地上，伸手接住了滚落到下方的书简。张一古拿在手中，仔细看一看，见到书简外部雕琢的虫子纹理后，神色先是一惊，随即看了一眼大胜，他口中虽然并没有说话，手却不禁想要去拆那个密封的书简。

大胜跨步抢上前去，抓住一古的手腕，急切地叫道："这是我的！"

一古伸手将书简举过头顶，喝问道："这是什么东西？哪儿来的？"

第二十二章 冬眠的食物

1. 尕尕儿

大胜死盯着他手中的书简，眼睛几乎要喷出火苗了，他伸出双手颤颤地说："你先给我，我再告诉你！"可一古反倒不紧不慢地将书简藏到身后，口中继续追问道："这是不是在下面找到的？那可是大家的东西，我只是看看，马上还给你。"

大胜不同意，口中喊道："这东西拆开就不值钱了，你知不知道？"说话间他们两个如同孩子一般揪拽在一起。

我站在对面冰地上，看着眼前这滑稽的一幕，心中不由得愤怒起来，我咬牙切齿地朝大胜喊道："你别闹了，好不好？"可就在我朝对面喊话的同时，一古也跟着大喊了一下，也不知是不是他故意松手，反正那书简竟然再一次应声落下，看着书简又一次朝崖边滚，我张开的大嘴几乎不能合拢。

好不容易虫纹书简停在悬崖的边上，我刚想要松口气，却见一个黑影突然从上方垂下来。乍一看居然是个人，这人头朝着下方，面朝着大胜他们，由一根纤细的绳子倒挂着，这人一把抓住了那书简，然后矫捷地翻身爬到了崖壁上方，我们四个全都愣住了，接着大家就都踮着脚站

195

在崖壁边，探出头来朝上面望去，但那个人却不知去向了。

我看着那面与冰层隔开的崖壁，心中不由一紧，同时朝他们三个人望了望，随即大家异口同声地喊道："是宋茜！"

四个人整整呆立了五分钟，直到我身边的一大块冰墙随着哗啦一声巨响，掉落到悬崖下，大伙儿这才回过神儿来，我闻声急忙抓过身边的绳索让程小姐系在腰间，两个人同时纵身滑向了对面。

爬上悬崖后，我蹲坐在地上问："到底咋回事儿？她怎么会在这里出现？"

程乐儿看着一脸失望的大胜，淡淡地笑了笑，随即起身解开腰间的绳子，说道："别想了，大家赶快离开这儿。"

我也起身拍了拍大胜的肩膀，笑道："大哥，既然不是你的东西，你就别难过了！最起码你还有张10万元的支票不是。"大胜回头怒视着我，脸上的青筋都迸出来了，嘴唇颤动了几下，没说出什么来，我还是一脸坏笑地看着他。

最后大胜无奈地走到崖边，再次探头朝崖壁上看了看，他不禁高声骂了一句："姓宋的，我们走着瞧，敢抢老子的东西……"说完他回身跟在了我们身后。

正当我们四人整装待发的时候，身后突然传来一个诡异的声音，我头皮一麻，浑身起了一层的鸡皮疙瘩，只听身后的声音叫道："你们谁也不准走。"这句话听起来十分古怪，有点像是从泥坛子里发出来的，而且它还在耳朵里反复地回响着。

一古第一个转过身，可他没说话，紧接着是程乐儿，她刚转过身就大喊道："老赵！"

听到她这么一喊，我也转过身。等我辨清眼前的一切后，先是大惊，但随即就愤怒起来，因为这个人就是那个神秘人，在甬道里骗走我们装备的那个神秘人，也正是把赵先生他们困在甬道里的那个神秘人！

然而更让我惊讶的是，他不是一个人，他身前还架着一个人，这人竟然正是赵露元。神秘人的脸挡在杂乱的毛发后边，一只血红的眼睛从头发的缝隙中露出来，他全身上下毛茸茸的，好像裹着一件动物的皮毛，而赵先生面色苍白、神情呆板、双目无光，整个一副病态的模样。

我发现这个神秘人力大无穷，他不仅单手挟持着一个人，而且身后还背着两个大大的背包，另一只手上端着一挺微型冲锋枪。我看着他手中的枪，不由得心虚起来。

神秘人见我们一动不动，竟然放声大笑，笑声异常的响亮和怪异，一时间整个空间都好像寒冷了许多。我身上一个劲儿地发颤，看着他浑身上下脏兮兮的黑毛，我心里不禁祈祷：要是这时候有人能从他背后开枪射杀他，那就太好了！

谁知这人居然由怪笑转为哭，他的哭声非常沙哑，嘴里就像含了一口沙土，正在他痛哭的时候，忽然开口说："天啊！你们还我孖孖儿的命来，你们这些入侵者，都得死，都得死！"他的声音越来越沉，越来越令人胆寒。

孖孖儿是谁？正在我强压着情绪，思索这个名字的时候，那个神秘的怪人竟然单手抓起赵露元，向着崖边走了几步，看此情形他是想将赵先生丢下去。

2. 诅咒

程乐儿看着对面将要发生的一切，不禁失望地转过头，紧紧闭上眼睛，正在大家惊恐万分的时候，一个奇迹发生了。

正在赵先生面无表情接受死亡的时候，那个怪人的身后居然响了一枪，而且他也被这一枪击中了，似乎伤得还不轻，他放下了手中的赵先生，歪歪斜斜地倒在一旁，身体不停地抽动。

这时大胜结结巴巴地喝道："常……常森！"随即我也看到了冰洞中直挺挺地站着一个人，这人身形高大，面容憨厚，这张熟悉的面孔正是常森！

看到常森安然无恙，我很高兴，急忙从一古身上取下绳索，甩手抛到对面，对着常森大喊道："老常，你们赶快过来！这里马上就要塌了。"

常森缓步走到神秘人身前，将手中的步枪指在他的胸口上，声音低沉地问道："你到底是什么人？"谁知那人竟然举手便要开枪，常森抬脚将他手中的武器踢出去，想要接着问话，那人居然又伸手去抢夺常森手中的步枪，常森一怒之下挥动枪托将他打晕过去。

扶起赵先生后，常森一脸愁容地朝我们望了望说道："他神志已经错乱了，恐怕……"话没说完，四周突然响起了窸窸窣窣的声音，那声音几乎是瞬间发出来的，然而那声音正是从常森背后那条深邃的通道里发出来的。

常森猛地站起身朝背后望去，我隔着常森的身影朝远处看，手电的光线一下就照到了那些东西。大家大喊了一声，只见常森背后的通道中，地面上和墙壁上全都爬满了密密麻麻的、黑黢黢的、数以万计的虫子。

我们几个乱成一团，叫着常森的名字，让他赶快跳过来，常森当然不敢怠慢，看着虫子一步步地逼近，他额头冒起了汗。他首先将那柄掉在地上的枪捡起来丢给大胜，然后以最快的速度将绳索套在赵露元的腰间，随即将他推了出去，紧张之余他不禁再次看向倒在远处的那个神秘人，但是眼前发生的事情，却着实令大家非常吃惊！

虫子组成的大军已经爬到了神秘人的跟前，但它们竟然绕开了神秘人的身体，而且有些虫子被后面的虫子冲击而不慎落到他身上，可它们非但没有啃咬他，反而还迅速地爬开，就好像这个人的身体上有千万度的高温。

正在这个时候，神秘人居然醒过来，他睁着两只血红色的眼珠，直直地瞪着常森，撕心裂肺地喊道："你们全都得死！"他后面的话被涌出来的血堵在喉咙里，语气越来越低沉："只有跟着我，神灵才会保护你们！"

我们听到这个疯子的喊话，心中不由得笼罩了一层阴影，这种阴影就像是一种诅咒，它诅咒我们这些不速之客，它似乎想将我们留在这里，和那些冻死在冰层中的女尸一样，把我们一个个全都变成这座遗迹的陪葬品。

大家手忙脚乱地从崖壁下将常森和赵先生拉拽上来，然而这时更加令我们毛骨悚然的声音从崖壁的下方传了上来，那嗡嗡声就好像数十架直升机在崖壁下盘旋着。

"是什么东西？"大胜惊慌失措凑过来看，一古将手电光朝下晃去，我们隐约看见崖壁的下方，有一群硕大的长着翅膀的昆虫，那些虫子犹如一窝失去巢穴的黄蜂，它们左摇右摆身体相互碰撞着，争先恐后地飞上来。

"快走，再不走就没命了！"我大叫一声拉起身边的程乐儿就跑，回头看见他们还在那里发愣，便又大喊道："你们还不走啊，难道真想做活体陪葬品吗？"

一古和常森抬起神志不清的赵先生也急忙跟上来，大胜几个跨步跑到众人前面，提起手电一边察看着四周的环境一边问一古道："喂，你不是早就在这儿了吗，前面到底有没有出口啊？"

一古道："之前是没有，可现在我看一定有了。"

3. 冬眠的食物

众人不明白一古的话，只是你推我搡地跑进通道中，身后接连就传来了扑啦啦的声音，看来那些飞虫真的是选择这条通道来逃生，大家全都一脸的沮丧。

大胜急得涨红了脸，他朝前面跑出去一段，又跑回来一段，活像是西游记里描写的孙猴子，而且嘴里还不停地问："还有多远啊？虫子快过来了。"

常森最怕别人紧要关头瞎嚷嚷，就抽身从腰间取下一枚手雷，甩手抛给大胜说："别吵了，关键的时候用这个！"

这次大胜可来劲了，他一把接过手雷，勉强笑了笑说："老常，看不出你这个打靶子出身的人，也这么疯狂！"说完他便又一次跑到众人前面。

这次大胜没跑出去多远，就停住脚步，等大伙儿赶上来一看，不禁全都转头看着一古，问道："该走哪条路啊？"

一古先生仰头看了看，前面这个地方出现了上下两条圆拱形的通道，他厉声说："上！"众人听后都走向那条向上的通道。通道中非常潮湿，地面和墙壁上全都是水迹，而且由于和那条直下的通道相互对应，底下冒上来的热气基本上全涌入了通道里，这种环境使每个人都感觉异常难受。

大胜踩着直流而下的水迹，疑惑地说："这上面难道还有个冰殿？"

我摇摇头说："不可能，这上面已经没有多余的空间来建造冰殿了，因为再往上就已经是这座伊克乌拉山的山顶了！"

大胜回过头质问道："那这么多的水，是从……"他这话刚说到一半，忽然就止住了，他紧张地用手指向众人背后，大叫道："你们看，是那些虫子！"

大家同时转过头，只见那些硕大的虫子，这时已悄无声息地追了上来，而且它们全都变换成了爬行的姿势，一只只不紧不慢地跟在我们身后，通道的上上下下全是它们油光发亮的身影。

由于大家在进入古墓前都看过这种虫子的资料，知道它们的后腿力量惊人，我们一旦动作大一点儿，就可能引发它们暴雨一般的攻击，而且体型如此巨大的蝼蛄，弹跳的冲击力非常可怕。

常森看着已经准备使用手雷的大胜，急忙强压着嗓音叫道："你干什么？不想活了！"

一古也说："一枚手雷能炸死多少虫子，只要你炸不断通道，一旦惹怒了它们，我们就全完蛋了！"

这时程乐儿忽然说："你们看，它们嘴里叼着什么？"

众人闻声看过去，只见这些虫子中有很多嘴里都叼着东西，大胜没敢用手电直接照射它们，我们也看不清楚它们嘴里到底叼着什么东西。

大胜说："是过冬用的吧，我知道有的虫子在秋天的时候，就开始准备过冬的食物了！"

一古说："嗯，有道理。"这时虫子队伍当中开始骚乱起来，爬在最前面的虫子开始朝顶壁上爬，跟在后面的也沿着两侧的墙壁爬过来，接着它们就陆续地从我们头顶和两侧爬了过去，一时间我们竟然被前后两拨虫子包围了起来，接着更加匪夷所思的事情发生了。

那些紧挨在我们身后的虫子，开始试探性地攻击走在最后的常森。

它们伸出前额不停顶撞常森的小腿，但丝毫没有咬伤他的意思，说是攻击倒不如说是在挑衅，然而这种奇怪的动作，又像是在催促我们继续前进，看着数以百计的虫子从我们身边爬过，大胜最终放下了手雷，大家开始像一群被押解的奴隶一样，毫无反抗地被虫子大军驱赶着行走在它们中间，它们每一只都像是一名得胜归来的将军，这种逼人的气势哪里像是在逃亡，简直是在炫耀它们的战果。

众人忐忑不安地走在通道里，谁也没有说话，此时大家都在想同一个问题：这些虫子会将我们怎样处理，吃掉还是用它们独有的黏液将我们几个当作食物封存起来，等到入冬以后慢慢食用？

大家一言不发，耳朵里全是虫足抓挠墙壁的声音，那声音快要把我们最后的一丝斗志也消磨殆尽了。

这时程乐儿有气无力地问道："你们看见没有？"

大胜说："看见什么？"

程小姐继续问："它们嘴里叼的东西。"

常森和一古同时回答说："看见了，好像是鱼！"

"对！是地下河里那种黑鱼，看来它们并不是在逃亡，而是在觅食，如果我猜得没错，这条通道一定是通向它们的巢穴，这些虫子恐怕已经预知到将会发生什么，所以它们在聚集食物，来躲过这场灾难。"程乐儿这些话一说出来，大胜就开始焦虑起来，他双腿猛地定在原地，紧张地问："那我们该怎么办？等进了虫子的老巢，那可就再也逃不出来了。"

大家都一下停了下来，身后那些虫子就有点不耐烦了，它们一只只发出吱吱吱的声音，这种逼迫的力量迫使我们不得不再次迈开步子。

前面的通道逐渐开始变化，最明显的就是顶壁在慢慢压低，最后我们的头发都擦到了顶壁的石板，再后来四周除了石质的地板外，墙壁和头顶上全都变成了土质的结构，空气越来越稀薄，大家开始感觉呼吸困难。

程乐儿忽然问："一古，你说的出口到底在哪儿？"

"快到了，马上就到了。"一古先生嘴里直咽着口水，神情异常紧张地说，"待会儿我们一定要想办法躲开这些虫子！"

大胜撇了撇嘴没吭声，常森却说："你别开玩笑，虫子这么多，怎么躲？"

我也说："是啊，通道空间越来越小，在这行动太不方便了。"

可一古却目视着前方，自语道："一定要快，一定要快！"

突然他手指着前方喝道："看见没有？"我们同时看向通道的尽头，只见前面出现一堵白色的冰墙，一古手指冰墙说道："这面墙的厚度已经融化得不足30厘米了，我们可以从墙中间穿过去，避开这些虫子。"说完他就提起手枪，常森也会意地接过赵先生扛在自己背上，大胜睁大眼睛，手中也端起那挺神秘人留下来的枪。

在接近冰墙五米的距离时，大胜的枪响了！

突突突突一连串的子弹，打入那面墙的冰层中，一时间大家发疯一样地朝墙上撞去，可正当我们要撞到冰墙的时候，程乐儿忽然喝止道："别……"可惜大胜的力道用得太重了，一时竟然没能收住，整个身体咔嚓一声撞了上去。

冰墙被撞开一道裂缝，大胜慌乱抽身向后退了几米，口中叫道："怎……怎么了？"

程乐儿没说话，可眼前的情况却解释了程乐儿的担心。因为那些被子弹打穿的冰孔中，已经渗出了绿幽幽的血浆，周围那些虫子丝毫没有饶恕大胜的意思，他这一连串的动作，无疑是激怒了虫子大军。

霎时，四周的虫子像是开了锅一样，很多虫子将口中的食物丢在地上，疯狂地冲向大胜。而后面那些陆续爬上来的虫子却不为所动，它们迅速地叼起掉落在地上的食物，依旧爬过来驱赶我们剩下来的几个人。

大家焦急万分，常森反手便把赵先生甩给我们，一个箭步冲到大胜身边，他的拳头就像是两个流星锤，只要是被他打中的虫子，几乎都是背骨脑壳碎裂，失去了攻击能力。

正在我们慌不择路的时候，我突然发现那些走在前面的虫子，似乎全都转向两侧的拐角。我一把取过一古的手电朝冰墙两边照去，发现冰墙两侧还有两条同样宽度的通道，这里竟然是个十字路口，只不过正前方的路口被冰墙堵住了，所以原来的"十字路"变成了"丁字路"……

　　我问一古："这两条路是怎么回事？"

　　他连晃了几下脑袋，说道："没用的，两条全是死路。"

第二十三章 噩梦

1. 虫穴

听了这句话，我心里彻底绝望了。如果这两条路全是死路，那就只有冰墙后面的路情况不明了，如果说那些绿色的血浆是虫子身上流下来的血，那就意味着墙后也爬满了虫子，我失落地看着四周，口中颤巍巍地问道："我们该走哪条路？"

没等一古回话，我忽然感觉小腿吃痛，没想到一只虫子竟然对我下手了。我尖叫了一声："别管那么多了，不听它们的，我们现在就得死。"说完我起身朝左边的通道挪了几步，暂时避开了那只不守游戏规则的虫子。我用余光看了一下大胜他们的情况，这时他和常森两个人已经被虫群团团围住了，我心想：看样子我们是逃不出去了，与其这样一个个被吃掉，倒不如和它们拼一下。

我正要发动大伙儿一起反攻，只听四周突然响起一个声音。这声音把所有人都震住了，包括那些爬行当中的虫群，它们齐刷刷地停住脚步，同时也发出一种有点像蛙鸣的叫声，但随即这声音就被止住了，爬在常森他们身上的虫子也一只只滑落下来，定在原地一动不动，霎时通道里就安静了下来。

时间跟着心脏扑扑扑地跳动着，这死一般的沉静，让大家感觉周围的空气都要凝固了。突然四周爆发出了雷鸣般的响声，地面和顶壁一下子就好像交换了位置，我一个翻身落在一群虫子的身上，眼前一阵眩晕。

手电不知何故灭掉了，紧跟着我觉得身体在地上移动，快速移动，周围那些虫子好像也在移动，耳朵里被惊天动地的响声震得嗡嗡响。忽然一只手拉住了我，我慌忙靠过去，靠近后我才知道是程小姐，只听她在我耳旁大声喊道："地震提前来了，刚才的声音一定是石塔倒塌了，待会儿整座山都会塌陷，我们要赶快出去。"

我一把拉过她喊道："现在是地震，不能乱跑。"

她再次贴过来说："现在还没有真正的地震呢，快走吧！"

突然我们眼前一亮，大胜满脸是血地爬过来，身后的常森举着手电晃来晃去，嘴里一直嚷嚷着，可惜我们几个都没明白他是什么意思，只是看到他的样子十分惊慌。

突然常森身体向后一个转身，直直爬过去，大胜瞥了我们一眼也跟了上去，于是四个人快速爬行在虫群中，有几次我都不小心按住了一旁的虫子，可它们却丝毫没有在意，只是一个劲儿朝前爬。

跟在常森身后，我们穿过那道已经碎裂的冰墙，地上洒落的冰块和绿色的黏液，让大家行动非常不便，我们试着站起身，但都感觉站不稳。大家刚刚爬过那堵墙，就发现这里是一个空间非常大的洞穴，洞里弥漫着一股浓烈而酸臭的味道，洞壁四周有很多圆形的小洞，那些洞像是工厂里的机器一样，一直在往外输送着虫子，虫群从洞里出来以后，全都聚集在虫穴中央的一块空地上，我们隐约看到那一大片虫群的中心，有很多白色的虫蛹和那些被它们当做食物的黑鱼，白黑混杂着，密密麻麻、不计其数。我们几个被这样的情形给惊呆了，大胜喉咙里一声闷响，吐了出来。

随即我们就发现在这些小洞中，有一个洞比较特殊，显然是刚刚挖出来的，我看着那个洞心里想：难道这个洞是虫子们刚刚刨出来的？

常森拿手电扫视了一下所有的洞，有些洞里还有虫子不停地爬出来，但是那个新挖的洞里却没有一只虫子，而且除了这个洞，别的洞我们根本就爬不进去，看着虫群越聚越多，常森一咬牙朝着那个新洞口就爬过去。

进到洞内后，我们就在地面的新土中发现了更多的液体，那些黏稠的绿水极其难闻，大胜几乎把一个月吃的东西全吐光了。

随着大家不断地深入，周围的声音逐渐小了很多，地面的颤动也变得轻微了。四个人像是一条断了节的蚯蚓，不顾一切地朝土洞深处爬，但由于洞里一直有新挖开的土壤在挡路，所以洞壁的直径显得很小，刚刚只够一个人俯身爬行。

不知爬了多久，常森突然停止了前行，他静止不动很长时间后，才缓缓开口说："前面没路了！"

这时就听大胜喝道："那前面是什么东西？"

由于我是爬在最后的一个人，所以看不到他们前面的状况，只是听常森说道："那是一只虫子。"

"这么大的虫子！"

"放心吧，它已经死了！"大胜怪叫一声，喊道："天啊，这就是虫王！"

我听了他们俩的对话，立刻就猜到是什么状况了，就听常森叹声说："这家伙是想挖洞逃出去，可惜刚才被你开枪打中了要害。"

爬在我前面的程乐儿这时也精疲力竭，她翻身靠在一边，低头说："靠我们现在的能力，恐怕短时间内是出不去的。"

她的话无疑是给大伙儿判了死刑，大胜的脸扭曲了，常森也闭上眼睛，我感觉自己开始呼吸不顺畅了，无奈从地上抓起一块泥土，凑到鼻子前闻闻，这块土黏糊糊的，充满水分，闻完之后一阵畅快感袭来。忽然程乐儿一把抓住我手里的土块，我顺势将土块递给她，然后闷声说道："大小姐，这地上有很多土块，你干什么非要我这块呢？"说完我去地上挖土块。

她目光尖锐，盯着手中的土块，从容地说道："这块土有问题！"

常森突然睁开眼睛，问道："有什么问题？"

程乐儿没说话，只是让大胜把土块递给常森，常森接过来仔细看了看，然后又用力闻了闻，突然他惊讶道："没错！是有问题，这是夯土层。"他接着又用手指捻了捻土块的边缘，然后说："这里边的石灰还是新的。"

说完他就又从地上挖起一块，他招呼我们几个全都离开我刚才待过的地方，随即常森很快就又从一边的墙上，拨下了很多带有石灰的土层。

我看着常森这一系列的动作，顿时心中一亮，心想：真是天无绝人之路啊！根据我们一直过来的线路，我们现在就是处于这座山的山顶啊，山顶怎么会有新的夯土层？我不禁想笑，这里出现夯土，那只有一种解释——我们的工程，就是那座山顶上的蓄水池。水池动工的时候，我还在这里拍过照，看来这儿已经很接近水池的位置了，我们只要挖开水池底部的混凝土，就可以逃出去了。

常森的脸上也挂起了笑容，他兴冲冲地说："看来水池就在这里，唉！真后悔当时做得这么结实，不过幸好里面还没有蓄水，快拿工具来。"

大胜听了这话，顿时脸色大变，他高兴地从身上取下匕首递给常森，傻乎乎地笑道："老兵给你！"

常森手上顿了顿，厉声质问："只有这个？"大胜一吐舌头，点了点头说："没错！"常森极其无奈地接过匕首，开始在土墙上动手了。

三个男人接力赛一样地相互交换着，不让匕首停下，不一会儿我们就从土墙上挖开了一个"J"字形的洞，大胜把身体探入洞中，立刻就摸到了上面的一块石料混凝土，他又一次笑出声，开始用匕首猛刺那面墙，谁知刚刺了几下，被刀锋划裂的缝隙中就嘟嘟嘟地流出水，大胜惊讶了一声，回头望着常森说："老兵，你不是说水池里没水吗？这是咋回事？"

常森也是一愣，不知所措地摇了摇头，大胜骂道："娘的，难道外面的人蓄上水了？"大胜的话刚说完，那条裂缝就哗啦一声整个裂开了，顿时从里面涌出一股强大的水流，水势异常湍急，我们全都被冲倒了，大家你拉我拽从水中爬出来，慌忙逃向那只虫王的身边，靠在虫王的大屁股上，大伙儿都捏住了鼻子，一来可以避开被水淹没的危险，二来我们谁都怕闻到虫子身上那恶心的味道。

水流遇到阻隔，马上就改变流动的方向，哗啦啦直冲向虫穴的方向。不到五分钟，水流便停住了，我们再次来到裂口处，发现裂口中出现了一丝细微的光亮，大家不假思索地钻出去，一下就看到了夜晚的天空。

2. 一场噩梦

天上乌云密布，月亮穿梭其中，风刮得树枝呼呼作响，细蒙蒙的雨落下来，打在我们四个人身上，冰冷一下子就裹住了全身，牙齿开始打颤。

"赶快下山！"常森叫了一声，便攀上了一条铁质的爬梯，看来水池中的水是这场雨蓄存下来的，这足以表明雨势了。

这一切就像是一场梦，一场可怕而难忘的噩梦。

我又一次打开自己的笔记本，从第一页读到最后一页，程小姐躺在病床上默然看着我，嘴唇微微动了动，我拿起杯子递过去，说："怎么样，你能想起来吗？"

她脸上露出了痛苦的表情，她咬着嘴唇，无奈地摇了摇头，我收起笔记本，安慰她说："你好好休息，我先回去了。"

"对不起！"程乐儿说。

又是对不起，我暗叹一声，心里一阵酸楚。

我转身走出病房，来到西环康复医院二楼的大厅里，张永趴在长椅上睡着了，我走过去坐到他对面，呆呆地看着他。这时候手机响了，我连忙走到阳台上，接电话。

"喂，是谁啊？"

"我是大胜。"

"大胜，你身体好点了吗？"

"我没事，那丫头怎么样了，想起点什么没有？"

"唉！快20天了，还是那样，我觉得她好像想不起来了。"

"哦，这样啊，那我看就别难为她了，那件事情你就罢手吧，反正人都已经死了！"

"不，这件事和你想的不一样，我一定要查下去！"

"哦，对了！老常回内蒙了，他叫我们没事别联系他。"

"知道了。"

张永在身后拍了我一下，问道："谁的电话？"我回过神来，说："一

个外地的朋友。"

"又是你在西北认识的？"

"嗯……"

我心如乱麻，这些天我总是辗转反侧地想那些事情。从医院回来后，我又一次躺在张永家那个按摩椅上，可刚刚闭上眼睛，我就又情不自禁地投入到那些画面中。

张永躺在沙发上，没趣地说："嗨，我说你从那儿回来，咋就像变了个人似的，那个女的到底是谁呀？我告诉你，过年李燕就回来了，你赶紧把这女的给送走！别到时候……"他还是那样，话特别多，我表面听着这些话，心却回到了两个月前，和常森他们从伊克乌拉山顶逃下来时的情景。

当时我们四个发了疯似的跑进工地，可是找了一圈一个人也没见到，大大小小几十间屋子里空空的，那些假扮工人的退伍兵全都不见了。

无奈我们只得取走一些食物和衣服，再次朝山坡下跑。在接近小楼的时候，山体发生了大面积的塌陷，响声震耳欲聋，足可让周围几十公里以外的人从睡梦中惊醒，幸好我们已经离开了最危险的区域，那刚刚建好的展厅和整个建筑群，全都土崩瓦解了。

穿过已经大面积倒塌的围墙，我们发了疯似的朝山下逃，也不管是不是路，只是听常森说小楼那儿应该有汽车，大家可以坐车离开这里。我想发生这样的事情，谁也无法挽回局面，我们只有尽快离开这个是非之地，才不会惹来麻烦。

月色突然暗下来，空中飘落的雨点越来越大，越来越急促，我们只是凭着潜在的记忆，寻找小楼的位置。看到黑暗中那幢白蒙蒙的房子时，我们全都大声叫喊起来，大胜第一个冲进了院子，我发现院门是敞开的，里面的人一定也听到了山体倒塌的声音，现在恐怕也都逃命去了。

院子当中果然一辆车都没有，但是小楼的门口却趴着一个人，这个人穿着白大褂，看上去应该是个医生，他满身血污，似乎已经死了。程乐儿一把揪起地上的人，看了一眼之后，神色开始紧张起来，她回头望了望远处的那排平顶房，然后径直冲进了地下大厅。我见大胜也跟着跑了进去，就连忙紧随其后下到了大厅内，这里似乎发生过一次屠杀，地上横七竖八躺着六具尸体，程乐儿慌慌张张地一具挨着一具查看，最后她在大厅的中央站住了，然后整个人瘫倒在地，她身前有一具血肉模糊的尸体，这具尸体似乎让程乐儿十分悲痛。

我想上前安慰她，但此时突然从远处传来一声巨大的闷响，随即我们脚下的地面开始震动，周围墙壁上的蓝色镜子顿时全都破碎了，天花板上的荧光灯也掉下来十几根，远处的隆隆声还在响个不停，常森看着远处的程小姐为难地摇了摇头，大胜大叫一声："小妮子，他妈的不要命了！"我看着跑过去的大胜叫了一声："小心……"跟着也追了上去。程乐儿此时已经神志大失，她疯疯癫癫地大叫着喝道："是谁？你们是谁？我要杀了你们！我要杀了你们！"

紧急关头，往往总会有令人无法预知的危险发生，在我们抓住程乐儿的前一刻，位于大厅正中的石柱突然垮塌，程小姐被一根掉下来的顶梁砸中了。我们见此情形，一刻不敢停留，拖起昏迷中的程乐儿像一阵风似的退出了小楼，朝着月牙湖的河岸跑去。

在湖边，我们几个人将程小姐放在沙滩上，检查了她的伤势，从她受伤的程度看，失血虽然不多，但最好能在 24 小时内赶到医院。天亮后，这里来了很多人，我们躲在远处的山坡上眺望，看见有很多车和人陆续赶过来，最后我们趁着人声嘈杂，偷偷钻进一辆装载起重机的卡车，回到了党乡城。

3. 凶杀案

在党乡大家搭乘客车返回兰州后，大胜介绍我们几个在七里河的一个生意伙伴那里休养，而且还向他借了一些钱。其间我们找了一家医院，给程乐儿检查身体，并且打了强心剂和镇静剂，可程小姐的状态却还是令人担忧，她口眼歪斜，不停地呕吐，胸部以上的肌肉针扎都不痛。

第二天，我们离开了那个朋友的家，四个人合住了一间包房。房间里有两张床，程小姐睡一张，我睡一张，常森他们两个睡在地毯上。

大家洗过澡后，大胜斜靠在床尾，取出一盒烟，递给我和常森一人一根。我拿着烟卷，并没有点燃，只是盯着昏睡的程小姐，心里想：接下来该怎么办？

想办法联系她在日本的亲人，但这只有等她醒过来以后才可以问明，况且程乐儿的家乡在日本这件事，我也没有告诉常森他们两个，我想他们应该事先是不知道的。是不是考虑将程小姐暂时留在中国呢？

我想到这，便拿起电话，和张永联系，看他能不能暂时给程乐儿安排一家医院。反正一切的事情，都要等她清醒过来后再说。

这时大胜突然推了我一下，示意让我看电视，看到电视上的内容，我不禁屏住呼气，屏幕上一位面戴口罩、身着雨衣的女记者，正滔滔不绝地报道着发生在伊克乌拉山的离奇事件。随着摄像机镜头的推近，我们再一次看到那个被噩梦笼罩的小楼。

只听女记者讲道："各位电视机前的观众，21日凌晨两点，我省发生了一次小规模、低强度地震，虽说这次地震的震级不高，但是当我们工作人员赶到现场时，竟然意外地发现了一起凶杀案。这幢未受到地震波及的乳白色小楼，正是凶案现场。听这里的刑侦人员说，这次命案的凶手，手段十分诡异，他们在死者身上发现了很多奇怪的伤口，这些伤口很像是被动物撕咬后留下来的。经过警方详细排查，这里一共有七名死者，其中就有五个是受到了动物利齿的撕咬，探案组现已初步认定凶手可能是三到五个人，并且携带了大型的利齿类动物作为武器，比如藏獒。"

"藏獒？"常森直起身，看着我们两个。

大胜不屑地说："什么藏獒，这都是记者瞎编的。"

那位女记者还在解说："这次地震的震心，位于这座伊克乌拉山的山体正中，地震过后，山体出现了大面积塌陷，原来在山上新建的一处林保科研所，现在也已经不复存在了，据说承接建造科研所的程远建筑公司老总，也是本起凶杀案的受害者之一。"

我取过遥控器将电视的声音降下来，然后继续往下看。记者讲道："警方经过排查后，在离现场数十米远的一间小屋里，发现了一些违禁的枪支和弹药，但是凶手并没有使用过这批枪械，对于这些军火的来历，警方还没能给出相应的答复。"

听到这里，我看着大胜，大胜看着常森，常森一脸疑惑，最后大家全都看向程乐儿。

电视上出现一些枪支的照片，记者就照片上的内容，介绍着那批军火。从她的介绍中，我们都看出一个问题，就是这些枪支远比我们携带的枪支要先进，看来程总准备非常充分，他唯恐我们得到古墓中的东西后，贪心涌起，所以才会找大胜这么一个小角色来补充我们的武器，然而这些事就连常森也被蒙在鼓里吗？他可是这些雇佣兵中最优秀的一个。

想来想去，我只能得出一个结论，那就是程小姐的安全。有了赵先生、强子和宋茜他们三个，程总还是不放心，所以才会在行动小组中加上常森，这样就完全占据人数的优势，而我们只能被牵着鼻子走。

三个人沉静很久，大胜说话了，他伸了伸懒腰，叹道："睡吧！明天我们得马上离开甘肃，这里发生这么大的事情，警方很有可能会找我们的麻烦！"听了他的话，我们各自钻入被窝，心中思绪万千，我一个接一个想着死在古墓中的人，还有那个匪夷所思的野人，渐渐地进入了梦乡……

4. 西环医院

第二天清晨，程乐儿醒过来，她依旧神志紊乱地大喊大叫着，惊醒了还在熟睡的大胜，叫声把服务员也引来了，整整折腾了半个小时，才恢复了平静。我凑到她耳边试探性地问她，知不知道日本那边的地址和电话，可她却连一句完整的话都没说出来，无奈我只好和常森他们商量，商量后我决定将程小姐接到杭州调养。

中午 12 时 40 分，我带着程小姐坐上了去往浙江的火车，大胜和常森去了不同的地方。出发前他们说，要分头去筹一些钱给我寄过来，然后再找时间来杭州看望我们，对程小姐这件事，大家多少都应该出一份力，我也不好推辞，就各自留了地址和电话。

在车上整整待了两天。一下火车，我就看到张永，他的确是我最好的哥们儿，在电话里我已经简单地和他说了程乐儿的事情，只是说施工出了事故，由于自己的原因造成程小姐的不幸，他当时很爽快地答应帮我找医院，但是现在见了面，张永就对这件事表示质疑，说我不拿他当朋友，尽用谎话搪塞他。最后我只好对他许诺，等程小姐病情好转后，把我在西北发生的事情全都告诉他。

回到杭州的当天下午，我就带程乐儿去张永事先联系好的那家医院，可是经过医生的检查，我才知道程小姐的脑部受到重创，再加上火车上一路颠簸，病情加重了。现在她脑部神经已经出现比较严重的症状，而且很可能失去部分记忆，所以医生建议我们马上将她转院，进行精神专科的治疗。

在杭州只有西环医院是这方面的专业医院，所以我们只得办理转院手续。

进入西环医院后，我第一个感觉就是熟悉。我熟悉这里的园林式布局，而且作为建筑系的学生，我曾多次来这里研究过它的设计风格，我甚至去过这里所有楼层的厕所。但这一次我踏入医院大门后，不由得想起程乐儿曾经对我说起的那件事，迈着沉重的步子走在医院的大厅里，我暗自揣摩着，心想：只要程乐儿没对我撒谎，我就应该能从这里找出关于母亲的下落或是一些线索。

走上二楼，我一眼就看到了"精神病理科"那面银色的门牌。程乐儿被两名护士推进去，我坐在门外的长椅上，心里揣测着见到医生后，该怎样去问那件事，经过这么多年的岁月，他们还会不会想起曾经有那么一个病人呢？

在我暗下决定，想一问究竟的时候，失望也随之而来了。我见到那位医生后，她的年龄使我失落到了极点，那是一位20多岁的年轻女医生，她一脸不高兴地看着我问："你找我有事？"

我支支吾吾地说："这里还有没有别的医生？"听了我这句话，她垂着眼皮，盯了我足有一分钟，然后哼了一声，走了。

经过那位医生的检查后，程乐儿被安排在二楼靠西的一间病房里。这间房每天只有上午能看见窗外的太阳，病房里显得十分冷清，但这里有一位漂亮的护士叫小柔，她对我们很热情，从来不直接赶我们出病房。

张永也很喜欢这位小柔护士，时间长了，我们两个和小柔交上朋友，我们都暗自庆幸这间冷清的病房里，多了小柔这个姑娘，就显得没那么阴沉了。

有一次我就问她，知不知道精神科有几位大夫，有没有这几年从这退休的？她回答得很直接："这里一共有三位精神科的大夫。"接着她又压低声音说，"他们都有精神病，从来都没对我们笑过，可只要是对着病人啊，他们那脸笑得就像个弥勒佛，我觉得这也太假了！"

我仰头笑了笑，又问："那你能跟我说说这三位大夫吗？"

小柔想了想，说："要说还有点人情味儿的就是李医生了，他是刚从县里调上来的，对人比较和蔼，听说他在县医院干了20多年，成功治愈了很多病人呢！"

我听她说李医生是刚刚进入医院不久的，就插话问她其他两位医生，小柔说："接管程小姐的那个医生，叫胡永丽。"说话间，她侧着头嬉笑道："我们护士班都在背后叫她狐狸精，她仗着老爹在卫生部门有点权，年纪轻轻就做了首席大夫，还整天和院长勾三搭四的。"

我听她越扯越远，连忙问："还有一位医生呢？"

小柔凑近我说："还有就是程大夫，他可是真的精神病，不上班都快一年了。"

我心里揪了一下，暗想：难道这位程大夫他自己得了分裂症？那他会不会就是我要找的那位医生呢？

第二十四章 密信

1. 三件事情

从小柔的口中，我得知程大夫的年龄应该是四十几岁，在西环医院工作快 20 年了。前年冬天不知什么原因，他突然向医院提出辞职，但由于他是医院里知名的首席医生，院方最终驳回他的辞职信，并且多次找他谈话，想挽回这位医生。程医生不得已又回到医院，可就在他回来上班的第二天，医院的诊断室里就发生了一次事故，事故对一位病人造成了严重的伤害，在社会上也形成了比较恶劣的影响。

风波稍稍平息后，程医生便离开了医院，而且走前还接受过心理专家的询问，专家建议让他就地进行心理治疗，可他自己执意不听专家的意见，毅然决定自行理疗。程医生多年来进行过很多的病理学术研究，而且得过两次国家级的精神病理学术奖项，他若是提出要自我治疗，那别人也拿不出太多的理由来反对。

我又问了小柔医院里的一些老人，结果种种迹象都似乎在排除着其他人，我渐渐感觉到这个程医生应该就是我要找的人。

"竹园小区 13 号楼 B 座……" 这个地址是我用两条精致的好烟换来的，得到地址的当天下午，我就独自坐车去了竹园小区。

我站在防盗门的外面，小心地按动了两下门铃，急促的铃声过后，从门内传来一连串脚步声，似乎是个女的，她那高跟鞋轧着地板嗑嗒嗑嗒地响，我能感觉到那个女的扶在猫眼向门外张望，我便展开笑容伸出左手晃了晃，接下来就又是那个高跟鞋踩地板的声音，最后就听不到声音了。

我站在门外等了五分钟，门还是没开。我将右手上拎的水果放在门边，左手又去按门铃，忽然那面防盗门咯吱一声，打开一道缝，我看见缝隙两头拉着一条保险链，一位面色苍白的老人站在那里，他隔着那道缝隙阴着脸对我说："请您不要再来烦我了，看病就请到医院。"他一句话说了两个"请"字，我不禁心头一酸，暗想：可能程医生已经被外界的风言风语搞怕了，现在也只能恳请来人，不要再破坏自己平静的生活了。

老人眼睛一闭，随即就要关门送客，我连忙表示说："程医生，我不是来求医的。"

我真没想到这句"我不是来求医的"竟然能把他给惹成那样儿，他睁大眼睛，冲我骂道："滚！一群垃圾败类。"

啪的一声，门被重重关上，听见门内逐渐安静下来，我疑惑中带着一丝失落，缓步走下楼梯，心里暗自揣测这个程医生为什么会生气，想着想着我又停下脚步，慌忙从兜里取出笔记本，写了一张纸条：

"莫忆兰"，在这个名字的后面我又加上自己的电话号码。

没想到那张纸条放进去以后，就像石沉大海一样，杳无音信。

这些天，只要我的电话响，我都会抱着希望立刻去接听它，但可惜直至今天那个我希望打进来的电话，都依旧没有响起，我甚至怀疑是不是自己把号码写错了。有几次我真想直接闯进那扇防盗门里去，当着程医生的面把我要问的事情全都说出来，可我一直都没有这样去做，我总感觉这样做实在是太自私了。

程小姐住进这家医院已经快三个月了，这些日子里我几乎每天都会想起在伊克乌拉山上发生的事情。我曾经细致地回想和推理过这半年来的整个经历，我暗中给自己定下了三件必须去做的事情，我不能漏掉一点儿蛛丝马迹，因为这可能就是我找到母亲的唯一机会了。

首先，我必须弄清楚程乐儿那些话的真实性，最直接和最容易的方法就是要去问十几年前，这家医院里有没有接诊过"莫忆兰"这个病人。

而想知道这个，有两种方法：一是去医院的档案室里查有关莫忆兰的病例。二是找从前那位接管我母亲的医生或某位护士。十几年前的病例单，恐怕早就被销毁或进废品收购站了，更何况我觉得只有找到当事人，才能真正地让我确信这件事。

其次，我必须再回兰州一趟，因为那里还有一位知情人，况且程小姐一直留在我这里也不是长久之计。只有先找到程远建筑公司，然后再想办法告诉她在日本的亲人，也好将程乐儿安全地送回日本。关于那个知情人，我没抱多大希望，因为那个所谓的疯子赵老先生，他可能只是程总废弃不用的一颗棋子。

最后，我必须想办法得到那个"秘密档案"或是得知上面所有的内容，因为我实在无法容忍别人在背后操纵和监视自己，我一定要摆脱或是揭开所有背后的秘密，因为我感觉母亲依然活在这个世界上，我要找到她，不管她是否患上了不治之症。

2. 梦话

然而，这些必须去做的事情，我却一件都没有完成，我甚至怀疑自己是不是害怕了，害怕被警察抓，害怕和日本的社团接触，害怕得知母亲已经去世的消息，害怕秘密背后的事实。

虽然从分手以后，常森和大胜一直都没有来过杭州看望程乐儿，但他们却寄来一笔不少的钱。接到钱后，我毫不吝啬地用在了程小姐的治疗上，因而程小姐的身体恢复得很快，只可惜她脑部的伤太严重了，一直都没有复原，甚至她都记不起我是谁了。每次我翻开笔记，给她讲述那段经历的时候，她都像是在听故事，她很感激我们两个大老爷们儿，每天按时按点地来照顾她，在她心里我们只是两位好心的大哥哥。

整整两个多月，我帮助程乐儿恢复记忆，但事实上却一点进展也没有。除了二十几天前，程小姐在睡梦中说起的那几句莫名其妙的梦话，其他的事情她一丝一毫都没有说出来，我甚至还想过是不是程小姐在装傻，但我知道这根本就是我一厢情愿的想法。

说起那晚程乐儿说的梦话，当时是因为张永跟他表姐去了哈尔滨，我就没好意思回去睡，我守在程小姐的病床前整整一夜，直到天微微亮起的时候，我突然被床上的程小姐惊醒了，睁开眼睛我才知道，原来她在做噩梦，口中支支吾吾地说着梦话，我细听后，发现其中夹杂着一些奇怪的诗句，我十分兴奋，知道这些话可能很关键，就急忙抽出笔记本，将那几句诗词记录了下来：

喉笛将事名贵吟，霞光无私赐三醴；细成白土碎樽碧，铺天香玉藏亲王。

当时我完全是凭着她口述的语调，将词面上的每个字一一排列通顺的，最后就得出了这首还算理顺的诗句。但我看着这些字却越发疑惑，我猜不出这到底是什么意思，后来我当面问过程小姐，她却一点儿印象也没有。我苦思冥想了一整天，还给常森打了电话，问他知不知道这首诗的来历，常森说这有可能是程乐儿小时候学的一首唐诗吧！他说人要是忽然失去记忆，那离他更远一些的事情，就有可能重新回到他现在这个比较空旷的思维空间里，所以小时候的记忆变得更加清晰。

听了常森的话，我也是半信半疑，只好在网上查找关于这首诗的信息，结果我不知道是自己理解错诗面上的意思了，还是它根本就不是一首记录在案的古诗，反正我用尽所有方法，还是没能找出一句相似的诗词来。最后，无奈之下我还是决定暂时放弃对这首诗的追查。

由于一直没能找出证据把这家医院和母亲的事情联系起来，我思来想去，终于决定再去兰州走一趟，最好可以联系到程小姐在日本的亲人，我想不管怎么说，也应该将程乐儿的下落，告知她的家人。另外我想既然那个秘密档案里记录了我母亲的事情，那我就有权知道档案中的内容，最起码我也应该有资格参与进去。

我揉着发红的太阳穴，浑身酸麻地从按摩椅上挪到沙发上，露着乞求的目光对张永说："你帮我个忙，好吗？"

张永用力扭了一下脖子说："啥事？"

"我要再去兰州走一趟，你帮我照顾程小姐，这次只需要一两个星期。"我见他正想要开口反驳，就连忙接口说："我答应你这次回来，我一定想办法把她接走，还有我保证帮你说合小柔姑娘。"

"你别拿老子开涮，你跟我说这个有啥用啊，人家小柔只对你有意思，我根本就掺和不进去。"

听了张永的这套说辞，我马上就看出他对小柔有多在乎了，急忙连哄带骗地编了一些小柔暗中爱慕他的故事，最后搞得张永终于信以为真了。

第二天一早，我坐车回了一次家，可是打死我也没想到，这次回家竟然会遇上一件令我异常惊讶的事情，而且这件事让我最终放弃了兰州之行。

3. 古舜斋

其实我在杭州没有住房，只是在一幢楼里租了一处隔离间。所谓隔离间就是和别人同租一套房子，在这套三居室的商品房里面除了我，还住着两个人，他们是一对新婚夫妇，从外地来杭州打拼的，我们相处得很好。我为了给他们多留点私人空间，就时常在张永家落脚，只是抽空回来换几套衣服。

张永是杭州本地人，他们家有一套上下两层的洋楼，属于条件很优越的那批人，而他却因此在学校经常被别人排挤，朋友也很少。但我却觉得张永和别的富家子弟不一样，最主要的原因是因为他和我一样没有母亲，然而他爸也一直都没有再讨老婆，我们有时候甚至都怀疑张永的父亲是不是得了忧郁症。

这天上午不到七点，我坐出租车往家里赶，下了出租车，我一溜小跑地上了楼。开门进屋后，那对夫妻还没吃完早饭，他们见我突然回来，客气地让我一起吃饭，我急着赶火车，就没接受他们的邀请，正当我准备开自己的房门时，突然发现门口堵了一件东西，那东西体积很大，被一层厚厚的尼龙布包裹着，我以为是他们的东西，就转过身不好意思地说："李哥，这是……"

他口中嚼着油条，用下巴努了努那东西，说："哦，那个是你的东西，前几天你不在，我帮你签收了！"

我满腹疑惑地说了句："谢谢你啊！"然后就去搬动那件东西，搬了两下，我觉得这东西并不算很沉，似乎是个木质的皮料沙发，等我将它完全打开后，整个人就愣住了。

这件东西十分普通，但在我看来，它就像一把锋利的剑直插入我的脑海。半年前的那个晚上，我还记得非常清楚，当时我就坐在这种单人沙发上，而叶老二坐在我对面，我非常喜欢这个沙发，准备挣钱后，照着样子做一个放到家里，而且这话我也只跟叶老二说过一次。

我的头有点晕，我走过去坐在那沙发上，眼神呆滞地看着正在收拾碗筷的夫妻俩，我突然问他们说："这沙发是谁送来的？"

"物流公司的人！是两个年轻人送过来的。怎么了，他们是不是送错地方了？我见送货单上写着你的名字，还以为……"李大哥不好意思地说，"对不起！"

我急忙朝他摆了摆手，说："不不不，这是我的东西。"说着话我便去尼龙布上找那张货运单，看到运单上发货人的名字，并不是叶老二，我就又去看地址，地址是杭州本地的，离我们这里大约半个小时的路程。我仰身靠在沙发上沉思了一会儿，觉得有必要去这个地方走一趟，就立刻站起身，随着正要上班的夫妻俩一起下了楼。

我乘市内公车穿过了几条拥挤的街道，来到一处古玩店门前。这家店的招牌并不大，非常古朴，这家店的名字叫古舜斋，我抬腿走进去，见到一位正在忙活的伙计，便询问道："请问这里有没有一位叫周明的先生？"

那伙计听了这个名字，竟然嗯了一声，然后转过身一脸笑颜地说："您找周明啥事儿啊？"

我一时间不知该怎么说，就无奈地晃了晃头，勉强问道："这个周明他在吗？"

"哦，他不在这做了！"那人说完又去打扫架子上的东西。

听了他这话，我的心立刻又悬起来了。听这人说话的语气明显有点撒谎的意思，但是人家既然这么说了，那我就没有理由再逼问下去，思来想去我觉得还是应该问个究竟，就又上前去问："你们老板是不是姓叶，我想找他……"

那伙计这次可没吞吞吐吐的，只见他手取一只青花瓷瓶，口中笑道："先生是想买点玩意儿呢？还是找老板有事啊？"

我的话还没问出来，就又听他说："要是您想买点东西，我保准让您满意，我们这虽然店小，但好东西可不少。"说着话，他就把那个青花瓷瓶子递过来，随即说："看看，这件宝贝，那绝对是湖田窑品！"

我心里着急，就抢话说："我是想找你们老板。"

他须眉上扬，眼睛一眯，呵呵笑了两声，然后说道："不好意思，敝人正是这家古舜斋的掌柜。"

我见他年纪不大，话竟然说得这么老辣，打心眼儿就有点来气，随即我便撂下一句话，说："我不想跟你闲扯，如果你们老板姓叶的话，那就麻烦你告诉他，礼物我收到了！"说完我便转身出了店门。

4. 密信

我的脚步很快，不一会儿就走到街角的转弯处，谁知身后却被人拉了一把，我转身看来人正是那个伙计，就出口问道："你想干什么？"

他上气不接下气地说："哎哟，我的爷呀！你这脚步可真够快的。"我一脸没趣地看着他，心想：他娘的，这家伙是吃硬不吃软啊！

只听他又继续说道："走走走，咱们店里面说话。"

我随他一路回到店中，径直走入内堂。我坐在一张木椅上，看着那伙计招呼旁人到堂外照应，用饮水机里的热水沏了茶，喜笑颜开地递给我，然后他又给自己倒了一杯，两人坐在桌后相互对望了一会儿，也没有搭话，我装作心平气和的样子，端起水杯自顾自地喝茶，这时就听那伙计说道："是四爷让你来的？"

看着他那关切的表情，不像是在打埋伏，但这句问话却真把我给弄糊涂了。他似乎看出了我的异样，又说："你不说也可以，反正近来风声很紧，掌柜和二明他们都躲了，你回去……"

这话我越听越不是味儿，直接打断他，说："你老板是叶如龙，对不对？"

他一愣，慎言说："你真不是四爷的人，那……"

我说："我就是莫炎，你们这有个叫周明的，前些天给我寄了一件东西，今儿我特地过来，就是想见见他，当面问几句话。"

他见我这么说，脸色渐渐变了。我看他似乎还是有些不能确定的样子，就说出了运单上面的送货地址，他这才将水杯放到桌案上，起身从货架的顶部取出一封信，然后递给我说："你可让我们好找啊！掌柜临走的时候，叫我将信件转交给你，还说让你看清了上面的内容，就把它烧掉。"

我心里吃惊，暗想：难道叶老二真没死，他从古墓里边逃出来了，这老家伙他满世界的找我干什么？难道他不仅逃出了古墓，还将夜母金樽也带出来了吗？可真是这样的话，那叶老二岂不是发财了，那他还来找我干吗？

我手里攥着信封，看到上面清楚地写着：莫老弟亲启。心里逐渐意识到这件事情好像很复杂，我现在知道的只是些皮毛，但既然叶老二找上了我，那我就应该顺藤摸瓜，看看能不能揪出点线索来。想到这，我起身说道："多谢你把信交给我，那我日后再来拜访，就先走一步了！"

谁知他却一把拉住我，说："不行，你就在这里看吧！"

我看他说得这么坚决，就没有再推辞。坐下来，打开信封，我伸手将里面的东西抽出来，发现信封里塞着一张照片，照片尺寸很大，是被对折后放进信封里去的，照片中间还夹着一块半圆形的东西，它被白纸一层层地包裹着。我首先打开那张照片，心里不由得一紧，虽然是一张非常普通的合影照，可在我看来这张照片却很不一般，它出现在叶老二的信里，使我一下子掉进了一个更大的谜团中。

照片上的背景是蒙古大草原，我几乎一眼就认出这张照片，因为我也有一张一模一样的合影照。那是几年前在内蒙照的，当时我们学校组织去那体验民族生活，一共去了100多人，但由于大家是分组行动，所以照片上就只有一个小组的成员，大概不超过30人，当时是张永拿的相机，所以照片上并没有他，但是张淑远那张笑容可掬的脸却照得十分清晰，我隐隐觉得这张照片出现在这里的原因，正是因为她。

我想我猜得没错，那个所谓的秘密档案中所记录的我在学校里发生的事情，都应该是这个女人暗中监视得来的，看来这件事，他们早就策划或实施很久了，这到底是因为什么呢？难道仅仅是为了那件夜母金樽的古董吗？我觉得这样解释似乎过于牵强，这样处心积虑的计划，绝对不只是为了找寻一件古董那么简单。

　　我强压着心头的不安，伸手取过那个半圆形的纸包，缓缓将它拆开，里面包着的是一块切割成一半的玉片。玉片很薄，也很普通，街面上应该很容易见到，我看着玉片心里很疑惑，又拿起拆掉的纸包，将那张皱巴巴的纸展开，平放在桌案上，纸的正中写着一行黑色的字。

　　这时我身边的那个伙计突然问："那是什么呀！"

　　我抬手将玉片递过去，说："你来看看，这是不是一块玉？"

　　谁知他却连连摇手，推辞说："不不不，我不能看。"

第二十五章 软尾巷

1.洛阳古城

"携此断玉到洛阳软尾巷找度轮法师。"

这行小字的后面，还画着一幅小小的简笔画，似乎是一名梳着冲天辫的小男孩，纸上面除了这些，没有其他字迹。

我抬起头看了一眼那伙计的脸，心里想着该不该按照信上给出的线索，继续追下去呢？这时就听"当……当……"的几声响从屋外传来，原来是立在内堂门口的那架落地钟，我听钟响，不禁一阵释然，自知去兰州的火车已经晚点了，当下我便把心一横，想想说服张永一次那么难，我看倒不如去一趟洛阳，说不定会有意外的发现。

想到这我就收起信件，说道："多谢朋友，我们日后再见！"随即起身便要离去，这时那伙计突然按住我的手，低身从桌下取出一鼎香炉，指着信件笑道："这个……"

我恍然大悟，伸手接过他递过来火柴，便去焚烧信件，那伙计见我点燃了照片和裹纸，这才凑过来呵呵笑了两声，说："在下刘贵，小哥不要见外，今后我们就是一条船上的兄弟了，这次叶掌柜如此谨慎地布置，看来兄弟你们这回是要干一场大票了。"我抬眼看了他一下，他见我目光冷漠，就又改口说："我也不想问太多，只求小哥日后别忘了咱哥们儿。"

我敷衍地说道："刘哥，现在权掌古舜斋，用得着我这样的人来照顾吗？却不知你们叶掌柜除了这封信，还有没有留下别的东西或什么口信？"

听我这么一说，他倒还真有所领悟，随即从一个抽屉里取出一叠纸包，递给我说："掌柜叫我确认你的身份后，把这一万元钱给你，说是让你路上用。"我心想：这叶老二平时看上去挺抠门儿的，可这次路费倒是真舍得掏，我看坐飞机好了。当下我也没多做推辞，接过纸包后，出门叫了车，往机场赶去。

两个小时后，我来到了洛阳城。我第一次来洛阳，对洛阳的了解仅限于书本上读到的那些知识，知道它是中原有名的历史名城，是十几个朝代的首府。我想既然有如此深远的文明传承，这里的寺院庙宇自然也很多，我记得信上说让我拿玉片去找一位度轮法师，那我要多注意一下寺庙了。

天空虽然非常晴朗，可还是让我冷得发抖。吃饭的时候，我顺便买了一张洛阳的地图，我一边狼吞虎咽地嚼着酥油饼，一边从地图上找着"软尾巷"这个名字。

坐在我对面的是一位老大爷，他见我拿地图一个劲儿犯嘀咕，开口问道："小兄弟，你是外地来的吧？你为什么要寒冬腊月的出来旅游啊，俺们这冬天的游客很少。"

我说："大爷，我不是来旅游的，我是来找个朋友，可我搞不清楚，他们家地址在哪儿了！"

"哦，这样啊！那你说说那地儿叫什么？"

"软尾巷。"

那老大爷只是转着脑袋想了一下，就脱口说："没有这地方啊！你是不是记错了？"

我心里想：那封信上一共还不到 20 个字，我怎么可能记错呢！再说那上面也就写了这么一个地名，所以我强调说："不会啊！这个地址我不会记错的，您老想想，会不会那地方的名字改了，另外我记得那儿好像还有座寺庙？"

我的话还没说完，就见那老大爷摇着头说："没那回事儿，我在洛阳住了快一辈子，不可能漏掉一个巷子，就连两三家的胡同，我都能数个来回，你说的那个软尾巷绝不会在城里！"

"不会在城里，那是不是在城郊呢？"

"城外，那就不清楚了！"老大爷抬手指了指西边，说道，"城西倒是有很多小庙，你不如去那边找找看，这城里我劝你还是别跑了，保准儿没有！"

我见老汉说得这么肯定，心里暗骂叶老二：这个老鬼！一个地址也写得这么不清不白的，这到底是想让我去呢？还是想跟我玩捉迷藏呢？

2. 度轮法师

离开饭馆，我找了一家不错的旅社，进门的时候，我看见有辆旅游大巴停在路对面，就将随身的行李搁在房间里，信步走到大巴的站牌前，想看看有没有去西郊旅游的公车。站牌上写着"白马寺"，看来这里的大巴是去白马寺的，我心想：既然软尾巷找不到，那不如去白马寺问问那里的老和尚，知不知道度轮法师。于是我就买票上了车。

在白马寺我一直逛到傍晚，一连问了大小和尚不下十来个，但他们都是摇头不语，我心里越来越觉得自己好笑，现在都什么年代了，就算是个高僧，估计也不会用法师或禅师这样的称号吧？再说我问的那些个和尚，说不准也是假和尚，下了班人家该干什么就干什么去了。

直到我从寺门出来，准备回城的时候，遇上了一个送客僧，我见他已经年过半百了，心里一嘀咕：嗨，就当我最后一次丢人吧！上前便问："大师，我有个不情之请，想问您打听一个人！"

"施主，见外了！出家人理应有问必答。"

"请问您知道软尾巷的度轮法师吗？"

那位僧人眉头微皱，然后缓缓摇了摇头，惭愧地说："施主真是对不起，我长居此地，平日见谛有限，实在不知此人。"

我早就料到他会这么说，不管人家怎么客气地敷衍你，反正最终还是告诉你："我不知道！"

我一句话也没回复，当下就拱了拱手，转身准备离去。这时那僧人又说："度轮法师这个名字，贫僧倒是没有印象，但软尾巷这个地方，我倒是听人说起过。"

我心里一惊，急忙转身询问道："大师，你知道软尾巷这个地方？"

寺院的大门关闭了，我随着那位僧人去了一家烩面馆，我本想给他要一壶茶水，谁知他却自己从柜台取了一瓶老白干回来，我满脸惊讶，他解释说："你别以为现在的和尚还和古时候的一样，这酒虽然是佛家第一大忌，但少喝点还是可以的。我这人没什么嗜好，就只是喜欢吃饭的时候喝点小酒，不然没胃口啊！"

看来这寺院里的高僧，还真的就是像我说的那样，下了班和正常人没什么两样！

这次吃饭，我从这位喜欢喝酒的高僧那儿得知，软尾巷其实并不是一个胡同一样的巷子，它原来是一个小村落。洛阳新城改造的时候，这个村子被划分为新公路的拆迁村，村里人大多都搬走了，因为村民本来就少，所以那个村早就没人记得了。

第二天，我按照高僧给的地址，找了整整半天，终于找到了那个已经被几条公路穿插得不成样子的小村。村里一共不到十户人家，我挨家问，等问到第三家的时候，那家人说村口有个商店，开店的那个人就是我要找的度轮法师，我当时浑身一凉，没想到我心里想的那个度轮法师居然是个生意人。

带着疑惑我走进那家小商店，店面很小，只有两间屋子那么大，门口写着：烟酒副食，里边只有一个人，是一位年迈的老者。我打量着这位店主，只见他身材矮小，面色蜡黄，胡子根根笔直，而让我最诧异的是他头上长满了头发，根本就不是个僧人，就连和尚的样子都没有，我暗想：难道这个老汉，原先是做和尚的，现在看着社会形势变了，他还俗了不成？

那老者见有人进来了，就将手里的报纸搁在一边，问道："要什么？"

我一时不好开口，就伸手指了指柜台当中的香烟，趁他拿烟的时候，我连忙问道："您是度轮法师？"

他头也没抬，只是嘴里嗯了声，说："咋了，有事？"

"是叶掌柜让我来找您的！"说着话，我就伸手从兜里取出那块断玉，然后递过去，不料他却没有接，只是把烟放在柜台上，说："掏钱！"

我笑了笑，赶忙取出一张50元的钱放在香烟上面，他看着钱哼了一声，随即又坐回到躺椅上，点着一根烟后，才慢吞吞地说："叶老二的人，就这么不懂规矩？准备拿50元钱来打发我老头子。"

3. 软尾巷

我差不多是明白他的意思，这分明就是要买路钱嘛，用不着说得这么谦虚吧！看来这老家伙开小卖部是假，暗地里做的是这种买卖，当下我就试探着问："不知法师，您想要个什么数？"

他嘴角翘了翘，冷笑一声，然后伸出一根手指，说道："这个数是对你们掌柜开的行价，你不会不知道吧！"

我装作很知情的样子，嘿嘿笑了笑，我随即将手里的玉片颠了颠，说："那您能让我看看另外一半玉片吗？"

"哼！我老和尚在道上混了这么久，难道还看不出你的来历！"说完他伸出食指将柜台上的香烟推开，下面赫然露出一块半边的玉片，我心头一惊，急忙将两块玉片拿在手中比对，发现玉片上面的条纹相当吻合，心里不由得钦佩这老头儿眼力果然了得。

认清了玉片后，我十分尴尬地凑到他面前，说："我其实不是你们行里人，你看应该怎么做，吩咐我照做是了，反正我也就是想见见叶掌柜。"

他伸了伸手，向我要回了那两块断玉，然后笑道："他们一伙人已经进了巷子了，既然你也想去，那好说！你放这一万元钱，我找人领你去。"

"一万元！"我真没想到，原来叶老二给的那些钱，是这里的门票啊！既然人家都说了这是行价，那我也只好硬着头皮，从兜里拿钱。

把钱一交，那老家伙马上就笑了："哈哈哈，好！明天怎么样？明天我就安排你进巷子。"

"明天？"这老家伙不是想黑我吧？我立马就不愿意了，"哎哎哎！

你收钱收得这么麻利，咋尽蒙我这外行人啊！你是不是不知道啊？"

"不知道，我不知道！你小子明不明白，这地方儿谁说了算，知不知道在这村子里谁做主？我告诉你，这里的每一栋房子、每一棵树，那都是我一手建起来的。"

我还想说点什么，他却伸手拦住了我，然后往椅子上一靠，说："什么都别说了，明天早上 5 点，你还到这里来找我。"

我悻悻地离开那个村子，回到旅社，吃了点东西，心里很烦躁。想着那老家伙说的话，"他们一伙人已经进了巷子！"这话到底是什么意思？难道我今天去的那个地方，并不是真正意义上的软尾巷？那个神秘的村子中，难道另有玄机不成？

晚上我睡得很早，一直到凌晨 3 点多，我突然醒过来，随即穿好衣服匆匆下楼。大街上冷得要命，但幸好有夜司机还在路上转，等坐车来到那家商店门前的时候，我看了看表发现离约定的时间还早，我就先躲在一个墙角避风，眼睛注视着商店的门脸，等着度轮法师的出现。

我哆哆嗦嗦地跺着脚等了大约 20 分钟，突然肩膀被人拍了一下，我连忙转身发现身后立着一个身材高瘦的男子，他劈头就对我说："走，前面转角！"

我全身都打了一个寒战，想问他干什么，谁知他朝前推了我一把，随即沉声呵斥道："别说话！是巷主让我来给你带路的。"

我半信半疑地走在前面，转过那个拐角，发现前面是一个黑咕隆咚的胡同，刚想要问他，就觉得嘴巴忽然被人给捂住了，然后我就闻到了一股怪味儿，但紧接着我就神志不清了。

醒来的时候，我头痛得厉害。好不容易我才恢复意识，发现自己坐在一张硕大的藤椅上，我身后立着一个人，我没有看清楚他的脸，但我知道这个人我从没见过，不过我前面还坐着两个人，一个是叶老二，另一个竟然是一古先生。

我看着这两个我一度认为已经死了的人，心里暗暗吃惊，我没有贸然说话，只是环顾着四周，发现这里的墙壁和房顶脏兮兮的，而且没有窗户，也没有电灯，周围点了几支蜡烛和油灯。虽然这里的空间不算很大，但油灯的光亮太微弱了，稍远一点的地方，光线还是不能照清楚，四壁呈暗灰色，这种色调使房间显得非常阴沉和破旧。

我当时认为自己已经死了。不仅这地方有些阴森恐怖，而且我看到的那两个人似乎也不太正常，从眼神上我感觉他们变了，和之前比他们身上多了一种说不出的阴气，他们两个直直地看着我，始终一言不发。我按捺不住心里的不安，终于开口问："这里是什么地方？"

"死人的卧室。"一古先生说道，我听了这句话，头皮就是一炸，随即浑身冰凉。

叶老二转头看了一眼张一古，然后说道："别紧张，这里就是软尾巷！"

第二十六章 生命之源

1. 秘密实验

叶老二的话的确使我冷静了下来。我慢慢整理了一下思绪，心里不由得出现许多疑问，但我觉得首先要弄清楚的事情，是他们现在是死是活？

想到这里，我不假思索地说道："你们是怎么逃出来的？对了！老叶，你当时不是双腿都受了伤吗？你怎么能逃出那个深井？"叶老二闭着眼睛微微点了点头，低声说道："是一古先生救了我！"

我对他这种简单的回答并不满意，逼问道："你快跟我说说。"

叶老二淡笑了一声，然后轻描淡写地叙述道："其实很简单，当时你们下水后，我在岸上估计着你们的氧气消耗得差不多了，也该浮上来了，但我左等右等，你们一直都没有上来，最后实在没办法，我只能潜水下去找。我刚下去不久，井里的水就突然翻腾起来，而且不等我返回水面，水流就一个猛子把我冲进一条地下河道，我迷迷糊糊被水流推动着进入河道的深处，没曾想老子竟然这么命大，顺着那地方我一直被冲到党项河的主河道上。"说着话，他转头看了看张一古，接着说："等我醒过来的时候，就看见他了。"

我转头看向一古，心里暗想：要是这样说来，现在倒是这个一古先生更加难以琢磨了。当时我们一行人是走在一起的，从石塔倒塌产生剧烈晃动后，我们几个才分开的，但后来大家跟着常森进入虫穴的时候，

235

一古和半死过去的赵先生就已经不知去向了。我当时以为是那些虫子逼着他们走入了偏道，说句实在话，按照那时候的心理状态，我没有晕过去，就已经大大地超越自己的心理防线了，想到这里我不禁感到一阵羞愧。现在面对他们两个，我心里多少有些内疚，看到他们安然无恙地坐在面前，其实我完全没有必要再追问下去了。

但我还是无法压制解开谜团的那种强烈欲望，转眼看着张一古，嘴唇微微动了动，小声问："一古大哥，我们当时实在是找不到你的去向，所以……你到底是从哪儿逃出来的？"

一古被我这么一问，脸上突然露出一种怪异的表情，我看到他这种反应，心里不禁有点疑惑：难道这样一次大难不死的惊险经历，还不能让他欣然拿出来炫耀一番吗？

一古先生顿了顿，说道："我和赵先生也是从你们找到的那个出口逃出去的，只不过你们走在了我们前面。"

不知怎么回事，我总觉得他这话说得有点儿含糊，但我听说赵先生也被救出来，很是吃惊。我记得当时跟在常森的后面，那是一步比一步艰难，这个老外的身材如此单薄，还要背负一个成年人，说什么我也不相信，他能从那个狭小的虫洞里爬出来。

但人家现在好好地跟你面对面交谈，不由得你不信！所以，我只好转入其他话题说："既然你们现在都没事，那你们也应该知道，保护区科研所里发生的事情了？"

叶老二先点了点头，说："经过那次后，我再也没有去过那地方，但后来我们也得到消息，那起莫名其妙的凶杀案的确让人摸不着头脑，况且就连古墓里那些诡异的事情，我至今都没法得出个合理的结论。"

我听他这么说，不禁说道："你说的是那个野人，他已经死了，而且是真的死了？"

叶老二显然对我的话不太明白，他皱起眉头，低声说："你这话是什么意思？难道……"

"对！之后的那些事儿，我还没机会跟你们说。"我伸手揉了揉面颊上紧绷的肌肉，然后就将我和程乐儿潜水以后发生的事情，简略说了一遍。

说到大胜还活着的时候，一古先生将脸转向叶老二，叶老二意味深长地点了点头，说："看来一古先生没有骗我，那个大个子老粗还真是没有死。"

我点了点头，随即又迫不及待问出了一个令我百思不得其解的问题："那张照片是怎么回事？"

他们似乎一时间没能明白过来，我便接口说："就是信里那张合影啊！"

叶老二转头看着张一古，回答说："这你就要问问一古先生了，是他告诉我，只要将照片寄给你，就能把你引到这里来。"

我立刻将目光投向了一古先生，只见他勉强笑了一下，说："张淑远是我的妹妹。早在几年前，我们兄妹俩就被程总他们的社团雇佣了，一开始我只不过就是公司里的一个技术顾问，但后来我们被安排到一个秘密行动小组，我负责购置科学设备，用这些设备来搜集微金属矿产资源，并且深入研究资源开发，给社团制造更大的市场利润，因为社团内最大的经济来源就是这些东西。然而小妹却被安排进入一所大学，目的是确认一个人的身份，后来我才知道她负责监视和确认的那个人，就是你！"

我听完他的这些话，心里暗暗叫苦，没想到自己早在几年前就已经卷入整件事情中，怪不得那个张淑远长得不像汉族人，敢情她也是个老外，不过看那样儿似乎跟这个一古先生长得并不很像，不成也是个中外混血美女？那她就有可能跟一古先生同父异母或同母异父了。那么我出国学习的那段时间，不会也有人跟踪吧？我在法国读书的时候，好像没看见过那个张淑远，我越想越觉得离谱，我是谁？难道我身上隐藏着什么机密，值得他们花这么大的心思来跟踪我？

一古先生继续说："对于科研所发生的血案，我只能提供一个线索，虽然我不知道大老板是谁，但程总绝不是背后的大老板，而且我觉得他的死也十分蹊跷。因为我们这次行动的负责人就是他，这完全没有理由在我们走出古墓前发生这种意外，除非另有别的组织从中作梗。不过依

我所知那些死在地下室里的人，除了程老板，其他都是经过专业训练的军人，想在短时间内杀死他们，并不是一件容易的事！"

我想了想，说："虽然杀他们并不容易，但也不是不可能的事情啊！当时那些人都没有带武器，对方又有猎犬之类的动物做配合，而且人数上也不对。我记得当时假扮工人的退伍兵一共有三十几个，可是死在地下大厅里的却只有六个人，加上外面那个医生也不过是七个人，那其余的人哪儿去了？"

这时候，叶老二突然伸手拦住我们两个，只见他皱着眉头，缓缓说道："你们有没有想过，事情会不会不是凶手干的？"

我想了想说道："不是凶手，那杀人的不是凶手是什么？难道他们是遭到了天谴？"想到这里，我不由得回想起古墓当中那个怪异的神秘人，他所发的那个诅咒，该不会是应验在程总他们身上了吧？"

一古也觉得这话有点怪，就问道："你什么意思？"

叶老二摇摇头，说："我的意思不是你们想的那样，我是说在咱们一行人进到古墓里边后，外面这些人会不会发生了异变，也许他们中间有人造反了，因而设计害死了其他人。"

我说："可他们为什么呀？难道是看程老板有钱了？"

叶老二说："我觉得不管是什么原因，这种情况完全是有可能的，而且这也是比较合理的一种猜测！"

这时一古先生从椅子上站起来，漠然地说道："这件事情我们暂时不要想了，等以后线索越来越多，自然会有个合理的解释，我想我们的当务之急，应该是做另外一件事情。"说话间，他对叶老二示意了一下，叶老二抬头对我身后的那个人，说道："二明，你去把东西拿进来！"

那人答应了一声，就侧身走出一道木门。我见那道木门打开以后，外面似乎并没有阳光照射进来，也不知现在是夜晚，还是木门的后面也和这里一样是另外一个封闭的房间。

没有多长时间，那个叫二明的就回来了，他手中提着一只方形的铁笼子，笼子中关着一只活物，那东西在里面抓弄着笼子发出咔嗒的响声，二明将笼子放在旁边的一张条案上，我这才看清楚里面竟然锁着一只猕猴，我一脸疑惑，问二明说："你拿这个干什么？"

一古先生走过来回答道："接下来，我要用它做一个实验给你看。"说完他打开笼子的顶盖，从里面将那只猴子提出来，让二明将猴子摁在条案上，然后他从条案的另一边取出一只长方形的盒子，打开盒子后，他从里面拿出很多东西，有两把手术刀、一些纱布和酒精灯之类的医用器具，最后他小心地取出一个瓶子，他把这些东西全都摆放在条案上，转头对我说："现在我们开始实验！"

我急忙扶着藤椅凑过去，接下来一古先生用刀麻利地从猕猴的腿上，划开一道口子，这道伤口差不多有 15 厘米，猴子发狂地惨叫着。我屏住呼吸斜着眼睛看了看旁边的叶老二，他脸上没有任何表情，似乎不是第一次看到这样的情景。

我心里更加疑惑，同时感到一种莫名其妙的不安。突然我看见那张条案下面的地板上，有一层暗红色的污渍，显然那些污渍是已经干掉的血迹，我不禁咽了一口唾沫，他们到底要干什么？难道这些天以来，他们几个人一直都躲在这里，做这种实验吗？

正在我心神恍惚的时候，一古先生已经拧开那只玻璃瓶的盖，我突然回过神来，将视线移向瓶子口。一古先生非常小心地从瓶子里倒出很多青色的液体，液体并不黏稠，很容易滴下来，而且全都准确地滴在伤口上，然后那些液体缓缓渗了进去，紧跟着一古先生迅速用纱布将伤口包裹起来，二明这才稍稍松开了猕猴，将它重新送回笼子中。

我看着那只猴子，发现它好像对我们这些人并不陌生，而且它竟然从笼子的底部，抠出了一些东西放进嘴里，看着它口中咀嚼的动作，我猜那一定是留在笼子里的食物，我心想：这怎么回事儿啊？难道一古先生刚才倒在猴子伤口上的东西是麻醉剂，暂时让这只猴子忘记了疼痛。

看到我疑惑的目光，一古先生擦了擦手上的血迹，重新坐回椅子上，说道："你不用担心，这只猴子不会有事儿的。"

我不禁问道："你说的就是这个实验？这能说明什么？"

2. 神奇样本

一古先生解释道："首先我要告诉你，这个地方是什么地方，它是做什么用的，而且你也应该知道我们为什么要到这里来。主观意义上来说，这里是一处避难所，它提供给一些需要庇护或躲藏的落难人，位置也非常隐蔽，而且据我们所知，度轮法师是这里唯一的引路人，所以只要他遵守道上的规矩，那别人就一定找不到这里来。我之所以要千方百计地寻找避难所，是因为我在那座古墓中发现了三样东西，为了不让社团的人知道我的行踪，我就通过叶先生找到这个绝好的地方。"

"什么东西？"我惊讶地问道。

"三样最普通的东西，水、血和这个……"说着话，他又起身从条案上取来那只玻璃瓶。

我还是摸不着头脑，继续问："这里面装的是什么？"

他笑了笑，厉声说："生命的源泉！"

这老外还真会摆谱，刚才说这地方是死人的卧室，现在又说这瓶子里是什么生命的源泉。我越听越觉得这好像是在跟小孩子讲故事，可我绝不是小孩子，我质问道："你们俩要真当我是自己人，那就赶快把这些事情讲清楚，我真的不想再猜下去了。"

叶老二这时终于开口了，他说："一古先生其实说得并不夸张，这只瓶子里装的是一种植物的汁液，但它绝不是普通的汁液，我们已经反复做了多次实验，从实验的结果来看，这种汁液的确具有恢复生命的能力。"

这时一古先生突然拦住他，说："不能这样说，我们现在只是证明它能够使受损的细胞组织迅速愈合，并不确定它能使衰死的细胞重新复苏，但我觉得这已经完全可以称它为生命之源了！"

我听了他们俩的话，不由得大吃一惊，这算什么灵丹妙药吗？这事儿也太悬了吧，这要是真的话，那艾滋病不就有得治了，那些绝症患者，不就都能康复了吗？不信，打死我也不信，当即我就哈哈笑了两声，算是对他们的无稽之谈表示我冷静的态度。

他们两个见我一反常态地在那儿大笑，全都被吓了一跳，叶老二慌张地说："小声点儿，小心让外人听见了。"

我随即压低了声音，但还是不屑地笑道："刚才那猴子叫得那么惨，你咋不去阻止？再说你们刚才讲的那些，压根儿就是吹牛不带上税。"

叶老二无奈地摇了摇头，有些恼怒地坐回到椅子上，一古先生却缓缓说道："我们早就料到你不会相信，所以我只能事先安排好，用这个实验来证明给你看。"

一古先生抬手看了看表，说："再过 40 分钟，你就能看到结果了！"

这时二明从门外取来了一提木质的食盒，我看到吃的东西，不禁嘴里一酸，当下也不管那么多了，随即端起碗筷大吃了起来。

我一边吃一边问他们："你们不是说赵先生也被救了出来吗？他情况怎么样？"

叶老二没回答，反而转头看着张一古，一古先生伸手从食盒当中，取出一个馒头塞进嘴里，他嚼着馒头，脸色十分难看，似乎不知道该怎样说这件事情。只听他极其为难地说道："赵先生，他的情况很不妙，我们正在想更多的办法来医治他，但效果都不太理想！而且……"他的话说到这里竟然止住了。

我看他们的表情如此怪异，一下子就没有了食欲，我放下碗筷，急切地问道："到底怎么回事？老赵他是不是不行了？"他俩还是一言不发，我心急火燎："这么多天了，你们就没有带他到医院看看！"

叶老二拦住我，说："事情不是那样的，医院是绝对不能去的。"

接下来不管我怎么问他们，他们都只是这样说："赵先生暂时没有生命危险，但是他已经不是正常人了。"我似乎也明白一点他们的意思，我估计赵露元可能是在进行治疗的过程中，留下了什么奇怪的后遗症，但是这种后遗症他们从语言上似乎没法合理地表达出来，我说自己想去见见赵先生。

他们同时摇着头，神色让人难以捉摸，最后叶老二对我说："你最好事先有点心理准备，待会儿吃完东西我再带你去，不过你……"他说着话表情开始魂不守舍，我真不知道这有什么好瞒的，我说："怎么？难道他变成女人了？"

叶老二神情呆滞地摇着头，叹声说："你可能已经认不出他的样子了！"

我又一次感觉到那种不安，而且越来越强烈。我将米饭端起来，把饭一股脑儿全塞进嘴里，搁下碗筷，我立马站起身说道："带我去吧！"

"你冷静一下，我不是开玩笑，实验的结果马上就出来了，你等一古先生做完实验，好不好？"叶老二竭尽全力安抚我，我感觉接下来的事情，应该更加难以置信，想到这里，我逐渐放松下来，下意识抬起手表看了看，问道："还有几分钟？"

3.古藤汁

他们两个也看了看表，一古先生终于发话说："不用再等了。"说完他就再次从角落里提起那只笼子，他将笼子搁在自己的藤椅上，顺手就把笼门打开了，然后抬起头看了我一眼，眼神中散发着紧张的气息。他小心翼翼地伸手进去，将猕猴提出来，他反手卡住猴子的上身，将那条缠着纱布的伤腿递到我面前，沉声说："将纱布去掉！"

我双手抖了一下，随即屏住呼吸开始解纱布，纱布缠得很紧，上面带着渗出来的猴血，但血迹不算太多，看来血已经被止住了，我暗自猜想，纱布下面那道长长的口子，现在会不会像他们说的那样，已经完全愈合了呢？

随着纱布被我一层一层地揭开，我的心也情不自禁地提到嗓子眼儿。当我看到纱布下边的伤口后，我简直怀疑自己的眼睛是不是看错了，因为几十分钟前的那道伤口，现在竟然差不多已经愈合了，只有一些残余的血丝还粘在猴子的腿上，而伤口本身却已然完全愈合了。天啊！这到底是怎么回事？我立即将一古手中的玻璃瓶抢了过来，大声说道："这到底是从哪儿弄来的汁液？"

他显然非常珍惜这瓶液体，连忙又要了回去，然后将猴子放回到笼子里，缓缓地说道："虽然我们已经知道这种汁液的神奇功效，但是汁液当中的成分，我们还没有条件完全了解它，只有等日后再慢慢研究了。至于它是从哪儿弄来的，我先前已经跟你说过了，我在古墓当中虽说没能查到什么有用的东西，但最起码带了几种样本出来，其中最有价值的就属这瓶古藤汁了！"

我立马回想起刚才一古说的那三样东西，水、血和这瓶汁液！连忙就问："你说的是什么水？什么血？是谁的血？"

一古先生伸出双手，示意我冷静下来，然后他坐到椅子的边缘上，开始慢慢地诉说起来："水，其实是我在冰层当中凿出来的冰块，不过等出来以后，那块冰早就融化了，但是依我的经验看，那块冰最起码被封冻了上百年，因为它化出来的水非常白，只有被长年累月的极冻或高温处理后，水才会失去原有的分子结构，也只有这样它才会显得比普通水更加亮白，所以我猜测那个冰封大殿存在的时间，最起码也要有上百年了。"一古先生的话，使我逐渐明白了，我想可能正是因为我当时跟他们说了冰封大殿的事情，一古才找机会溜到上面去搞调查了，这也很可能就是程乐儿让张一古离队的原因。

我继续问："那你收集的血样，又是从什么东西身上采下来的？"

听我这样问，他不禁淡淡笑了一下，说："你当时可能没有看到我采集血样的过程，不过我的确是当着你的面，收集到的血样。"

我努力回想着，不由得问他说："难道你采集了野人的血样？"

"嗯，没错！我第一眼看到他的时候，就冒出了一个大胆的想法，要活捉野人！"说话间，他不由得又叹了口气，"唉，可惜他太强壮了，而且还伤到程小姐，无奈之下我们只得将他杀掉，所以我也只留下了他的血样。"

我慢慢开始想起了更多发生在古墓当中的事情，宋茜他们几个杀死野人后，一古先生就一直趴在野人的身上摸索，想来血样正是那时候采集到的，不过他们万万没有想到，野人其实当时根本没有死。

刚才听他说古藤汁，难道那个玻璃瓶当中的液体，就是宋茜说的那些巨大藤蔓的汁液？我虽然没有见到那些藤蔓，但既然藤蔓能够供人攀爬，想来一定非常粗大，我越想越觉得这些事情离谱，完全跟我扯不上关系，而且直到现在我都没弄明白，叶老二引我到这儿来的原因是什么。

第二十六章　生命之源

243

我索性不去理那些神秘的事情，改口问道："我现在不想再纠缠你们的事儿了，我只想知道你们让我来这儿的目的是什么，还有程总为什么要安排你妹妹来监视我？我到底跟你们的社团有什么关系？"

　　张一古冷冷盯着我，我从他的眼神中感到一种逼迫，此时此刻我似乎被一股阴气充斥着，这使我情不自禁避开他的目光。我重新坐回藤椅上，叹息道："唉！你们做这些事，到底是为了什么，我并不想知道，现在我只求你们放过我，我想回到我的生活当中去。"

第二十七章 天大的利益

1. 文身

我的话刚说到一半，一古先生突然一把从椅子上拉起我，接着他竟然伸手去解我的皮带，我死死扣住他的双手，惊慌地问："你要干什么？"

他见我奋力地阻拦，就又松开了皮带，然后指着我的下身，突然问："你的后腰上，是不是文着一个字？"他这句话一说出来，我浑身就一凉："不错！"我身后的确文着一个字，这个字正文在我左边的屁股上，但这件事很少有人知道，更何况是这个老外。听我奶奶说，这个字是母亲在我很小的时候文上去的，后来我母亲失踪后，奶奶曾经十分严肃地跟我说过这件事情，当时她说："孩子，你妈她是个好人，不会就这么离开儿子的，她一定遇到了什么难处，今后你若是遇到她，这个字就是个凭证啊！"

奶奶跟我母亲平时相处得很好，奶奶经常当着我的面责骂父亲，骂他不是自己的儿子，而且还硬让我随了母姓，听她说我父亲是在我出生前不久的时候犯了事儿，他为了躲避牢狱之苦，就撇下了我们一家人，独自逃离泸溪，并且一直没有回来过。父亲走后，家里所有的事全靠母亲打理，我记得有一次下雨，母亲背我上学，路上不小心摔进了一条大渠中，当时我被母亲奋力地推上了渠岸，而她却险些被湍急的渠水淹死，奶奶在母亲床前一守就是三天，这件事奶奶不知跟我说过多少次，而且

她临死的时候，还嘱咐我一定要找到母亲，从而让我报答母亲十几年来对一家人的厚恩。

一古先生见我陷入沉思，不禁伸手拍了拍我的肩膀，然后意味深长地说了一句："你母亲和江川夫人一样，她们都患上了一种怪病！"

他的这句话，就像一道晴天霹雳正劈在我的头顶上。我睁大了眼睛，失口问道："你知道我母亲在哪儿？"

一古先生先是摇了摇头，然后又继续逼问我说："请你回答我刚才的问话！"我没有回答，只是默默转身解开皮带，此时我心里闪过一个记忆，那是几年前的大学生活，正是那次让我难堪的邂逅，当时张淑远费尽心思地接近我，目的竟然是要亲眼看看我的文身。

此时的两个人显然也看到了我的文身，叶老二看过后，不禁脱口说："松是什么意思？"

"看来档案上说的人就是你！你就是莫忆兰的儿子。"一古先生的话没有说完，可我听到"档案"这两个字的时候，身上不由得一震，我立刻扣上腰带，转身问道："你看过档案，想不到还真有这么一封档案，那里面都写了什么内容？"

他惊讶地看着我，说："你也知道档案上的事情？"我点点头，可是一闪念间，我突然感觉不对，就又用力摇了摇头，连忙说："我只知道有一个秘密档案，可上面的内容是什么，我一点也不知道，求你告诉我，我只是想弄清楚母亲的下落！"

一古先生颇显为难地说："档案是日文写的，我们当时接手这件事情的时候，程总曾经从档案里抽出一部分，分别发给不同的人，关于你母亲的事情我知道得很少，但我可以告诉你，社团十几年前就开始调查你母亲的事情了，而且你也成为调查对象。"

我稍感失落，想了想又说："那你妹妹会不会知道？她既然负责追踪我，那就应该比其他人知道得更清楚一些，最起码她也应该知道，为什么要调查我们母子。"

一古先生摇了摇头，沉声说："小妹知道的并不比我们多，但是我猜不管是你们母子，还是其他被列入调查的人，又或者我们所做的这一系列事情，全部都是在围绕着一个利益展开的，那或许是个天大的利益。"

这时旁边的叶老二突然开口了，他站起身指着一古先生手里的玻璃瓶，问道："你说的利益，想必就是这个。"

一古先生目视着前方，过了一段时间，他忽然起身，说道："所有一切的源头，只不过是为了一种矿石！"

我立刻问："什么矿石？"

说话间，一古先生就抬起手从贴身的衣兜里，取出一张浅蓝色的纸片，纸片上打印着一幅彩色的图画，图画上显现的是一只盛满水的圆柱形玻璃容器，有一小块暗绿色的石头沉在容器的底部，一古先生指了指图片上的石头，说："这种矿石质地非常奇怪，它可以跟植物一样从水里吸收养分，但是只要离开水源，它就会自然碎裂，最终化为乌有。"

2. 寄葬墓

叶老二从一古的手中接过图片，仔细打量了一番，然后不解地说："我没见过这种东西，不过听你这么说，我看这好像跟传说的太岁差不多，不知道在哪里可以见到这玩意儿！"

一古先生顿然一笑，说道："听说它被封禁在一个叫夜母金樽的物体中。"

我一听，不由得转头看了看叶老二，只见他脸色异常惊讶，他瞪着双眼朝我点了点头，似乎是在说："这也许就是夜母金樽背后的秘密了。"我立刻追问一古先生说："那它到底有什么用？"

他接着说："关于这种矿石的特性，我这里本来就没有什么资料，而且矿石的样本，也只有在社团总部才能见到。据说它能够改变当今物理学界、化学界、生物学界，几乎所有已经认知和定性的学术理论，只要深入地研究它，或是拥有足够的样本来做实验，就足以问鼎整个人类科学的最高领域。这些都是江川先生当时的原话，我当时觉得他有些夸大其词，但经过一系列的调查活动后，我开始相信他们不是在开玩笑，因为很多计划在异国实施，这需要相当大的资金和社会关系。试问如果

矿石没有惊人的价值，我想不会有这样的疯子，去花这么大的心思去做一件傻事吧！"

一古先生说完，就用询问的目光看着我们三个人。我脑子里乱糟糟的，感觉今天一下子知道了这么多的事情，还不能马上将它们消化，我也不能回答什么，我突然感觉这里的一切离我的生活太遥远了。

我蹲坐在椅子上，怯生生地念叨着说："除了我母亲，别的我不想知道，也不想陷入这些事情里来，我对你们说的矿石，根本就没有任何兴趣！"

一古先生将图片重新放回衣兜里，然后用一种坦然的口吻对我说："也许这些对你而言并不重要，但是矿石却跟你母亲有着扯不断的关系，我想你总不会眼睁睁地看着她变成一个失败的试验品吧！"

我直起身再次严肃地质问道："我希望你能把档案里看到了内容全都告诉我，只要你能帮我找回母亲，我情愿听从你的所有安排。"

一古先生眉头紧锁着，慢悠悠地在房间里挪了几步，终于他忍不住激动起来。他忽然转过身，眼睛里闪过一道亮光，但他就是这样直勾勾看着我，嘴唇颤动了几下，并没有开口说话，接着他反倒跟叶老二说："事到如今，我看也不需要再隐瞒什么了，干脆我们把计划说出来，也好让大家斟酌一下。"

叶老二看了看我，又看了看整个房间，似乎在心里盘算了很长时间，接着就将我重新按倒在椅子上，然后缓缓地讲道："这件事说来话长，你容我从头讲起。大概在30多年前吧，我父亲带了一伙人长途跋涉来到洛阳，为的是盗掘一处隐秘的古墓，这座墓之所以说它隐秘，是因为它是一处寄葬墓，也就是说建造这座墓的主人，死后并没有葬在这里，或许是因为后世子嗣感觉风水不合，也或是别的什么原因，墓主人最终没有下葬到这座墓中，而那里就被填埋了起来，既没有起坟丘，也没有立祭碑，只当是从来没有建造过这座墓穴。但事事总有蹊跷，既然我之前说它是一处寄葬墓，那就说明墓中并非无尸，而是有人寄葬于此穴，权当是自己的阴冢，而且这个人并非无名小辈，他曾是南宋末年朝廷麾下的一名战将，此人名为张世尧，听我父亲说，他是张柔将军的后裔。"

248

听到他说起张世尧这个名字，我立刻就回想起密道中的事情来，暗想："这三个字不正是大胜在那具尸体的头盔里看到的名字吗？难道这个叫做张世尧的人，并未死在那个古墓里面，又或是他根本就没有到过那里？"

　　叶老二并没有察觉到我的异样，他继续说道："虽然当年我父亲一伙人，并没有从墓里得到什么稀罕的物事，但不曾想他们从洛阳回来以后，父亲竟然遣散了自己历尽多年辛苦才招募起来的队伍，而且从此命令我们后世儿孙不得再行盗墓勾当，所以我自幼就听叔父辈的人，经常说起盗墓行当中的奇闻轶事，但自己却不曾进过什么古墓阴冢。不瞒你说，这个度轮法师正是我父亲当年队伍里的老人，他也是经过那件事情之后，被我父亲遣散回家的。"

　　我摇了摇头，不解地问道："我还是不能明白，叶老哥说的这些与我们现在的事情有什么联系？"

第二十八章 千年诅咒

1. 往日谜团

　　叶老二长叹一声，继续说道："只因我当时年纪轻，直到我父死的那天，才明白自己应该早早着手调查此事才对。我父未死之前，我就感到事情十分蹊跷，因为当时他年纪虽然已过半百，但身体一向健壮，谁知就因洛阳倒斗的事情发生后，他的身体日益衰弱，不到半年光景，就已经苍老得不成样子了，一年后病逝在家中。等我一一寻访父亲故友的时候，令我大吃一惊，当时随我父去洛阳倒斗的那伙人，都是他最信得过的兄弟，这次前往报丧我想弄清楚当时缘由，谁料他们竟然和我父亲一样，一个个早已命丧黄泉。"听完我浑身发凉，我冷冷地盯着叶老二，缓缓问道："你说他们都死了？"

　　叶老二点头说道："对！等我找到度轮法师后，才得知当时进入古墓的一共有六个人，而剩下来的人全都没有进入墓道，他们根本不清楚墓中的情况，然而这六个人现在都已经死了，所以此事就一直是个谜。当时度轮法师还说，要想揭开这个谜团，只有再入古墓一探究竟。"

　　我点头称是，不禁说："估计你一定没有冒险进入古墓，不然你哪能活到今天！"

　　叶老二点头说："为了查询这件事，我历经万般波折，想从死者家属口中得知一些线索，谁知他们所说死因全都和我父亲的症状是一样的，那就是身体发生畸变。其中还有一名死者的弟弟说，他哥哥当时死的时候，身体如同女人一般，不仅体毛脱落、十指如削，而且皮肤嫩白、肩骨松软，气绝的时候语气也像女人一样。"

叶老二说到这里，便不再吭声，一时间几个人面面相觑。我越发感觉他说这些事情似乎在暗示着什么，而且异常诡异，我不知应该相信，还是应该置之不理。这时候站在一旁的二明突然说："叶掌柜，您的意思是不是说老掌柜他是衰老而死的！"

叶老二立刻反问道："你为什么这么说？"

"那如果不是衰老而死，老掌柜他是患了什么恶疾呢？"

叶老二盯着二明看了许久，终于低头叹道："唉！要是真有什么恶疾，我倒还落个明明白白，但正如你所说的那样，父亲的死因正是心跳忽然停止，最终窒息啊！我自小就跟人学脉，所以略通医理，我完全能确定父亲乃是身体不能自支，脑部供血不畅，最终走向死亡的。这令我简直就要发疯了，想不到短短一年多的光景，死神就夺走了父亲本来健硕无比的躯体。"

我见他已然掀起了旧痛，就没有再问什么，只好安慰说："这么多年了，你也别再想了！"

谁知叶老二反倒一把抓住我的衣袖，说："这件事情，本来我也不想再提了，但谁料只是因为那几张照片，竟然再次将我卷了进来，你可否还记得我在深井旁说的乐山访友之事。"

我惶惶不安地点了点头，说："那照片不是卖给麻四爷了吗？"

"他们本来就不是冲着照片找上我的，只因我也算是老行当里的手艺人，阴差阳错间我也顺应下来，这不仅破坏了父亲当年的命令，也让我第一次查到了真正的线索。"叶老二这次再也没有迟疑，他直接拉着我的手，往门外走去，口中急促地说："你随我见见赵先生，一切就都明白了。"

门后果然是另外一个封闭的空间，这里是一间狭长的过道，过道的尽头黑糊糊的，什么也看不清。但紧挨着我们这道门的一侧，还立着另一道石门，老叶伸手把门推开，将我拉进去，里面特别暗，只点了一盏油灯。

叶老二走过去将油灯稍稍调亮一些，然后示意让我走近些，我依稀看见灯柱旁边摆着一张很大的床，床上十分凌乱，似乎有一个人正躺在床上酣睡。我将身体凑近过去，叶老二用肘腕轻轻推了推我，然后悄声细语对我说："这就是赵先生，他现在的样子，你很可能已经认不出了，但这的确就是赵先生。"

眼前模模糊糊的，辨不清床上那人的相貌，当我正要问叶老二为什么不把这里照亮点，这时背后突然青光一闪，我立刻转过头，看见一古先生手中提了一根冷光棒立在门口，他说："赵先生身上染了恶疾，不能用强光照射他。"听了他的话，我再次回头看向床榻上的人，等我看清楚后的那一刻我几乎就要窒息了，床上那个人全身赤裸着蜷缩在床铺的中间，身上盖着一层薄薄的棉被，从棉被中裸露出来的躯体略显透明状，没有任何颜色，头顶上没有头发，脸上没有胡须，甚至连眉毛都没有了。我愣愣地看了很久，最后我大着胆子凑过去，仔细察看那个人的皮肤，他的肌肤上不只是没有颜色，而是没有皮肤的质感，完全就像是塑料或玻璃制成的一样，我甚至可以依稀看见他手臂里面的骨骼和经脉。

我被吓出了一身冷汗，失语道："这是怎么了？他怎么会变成这个样子了？"

一古叹声说："他的生理机能和细胞组织都发生了异变，我们也不能解释这到底是什么原因，不过从现在的情况来看，他随时都有可能死亡，除非……"

叶老二说到这停顿了一下，接着讲道："他全身的骨骼都已经极度软化，所以现在只能躺着，不能做其他事，甚至由于喉骨的变形，就连说话都难以完成。"我强压着激烈的心跳，说："难道就没有任何病因吗？这也太可怕了！"

2. 千年诅咒

叶老二长出了一口气，然后缓缓坐到床边，悄声说："这件事情听来非常可怕和诡异，甚至都没办法去分析，但是我却知道这是怎么回事！"

我没有直接去问他，我暗自揣摩着叶老二的话，突然心头一紧，立刻说道："你的意思是说，赵先生现在的状况，和30年前你父亲那伙人十分相似！"

　　我盯着叶老二希望他能说出事情的原委来，但是过了一会儿，一直到冷光棒逐渐熄灭，他才从昏暗的角落里吐出一句话来："你相信诅咒吗？"

　　我摇了摇头，但唯恐对方看不到，就补充说："我从不相信世上会有诅咒和灵魂这种没有根据的东西！"

　　他继续问："那你相信巫术能使人长生吗？"

　　"我不信！"

　　"那你如何解释刚才的实验？"他见我无从开口，就继续说："从医学的角度讲，只要我们人类能够保持身体器官的焕然一新，那就完全可以活到无法预知的年龄，所以我猜测古人一定也很想掌握起死回生的妙法，而且他们似乎已经取得了空前的成功。"

　　一古先生静静地坐在我们对面，脸上泛着油灯映照过来的红光，这时叶老二继续说道："我现在描述一下，西夏人当时是如何干的，也许你听过以后，会有和我相同的看法。"

　　叶老二的眼神掠过我出满冷汗的额头，他好像在告诉我，接下来要说的事情，非常重要和关键，可能会解开一直困扰我的迷雾。

　　"首先要说的是年代，依据这几个月我对多方资料的考证，当时西夏古国正处在整个王朝的最后一个鼎盛时期，但那时候草原枭雄成吉思汗已经统一蒙古数十年了，西夏王当然明白自己的敌人，将会越来越多且越来越强大，他必须提早建立起一支更加骁勇、更加可怕的队伍。此时一件怪事的发生，无疑让这位国王喜出望外，因此它将打造神兵的计划，提升到了近在咫尺的距离。"

　　我问："什么样的怪事？"

　　叶老二突然大声说："伊克乌拉山的神秘宝藏！"

　　"宝藏？"

　　"对，宝藏！它的出现让西夏王充满了信心，甚至他已经确信自己能够利用这些宝藏，打击四周所有敌视他的邻国，将他们全部消灭，所以几年后，西夏才毫无畏惧地派重兵前攻金人、后杀辽寇。至于宝藏的秘密，我只能大胆地推测，那是一种能够使士兵强壮，让敌军胆寒的神秘武器，试想如若西夏的兵将，个个身高数十尺，体壮如斗牛，而且歃血不死，谁又能抵挡得了呢？"

我立刻就想到野人，难道那个野人竟然是古西夏的不死后裔，1000年那是一个什么概念。

叶老二似乎意犹未尽，他继续眉飞色舞地讲道："试想如果那东西能让敌方的部队失去战斗能力，一个个瘫软在战场上，犹如赵先生这般模样，那面对西夏魔鬼一般的士兵，又有谁能够抵挡！"

我无法想象若真有如此的战争，会是怎样一番恐怖的景象，但这些似乎并不可信，最直接的证据就是西夏已亡国了呀！要是他们真有这样一支军队，那必然是所向披靡，没有别的军队可以战胜他们，难道西夏王最终没有得到宝藏，或者他也控制不了那支军队了！

我把身体凑近叶老二，用严肃的眼神告诉他，我并不相信他说的话。他也朝我凑近了些，冷冷地说道："事实上我更希望刚才的猜测是真的，但事情自然不是这样，有我们在石塔中见到的壁画作依据，西夏王一定是做过这些事情的，这里我们可以先把它作为一种精神向往来推测，国王建造祭祀石塔，在塔层里设置机关，这些想必就是为了殉葬牺牲的战士，超度死去的亡灵。"

我点了点头表示赞同，叶老二接着说："为了鼓动军队的士气，这样做似乎很合理，但事实上我们正是因为见到野人和那些古怪的现象，才会推想到神秘宝藏以及怪兽军队，我还做了进一步的猜测，假设宝藏是存在的，但它却最终没能满足西夏王的愿望。数年之后蒙古大军占领了西夏国土，他们自然也发现了那座隐藏在大山里的石塔，但蒙古人却并没有相信这些不着边际的怪论，更不会延续它的存在，所以石塔被废弃了，金樽里所谓的宝物被销毁了，伊克乌拉大山的腹地被改造成为蒙古人杀害俘军的刑场，那些死在刑具下的俘虏，跟封在冰层中的孕妇一样，他们都是西夏国最后的遗骨。"

虽然叶老二的这种猜测太过骇人听闻，但它却和我们看到的情景极为相符，如果没有宝藏，那日本社团在中国这般大动干戈，为的又是什么？想必他们比我们知道得更多也更加详细，宝藏被封禁在夜母金樽中，而我们见到的金樽内却空无一物，只有沉浸在深井下的那鼎，还未能揭开，不过它周围的水域，却阴寒异常，难道这真是因为金樽里面那件宝物吗？刚才一古先生说，金樽里的东西是矿石，日本人就是想得到它，才这般费尽心机。

我们两人正各自沉思，床上的赵先生却发出了一声呻吟，我连忙翻身去察看，在那盏昏黄的油灯照射下，赵先生的眼睛睁开了。他的嘴在蠕动，好像很想说话，我有些不知所措，看着他现在的样子，我心里很不是滋味。

这时叶老二猛地凑近赵先生的脸，他激动地说：“你告诉我，事情是不是这样，我刚才的猜测到底对不对？”

我们都直直地盯着赵先生，只见他缓缓闭上了双眼，似乎已经默许了叶老二的猜测，我呆在床榻上很长时间没说话，忽然我听身旁的叶老二低声说了句：“赵先生，他死了！”

我心里抽搐了一下，张一古走过来将那层薄薄的棉被轻轻盖在赵露元的身上，我竭力抑制着悲凉的心情，从床上起来，刚想朝门外走，却发现自己那条耷拉下来的深灰色围巾，被赵先生那只纤细如脂的手紧紧地攥着……

（全文完）